CHILDREN
OF THE
RUNE
DEMONIC

8

전민희 장편 판타지

8

룬의 아이들

데모닉

CHILDREN
OF THE
RUNE
DEMONIC

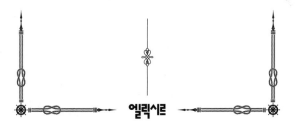

엘릭시르

15

막

UMBRA

16

막

LONG

추악한 것이 기다리고 있다고 생각하는 곳에서
우리는 신을 발견할 것이고
남을 죽일 수 있다고 생각하던 곳에서
우리는 우리 자신을 죽일 것이며
밖으로 나간다고 생각하던 곳을 통해
우리는 우리 존재의 중심으로 들어갈 수 있을 것이고
외로우리라고 생각하던 곳에서
우리는 세계와 함께하게 될 것이다.

— 조지프 캠벨

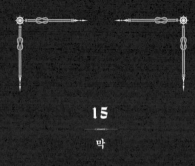

15
막

UMBRA

일몰

그대에게 바쳐온 삶이 끝났습니다.

후회 없이 기쁜 삶이었습니다.

제 유품을 바다에 뿌리시고

육신은 제단에 올리십시오.

제 기억을 양식으로 하시고

혼은 후손을 지키게 하십시오.

⚬⚬⚬

「여긴 어디지?」

「깨어났구나.」

「깨어나다니? 나한테 무슨 일이라도 있었어?」

「아주 많은 일이 있었지. 하지만 그런 이야기는 이제 됐어. 깨어났으니 모든 게 잘될 거야.」

「그런데 왜 슬픈 표정을 짓지?」

눈을 뜨자 캄캄한 방이 조슈아를 맞았다. 이마를 더듬자 지문에 묻은 땀이 미끈거렸다.

가슴께까지 이불을 덮었는데 온몸이 서늘했다. 의식적으로 주위를 살폈다. 왼쪽에서 펄럭거리는 것은 단지 커튼이었다. 창을 열고 잔 기억은 없다 싶어 일어나 살펴보자 손가락 두 개가 드나들 만큼 열린 창 너머로 회색 나무 그림자가 어른거렸다.

이상하다.

조슈아는 상반신을 일으켰다가 무릎을 껴안고 웅크렸다. 뭔가가 있었다가 사라진 듯 허전했다. 숨을 들이쉬고, 내쉬어보았다. 다리에서 흘러내린 구겨진 이불이 누군가가 벗어놓은 허물처럼 보였다. 벗을 자가 있다면 자신뿐이었다. 헌 고치를 벗고 태어난 자는 나비여야 할 터였다.

그의 반년이 죽음이 아닌, 재생이 예고된 잠이었다면.

조슈아는 참지 못하고 입을 열어 불렀다.

"켈스."

대답이 없었다. 언젠가부터 자주 그랬기에 이상한 일만은 아니었다. 그러나 묘하게 낯설었다. 조금 전까지 가까이 붙어 있던 기억이 나서다. 어머니 뱃속에 든 쌍둥이처럼.

"켈스, 어디 있어?"

대답하지 않는 그는 어디엔가 있을 것이다. 필멸의 땅처럼 먼 곳에, 또는 그보다 가까운 곳에. 조금 바빠서 오지 않는 것뿐이다. 그러다가 어느 순간 말을 걸어올 것이다. 늘 그렇듯 손이 닿지 않을 만큼만 떨어진 자리에서.

그게 정말일까?

"켈스, 대답 좀 해봐. 어디 있어?"

대답 없이 적막한 방에서 조슈아는 천장을 올려다보았다. 켈스니티를 만난 후로 그는 오랫동안 완전히 혼자라고 느낀 일이 없었다. 그러나 이 순간 그에게 강렬한 부재의 감각이 밀려들었다.

멀리서 대답하지 않을 뿐인 켈스니티가 이 세상 어디에도 존재하지 않는 것처럼 느껴지는 이유를 알 수 없었다.

오후 7시였으나 아르님 공작의 서재 창문에는 두터운 커튼이 내려졌다. 공작의 심복인 에드멜 남작과 말론 경은 책상 옆에 섰고 낯선 사람 둘이 손님을 맞는 테이블을 둘러싸고 서 있었다. 비서 헤슬이 커튼 고리를 내려놓고 테이블 앞으로 돌아왔다.

"다들 앉으시오."

공작이 책상 뒤에서 나와 테이블 머리의 의자에 앉자 네 사람이 차례로 자리에 앉았다. 공작은 낯선 두 사람을 향해 말했다.

"어서들 오시오. 어르신께 그대들의 이름을 익숙히 들어왔다오."

둘 중 나이가 많은 쪽은 마흔 남짓한 여자였다. 뼈대가 단단한 체구에 틀어 올린 검은 머리카락이 렘프 여자 같은 느낌을 주었다. 머리와 목을 감싼 머플러는 화사한 꽃무늬였지만 얼굴은 뱃사람처럼 그을렸다. 그녀가 가볍게 묵례를 했다.

"프리실라 포사다입니다. 프리실라라고 불러주십시오. 뵙게 되어 영광입니다."

느릿한 목소리인데 말끝만 빠르게 당기는 것이 특징이었다. 이어 프리실라가 시선을 보내자 서른 중반의 키 큰 남자가 말없이 고개만 숙였다. 공작은 그가 말하지 않는 이유를 알고 있었다. 프리실라가 대신 말했다.

"이쪽은 빌 오리스입니다."

이어 말론 경이 두 사람을 향해 인사했다.

"로이 벤 말론입니다. 직접 뵌 것은 처음이지만 그동안 편지로 말씀을 나눴기에 모르는 분들로 느껴지지 않습니다."

"좋은 편지였습니다. 오늘 같은 날이 오기를 기대하였죠."

빌 오리스가 품에서 종이를 한 장 꺼내 테이블에 펼쳐놓았다. 번호가 매겨진 이름들이 줄지어 씌어 있었다. 28번까지였지만 번호만 있고 이름은 빈 곳이 절반 이상이었다. 그러나 공작을 비롯한 사람들은 몹시 긴장했다. 종이를 뚫어져라 보던 에드멜 남작이 고개를 들며 물었다.

"이 정보가 확실하오?"

"글쎄요. 확증이 있느냐는 물음이시라면 아니라고 답 드리겠습니다. 그런 것이 있다면 망명의회가 그들을 감춰버렸지, 이대로 내버려뒀겠습니까? 그러나 우리 나름의 판단 근거는 있습니다."

프리실라의 손가락이 종이 위를 더듬다가 한 이름 앞에 멈췄다.

"이를테면 이자 같은 경우는 확실합니다. 왕국 8군에서도 쫓고 있는 것으로 압니다. 물론 이미 자취를 감췄죠. 또 이자, 우리는 확신하고 있지만 왕국 8군은 확증이 없어 잡아들이지 못하는 잡니다. 보시다시피 귀족이 아닙니까?"

에드멜 남작이 고개를 끄덕였다.

"그렇다 하더라도 참 대단하군요. 왕국 8군조차 감을 잡지 못하는 민중의 벗의 켈티카 지구 위원장들을 이만큼이나 파악하고 있다니."

프리실라는 고개를 숙이며 말했다.

"어르신께서 하시는 일이지요."

아르님 공작이 허리를 폈다. 몸을 등받이에 기대더니 깍지 낀 손을 몇 번 쥐었다 폈다 했다. 히스파니에가 아르님 가문을 떠나 대륙을 돌아다니며 어떤 일을 했는지는 자세히 알려지지 않았다. 공작조차도 드문드문 들려오는 소문과 히스파니에 본인이 해준 몇 가지 이야기 외에는 알지 못했다.

작년에 조슈아가 목숨을 잃을 뻔한 후로 히스파니에와 많은 일을 상의하고 본격적인 도움을 받게 된 공작은 히스파니에의 손이 상상할 수 없는 곳까지 닿아 있어 감탄한 일이 많았다. 그러나 이번 일은 그중에서도 가장 놀라웠다. 상대는 민중의 벗이었다. 가장 난해한 점조직을 가진 까다로운 상대가 아니던가.

"그런데 이 중 우리가 찾는 자가 누구인지 좁힐 수가 있는 겁니까?"

프리실라가 어깨를 으쓱했다.

"아시다시피 켈티카 지구 위원장들은 민중의 벗이 가장 우선적으로 보호하는 조직원입니다. 상급 간부들보다도 더 많은 회원들을 알고 있기 때문이죠. 그들의 정체가 발각되면 지구 조직 하나가 통째로 날아가는 것은 물론, 연결된 상층부까지 위험해집니다. 따라서 정체를 알아내기란 쉬운 일이 아니며, 접근하는 자가 오히려 위험해질 소지도 다분합니다."

그렇게 말하면서도 프리실라는 손가락을 움직여 몇 군데를 짚었다. 20지구, 19지구, 12지구, 8지구, 그리고 3지구.

"다섯이로군."

말론 경이 중얼거렸다. 프리실라가 말을 이었다.

"테오스티드 다 모로와의 협상이 있었다고 예상되는 당일 행적을 알 수 없거나, 카잘스에 들렀다고 생각되는 자들입니다."

"이 중 셋은 이름이 없지 않소?"

"이름을 모른다 해서 행적조차 모르는 건 아니지요."

대단한 자신감이었다. 비서 헤슬이 감탄하며 말했다.

"머지않아 아르님 가문에 감히 손을 뻗은 자들에게 그 대가가 어떤 것인지 보여줄 수 있겠군요."

이브노아가 죽었을 때 히스파니에는 '아르님에게 손댄 자에게 본보기를 보이라'고 했다. 그 말이 오늘의 결과로 이어지기까지 참으로 여러 해가 걸렸다. 그때 히스파니에는 조슈아를 성에 머물게 하라고 했으나 조슈아는 버티지 못하고 결국 하이아칸으로 떠났다. 그후 조슈아에게 닥친 위기와 먼길을 돌아왔던 해답, 반년간의 혼수상태, 그 모든 일을 겪으면서도 아르님 공작과 히스파니에는 잊지 않았다. 음모를 꾸민 장본인이었던 테오는 죽었다. 그러나 문제가 그것으로 끝은 아니었다.

첫째로 찾아야 할 자는 마법사 '애니'였다. 하인들의 말을 모아보니 그자는 테오의 고향 친구였다고 했다. 그러나 테오의 고향인 로커스페어 일대를 샅샅이 뒤져도 근처로 돌아온 흔적은 없었다. 게다가 부모나 형제, 친척도 찾지 못했다. 그것도 이상했다. 기껏해야 십 수 년 전의 일인데 타지로 이주했다 한들 어째서 기억하는 사람이 단 한 명도 없을까?

그다음은 추리력을 발휘하지 않으면 안 되었다. 마법을 가르치는 학교들의 입학생 명부를 조사했지만 애니라는 애칭은 여자들에게 흔해서 그렇게 줄여질 법한 이름이 한둘이 아니었다. 명부에는 성별도 씌어 있지 않아 하나하나 정체를 알아보는 데도 상당한 수고가 들어갔다. 결국 그들은 애니의 이름이 애니스탄 뷜프이며 가장 권위 높은 마법 학교인 네냐플 출신임을 알아냈다. 그리고 조사는 거기에서 멈췄다.

네냐플은 마법사 과정을 밟아 졸업한 사람들을 내부인으로 간주하여 신중하게 보호했다. 출신과 이력이 어떤지, 무엇을 배워 얼마나 성취했는지, 이후 어떤 일을 했는지 모든 면에서 비밀을 지켜주었다. 왕이나 귀족들이 요구하는 죄인을 내놓지 않은 일도 몇 번이나 있었다. 조사만 하려 해도 웬만해서는 협조하지 않았다.

문제가 발생하면 내부에서 회의를 열어 징계를 결정할 뿐, 사건의 전말을 대외적으로 공개하지도 않았다. 마법사의 삶을 세상의 법과 분리하는 것이 그들의 이상이었다. 따라서 마법사들은 왕의 법정보다 마법사 회의의 징계를 훨씬 두려워했다.

또 다른 조사 방향은 테오의 뒤를 보아준 자들이었다. 테오는 암살자를 고용했다. 또한 조슈아의 이동 경로를 알아냈고, 심지어 함대를 동원하여 공격하기까지 했다. 바이예 경의 배신은 이미 밝혀졌지만, 그 이상의 후원자가 있다는 정황이 조사를 할수록 뚜렷해졌다.

공작 작위는 아르님 공작이나 조슈아를 암살한다고 바로 테오의 손에 떨어지는 것이 아니었다. 살아생전 테오의 행적을 조사하자 그가 여러 명의 귀족을 소개받았음이 밝혀졌다. 아르님 공작이 그 귀족들 사이에 공통점이 있음을 눈치채는 데는 긴 시간이 걸리지 않았다.

아르님 공작은 십 년간 켈티카에서 공화국 시절을 버텨냈던 인물이었다. 따라서 그 시절 공화정부에 동조한 귀족들이 누구누구인지, 가담 정도가 가벼웠는지 아닌지 저들의 상상 이상으로 잘 알고 있었다. 그런 귀족들 중 상당수는 신왕가가 세워지자 과거를 지우고 시치미를 떼며 새 귀족의 대열에 합류했다. 왕가의 한 팔이 된 아르님 공작이 마음만 먹었더라면 그들의 정체를 밝혀내어 파멸시켜버릴 수도 있었으나 공작은 그렇게 하지 않았다. 살아남으려 발버둥치느라 그랬을 게 뻔한데 지난 일을 일일이 들춰내어 괴롭히고 싶지 않았던 까닭이었다.

그러나 이번 일로 공작의 생각도 달라졌다. 테오가 만난 자들 중 상당수가 당시 공화정부와 연결되어 있던 자들이었다. 즉, 그들은 진지한 가담자들로서 현재까지도 민중의 벗에 소속되어 있을 가능성이 컸다. 그리고 테오는 바로 그들에게 줄을 대려 했다. 위험하기 짝이 없는 일이었지만, 기반이 없는 테오가 극적인 반전을 꾀하려 했다면 선택 가능한 길이기도 했다.

그로부터 숨바꼭질이 시작되었다. 테오와 접선했을 민중의 벗 간부의 존재는 교묘히 가려져 있어 그런 귀족들로부터도 정보를 얻기 어려웠다. 시행착오 끝에 만남 장소에 착안하고, 수많은 후보 중에서 모퉁이집이라고도 불리는 카잘스가 물망에 오르고, 작년 5월 27일에 그곳에서 이루어진 만남을 추적하기까지 실로 몇 달이 걸렸다.

테오가 소개받은 귀족들의 면면을 볼 때 접선 상대는 적어도 위원장급이었다. 켈티카 지구 위원장들을 조사하는 것은 지금까지의 모든 조사를 합친 것보다 더 어려웠다. 하지만 그들은 멈추지 않았다. 조슈아가 깨어난 뒤에도.

줄곧 말이 없던 공작이 입을 열었다.

"어르신은 언제 뵐 수 있겠소?"

"더 알아볼 것이 있다고 하시며 나흘 전에 켈티카를 떠나셨습니다. 다음달쯤 돌아오실 듯합니다."

"그때까지 퍼즐을 맞추도록 노력해보겠소. 허나 마지막 조각은 결국 어르신께서 맞춰주셔야 할 거요."

"알고 계실 겁니다."

공작은 고개를 끄덕이며 테이블에 놓인 종이를 내려다보았다. 잠시 생각에 잠겨 있다가 말했다.

"이번 경우처럼 용서 없는 싸움이 아니었더라면 어르신께서 당신의 힘을 이런 일에 쓰지는 않으셨으리라 생각하오. 복수란, 어쩌면 그분의 재능에 실례라는 생각도 드는구려."

"하지만 손아귀에 쥔 자를 쉽사리 놓아주지도 않을 분이십니다."

공작이 깍지 낀 손을 풀어 테이블을 짚으며 말했다.

"난 때로 어르신이 내 숙부라는 사실이 다행스럽소."

프리실라가 대답했다.

"저희도 가끔 그런 생각을 합니다."

쌍둥이

다른 날 다른 시에 다른 부모가 낳은 쌍둥이가 있었어.

그들은 서로를 매우 사랑했지만

상대가 거울에 비친 자신인 줄로만 알았지.

∽

　세 개의 계단참을 돌아 북쪽 끄트머리에 있는 문을 열 때까지도 예상하지 못했다. 잠깐 상상해보려 하긴 했다. 두 번째 계단을 오르는 동안. 하지만 네 번째 계단 즈음에서 포기해버렸다. 어떤 것도 불가능하지 않으니 어떤 예상도 소용없겠지 싶었다.

"잠 한번 질기게 자더구만."

문이 딸각, 하고 열리자마자 날아온 말이었다. 누가 왔는지 보지도 않았으면서. 조슈아는 걸음을 멈췄다가 곧 싱긋 웃었다. 발을 내디디려던 곳에 조그마한 녹색 개구리가 앉아 있었다. 투명한 막이라도 한 겹 두른 것처럼 말갛게 빛나는 녹색이었다.

개구리는 그를 빤히 올려다보다가 바로 옆의 벽감으로 뛰어올랐다. 정확히는 그 위에 쌓인 책 더미 위였다. 조슈아는 개구리가 위쪽의 책으로 올라가려고 안간힘을 쓰는 것을 보고 있다가 입을 열었다.

"저게 혹시 사람은 아니겠죠?"

오른쪽 어딘가에서 대답이 들렸다.

"어, 책을 읽겠다는 걸 보니 그럴지도?"

문을 닫고 돌아선 조슈아는 두 번째로 걸음을 멈췄다. 문 앞은 분명히 양탄자가 깔린 바닥이었다. 그런데 네댓 걸음 앞에부터 풀밭이 펼쳐져 있었다. 실제 방 넓이의 몇 배는 되어 보이는 풀밭이었다. 싱싱한 들풀과 잡초 너머에 작은 연못도 있었다. 바위틈에 수선화가 자랐고 수면에는 마른 나뭇잎 몇 개가 떠다녔다.

"저기 앉아."

연못가에 성에서 쓰는 것과 똑같은 의자가 놓여 있었다. 의자 다리가 양탄자 대신 클로버 무리에 파묻혀 있다는 점만 달랐다. 슬리퍼 바닥에 닿는 촉감도 흙과 풀 그대로였다. 의자 앞에 이르자 슬리퍼는 반쯤 젖어버렸다. 이슬 탓이었다.

"조금 춥네요."

얇은 셔츠를 걸친 조슈아는 어깨를 한차례 떨었다. 날씨는 초가을인 듯싶었다. 그 말이 떨어지자마자 연못 앞 풀밭에 변화가 일어났다. 풀이 스르륵 말라 사그라지더니 동그란 빈터가 생겨나고 이어 불꽃이 튀었다. 흠칫 놀랐으나 곧 그것은 작은 모닥불로 변했다. 기분 좋은 열기가 밀려왔다.

조슈아는 감탄하며 말했다.

"주문도 수인도 없이 해내시네요."

"그거야 여기가 내 머릿속 공간이니까 그렇지. 넌 생각하는 데 주문이 필요하냐?"

조슈아는 모닥불 쪽으로 몸을 기울이며 웃었다.

"다 좋은데 이제 그만 모습을 보여주세요."

"어. 기다려."

몸이 차츰 따뜻해졌다. 조슈아는 연못을 들여다보았다. 물이 맑은데도 바닥은 보이지 않았다. 떠다니는 것은 떡갈나무 잎처럼 보였다. 그러나 주위에 떡갈나무는 없었다.

부스럭대는 소리가 들린다 싶어 돌아보니 책 더미를 기어오르던 놈과 똑같아 보이는 개구리가 뛰어오는 중이었다. 정말 같은 놈일지도 몰랐다. 개구리가 맞은편에 놓인 빈 의자에 뛰어오른다 싶더니, 개구리가 사라졌다.

쥬스피앙은 특유의 팔짱을 낀 자세로 목을 몇 번 돌렸다. 그다음에야 조슈아를 보며 고개를 끄덕거렸다.

"멀쩡해 뵈네."

"……개구리 모습으로 다니면 재밌나요?"

쥬스피앙은 벽감에 쌓아놓은 책 더미를 가리켰다. 여전히 가느다란 팔에 로브 소매가 휘감기다시피 했다.

"하루에 한 번씩 저 책 탑 오르기 운동을 하고 있어. 나이가 드니까 관절이 시원찮아져서."

조슈아는, 보이지는 않지만 그 자리에 있을 것이 틀림없는 창 쪽을 가리키며 말했다.

"번거롭게 개구리가 될 것 없이 밖에 나가서 나무 타기를 하시면 돼요. 아무도 뭐라고 못 할 것 같은데."

감히 뭐라고 할 사람은 틀림없이 없을 것이다. 그러나 쥬스피앙은 고개를 저었다.

"모르는 소리. 다른 동물이 되면 돌리기 힘든 방향으로 관절을 움직일 수가 있단 말이다. 사람마다 습관적으로 굳어지는 관절이나 근육이 있기 때문에 대상을 잘 골라야 해. 나한테는 개구리가 도움이 되는 것 같더란 말이지."

조슈아는 팔짱을 끼며 중얼거렸다.

"듣고 보니 어울리는 것도 같고."

"마음에 들면 너도 개구리 한번 돼볼 테냐?"

조슈아는 재빨리 말을 돌렸다.

"아, 그나저나 굉장히 오랜만에 뵙네요?"

쥬스피앙의 한쪽 입술 끝이 말려 올라갔다.

"네 녀석한테는 오랜만일지 몰라도 난 반년 동안 질리도록 봐왔다. 그런 인사가 어울릴 턱이 있겠나."

"그렇게 열심히 붙어 앉아 계셨던 줄은 몰랐는데요."

"물론 네 녀석이 아니었던 때가 훨씬 많았지. 하지만 어차피 똑같거든. 겉은."

조슈아가 미소를 지었다.

"그게 용건인 줄 알고 왔어요."

쥬스피앙은 다른 한쪽 입술 끝도 올렸다.

"나도 네가 왜 왔는지 안다."

"얘기가 간단하겠군요."

문득 돌아보니 열 걸음 남짓 들어온 것 같은데 문간은 굉장히 멀어 보였다. 다시 앞을 보자 연못에서 안개가 피어나며 수면이 흐릿해졌다. 마법사의 머릿속에서 무슨 변화가 일어나는 중이었다.

"그가 잠든 이유는 본체와 연결이 끊어져서라고 들었어요. 그래도 깨어날 수 있다고 보시나요?"

"깨울 방법을 찾아냈으면 아직까지 여기 있지도 않았지. 아니니까 참고할 게 있으려나 싶어 머물렀지. 너희 둘은 잠든 상태조차 비슷했거든. 잠들게 된 까닭이 다른데도. 그래서 너만 이렇게 깨어날 줄도 예상 못 했지."

"나만 깨어나서 유감이라는 것처럼 들리네요."

"아니, 그렇진 않아. 어느 쪽이든 깨어나야 말을 해볼 거 아닌가."

"무슨 말?"

"돌아가서 연구를 해야겠거든. 이곳도 그럭저럭 나쁘진 않지만 제대로 일할 만한 환경은 아니지. 내 연구실로 가야 해."

"그와 함께?"

쥬스피앙은 팔짱을 낀 채 한쪽 손을 빼어 손가락을 쳐들었다.

"막시민 놈은 네가 허락해야만 한다고 하더군."

"내가 아니라 그가 깨어났더라면?"

"그럼 직접 제안을 했겠지. 나와 함께 가자고."

조슈아는 입술을 약간 오므렸다.

"무슨 대답을 들을 것 같은가요?"

"그에게? 아니면 지금 네게?"

"어느 쪽이든."

"거절했을 거란 말인가? 그럴지도 모르지. 하지만 난 거절당할 게 뻔한 질문을 하겠다고 반년이나 기다리진 않아."

조수아는 버릇처럼 머리를 쓸어 올리며 쥬스피앙을 정면으로 응시했다.

"그렇다면 질문해보시죠."

"좋다."

쥬스피앙은 팔짱을 풀며 고개를 쳐들었다. 나온 질문은 예상과 조금 달랐다.

"넌 내 도움이 필요 없다고 생각하나?"

조수아는 얼른 대답하지 않았다.

"내게 물어보고 싶은 것이 없나?"

"아뇨, 아주 많죠. 하지만 결국 당신의 요구를 들어줄 순 없어요."

"내가 줄 수 있는 것을 과소평가하는군. 안 그런가?"

"아뇨. 당신의 도움이 절대로 필요하지만, 그를 넘겨줄 순 없다는 말이에요. 당신의 요구는 마치 이런 거죠. 좋은 것을 줄 테니 팔 하나를 잘라 내놔라."

쥬스피앙의 입가에 비웃음이 떠올랐다.

"착각하지 마. 그놈은 너와 별개야. 네 몸의 일부가 아니라고. 그런 말은 그놈에게도 불쾌할 거다."

"하지만 내게서 잘라져 나간 조각인 것만은 분명하죠."

"그래, 조각이야. 잘라졌단 말이다. 잘라진 순간부터 너희 둘의 삶은 다른 방향으로 뻗어나가는 거야. 너희가 할 일은 사람들의 착각을 중지시키는 것뿐이야."

"몸이 따로 떨어졌다 해도 관계가 사라지지 않는 사람이 있지 않은가요? 부부처럼, 부모자식처럼, 당신과 당신의 딸처럼."

쥬스피앙의 눈썹이 꿈틀거렸다.

"바보 같은 소리 하지 마라. 그놈은 네 자식도 형제도 아냐. 그보다 더 가까운 존재라고 주장할지도 모르지. 하지만 너희 놈들은 서로를 사랑할 수가 없거든. 가깝다는 말 따윈 허구일 뿐이야."

조슈아는 고개를 끄덕이고 상대를 쏘아보았다.

"네, 아주 미워하는 쌍둥이 형제 같은 거죠. 내가 그를 너무나 미워하여 해칠지언정 다른 누군가가 그러는 건 용납 못합니다."

쥬스피앙의 표정이 서서히 변했다. 비웃음이 사라지고 차가운 무표정이 나타났다. 조슈아가 말을 이었다.

"당신은 그를 해칠 계획을 가졌나요? 그를 살릴 계획을 가졌나요?"

"다 갖고 있다."

쥬스피앙은 조슈아의 눈앞에서 손바닥을 폈다가 그러쥐었다. 손톱이 차례로 손바닥 속에 묻혀 들어갔다.

"내 반년은 신선놀음이나 하며 보내기엔 지나치게 귀하지.

난 오래 살아왔지만 영원히 살진 못해. 따라서 난 말이지, 내가 시간을 들여 알아낸 것을 아무한테나 알려주진 않는다. 넌 내 답을 들을 준비가 되어 있어야 해. 그러니 대답해봐라. 만약 내가 그놈을 깨워 너와 똑같이 살아갈 수 있게 해준다면 넌 어찌하겠나?"

조슈아의 목소리는 무미건조했다.

"그와 많은 것을 나눠야겠죠."

"넌 이미 나눴어. 적어도 어머니는 나눠 가진 것 같더군. 만약에 너와 그놈 둘 중 하나가 반드시 죽어야 한다면 넌 물론 그놈이 죽는 쪽을 택하겠지?"

한때 삶을 향한 의지조차 선뜻 보이지 않던 데모닉 조슈아였다. 그러나 그는 달라졌다.

"그렇겠죠."

"마지막으로, 그가 살아나면 지난번에 그랬던 것처럼 언제고 너를 향해 칼을 휘두를지도 모르는데 그 점을 용납할 수 있겠나?"

"그건……."

조슈아의 목소리가 끊어졌다. 쥬스피앙은 냉소하며 기다렸다. 그러나 조슈아가 입을 열자 쥬스피앙의 미간에 힘이 들어갔다.

"내가 그럴지도 모르는 일 아닌가요?"

조슈아는 웃지 않았다. 쥬스피앙은 잠시 후 고개를 끄덕였다.

"네가 허세나 망상에 사로잡혀 있지 않다는 건 잘 알았다. 그러면 진실을 듣고 판단은 네가 해라."

조슈아는 고개를 끄덕였다. 쥬스피앙의 손바닥에서 첫손가락이 빠져나와 세워졌다.

"첫째로, 네 인형은 곧 죽는다."

조슈아는 눈을 몇 번 깜빡거렸다. 선뜻 믿지 못하겠다는 표정이었다.

"난 그놈을 처음 보고 본체와 연결이 끊어진 것 같다고 생각했지. 그래서 한 가닥 희망을 품었다. 본체가 무엇이냐? 전에도 말했지? 본래 복제 인형을 만들 때 본체는 필수품이 아니야. 본체 따위 없어도 얼마든지 만들 수가 있어. 하지만 본체를 만들어 연결을 해놓지 않으면, 산 인간을 복제한 인형에게 생명을 불어넣자마자 곧 죽어버리고 만단 말이다. 질서의 눈 아래 완전히 동일한 것은 단 한순간도 함께 존재할 수가 없으니까."

조슈아는 고개를 끄덕였다. 한번 들은 이야기를 기억하지 못할 그가 아니었다.

"한데 본체를 잃었는데도 그놈이 죽지 않고 가사 상태에만 빠진 거라면 그놈은 이미 너와 별개의 존재가 된 것 같다고 생각했단 말이야. 그래서 질서도 너희 둘을 따로따로 용납하게 된 건 아닐까, 그런 추측을 했지. 네가 잠들어 있을 때 다른 사람들한테도 그런 관점으로 말했고. 그래서 어떻게든 놈을 살려내봐야겠다는 구상도 품을 수가 있었어."

"그런데 그게 아니란 말인가요?"

"그래, 아니야. 놈은 본체와 연결이 끊어지지 않았어."

쥬스피앙의 표정도 즐거워 보이지 않았다. 이건 그가 반년간 연구한 끝에 실패한 이야기였다.

"인형의 완성도는 인형사의 몫이다. 인형사가 얼마나 강력한 자인가에 따라 인형이 할 수 있는 일이 정해지지. 인형사가 허접스러운 놈이면 인형은 물 긷고, 걸레질하고, 밭을 갈고, 이따위 일밖에 못 하지. 네 인형을 만든 인형사는 아예 복제를 택해서 완성도 문제를 피해갔어. 그런데 그 인형사 놈이 본체를 갖고 멀리 가버렸거든? 그랬더니 저렇게 가사 상태에 빠졌단 말이야. 얼마나 멀리 갔는지는 몰라도 인형사의 힘의 한계는 분명한 거지. 그리 대단치 않다 이거야. 본체가 멀리 있는 상태로도 인형이 제대로 움직이느냐 아니냐는 전적으로 인형사의 힘에 달렸으니까."

"막시민이 그러더군요. 본체를 파괴하거나 본체를 갖고 멀리 가거나 동일한 결과라면, 어째서 그는 본체를 이 성 어딘가에 숨겨두려 하지 않고 인형이 죽어버릴지도 모르는 일을 직접 저질렀을까, 라고."

"그래, 막시민 놈이 한 말이 정답이야. 그놈의 추리가 정확했다고!"

쥬스피앙이 갑자기 소리를 버럭 지르며 자리에서 일어섰다.

"인형과 본체의 연결은 둘 중 하나가 파괴되지 않는 한 끊어지지 않는 거였어. 이 단순한 사실을 간과하고 엄정한 질서의 눈을 내 좋을 대로 재단하다니 창피한 노릇이 아닐 수 없다. 더구나 내 반년간의 삽질을 막시민 놈이 예측하고 있었다니 이만저만 불쾌한 일이 아니야!"

쥬스피앙의 발이 바닥을 구르자 연못 주변의 흙들이 부서져 물속으로 우수수 떨어졌다. 흡사 과자로 만든 것처럼 잘 부서지는 땅이었다. 어쨌든 쥬스피앙은 이런 문제에서는 비록 화를 내긴 해도 놀랄 만큼 솔직했다.

"그래, 그래, 어쨌든 그렇게 끊어지지 않았기 때문에 네 인형의 생명은 점차 사그라지고 있다. 본체 없이 버티느라 그의 생명이 힘을 다해가고 있거든. 겉보기에는 멀쩡히 자는 것 같아도 서서히 망가지는 중이야. 본체를 가져온대도 고치지 못할 손상이 곳곳에 있을걸."

조수아의 뺨이 약간 떨렸다.

"그게 정말인가요?"

"반년 동안 기껏 얻어낸 결론이다. 그놈을 본체와 분리할 방법은 없어. 본체를 부수거나 인형이 죽는 것뿐이야. 어쩌면 놈도 너를 봤기 때문에, 그래서 자신 속에 침입한 낯선 타자인 본체의 존재를 깨달았기에, 본체의 힘을 거부하다 못해 자의로 죽어가고 있는지도 모르지."

조슈아는 무표정해 보였다. 그러나 입을 열자 입가에 경련이 스쳐갔다.

"그렇다면 난 고민할 것이 없군요? 내버려두면 그만이군요? 그와 살아갈 방법도, 죽어갈 방법도 대답할 필요는 없었군요? 그럼 당신은 왜 내게 그런 걸 물었죠?"

쥬스피앙은 얼른 대답하지 않았다. 조슈아도 기다리지 않았다.

"그는 내 동생이나 아들이 아니죠. 나라고요. 사랑하는 누군가가 아니라 바로 나. 난 그가 없던 때부터 나 자신을 별로 사랑하지도 않았죠. 별로 사랑스럽지도 않은 나 자신인데 잘도 둘이 된 거죠. 난 그를 보자마자 역겨움을 느낄 수도 있었던 건데, 그런데……."

"그런데?"

"다른 사람이라면 일평생 맡지 못할 자신의 체취, 바로 그의 냄새를 느끼는 순간 거꾸로 내가 나를 어떻게 여기고 있는지 깨달았단 말입니다. 난 단 한 번도 날 거절한 적이 없었다는 걸. 내 손을, 내 키스를, 나와의 동침을. 내 세계 속에서 나와 함께 달리는 자는 나뿐이었기에. 그 외에는 다리라도 부러진 듯 느리게 달리는 자들뿐이었기에. 그러면서 동시에 그런 좁은 어린아이의 세상에 사는 나를 경멸해온 것을. 세상 모든 아이가 타인을 배워 세상으로 나올 시기에 내게는 미래를 비춰볼 상대가 어디에도 없었고, 난 내 세계에서 한 발짝도 나오지 못한 겁니다."

말하는 동안 이마에 땀이 배어 나와 머리카락이 엉겨 붙었다. 눈이 젖어 반들거렸다.

"그런 마음이었기에 참을 수가 없었던 거죠. '나'인 그가, 내게서 그 소중하던 나를 빼앗아 높이 못질해 매달았으니까. 난 덤벼들어 나를 빼앗고, '나'인 그를 때려눕히고 싶었죠."

고요해졌다. 쥬스피앙이 입을 다물자 풀 잎사귀조차 소리를 내지 않았다. 이윽고 느린 한숨이 나오기까지 그렇게 멎어 있었다.

"후……."

열기가 식었다. 조슈아는 한 손을 뺨에 댔다.

"이 말도 안 되는 이야기를 당신은 알지도 모른다고 생각했죠."

"알아서 한숨 쉰다."

쥬스피앙은 자리에 앉으며 덧붙였다.

"너나 나 말고 이런 미친 대화를 이해할 놈도 달리 없겠지. 히스파니에 정도는 넣어줄까? 하지만 말이야, 조금 전 내가 했던 질문에 내놓은 대답대로라면 넌 이제 거기서 한발 뺀 건데?"

조슈아는 눈을 내리깔았다.

"아마도요."

"그럼 내가 졸업 시험 문제를 낼까? 자, 네 인형을 살릴 방법이 딱 하나 있긴 해. 넌 그 방법을 알고 싶나?"

조슈아의 표정이 굳어졌다.

"그런 방법이 없다고 방금 말한 사람은 당신입니다."

"그래, 아직 나조차도 모른다는 점을 전제하겠다. 하지만 만약에 방법이 있어서 본체와 인형의 연결을 끊을 수가 있다면."

쥬스피앙은 두 번째 손가락을 펴며 말했다.

"끊어지는 순간 너와 인형, 둘 중 하나는 죽는다."

조슈아는 무슨 뜻인지 알아들었다. 세상의 질서는 똑같은 둘을 용납하지 않는다. 그래서 본체라는 것이 만들어졌다. 따라서 만일 인형이 본체와의 연결을 끊고 독자적으로 살아갈 수 있게 된다면 바로 조슈아 본인과 똑같은 자가 되어버린다. 가나폴리의 마법사들조차 해결하지 못했던 숙제가 다시 발생하는 것이다.

문제는, 질서가 둘 중 누구를 파괴해야 할 가짜로 판단할지는 아무도 모른다는 점이다. 정말로 기억이 달라진 것만으로 질서가 둘을 별개로 볼 것인가? 그건 아무도 모른다.

그러나 그건 그럴 방법이 존재할 때의 이야기였다.

"당신은 조금 전에 본체와 인형 중 하나를 파괴하지 않는 한 연결은 끊어지지 않는다고 했는데, 당신조차도 불가능하다고 여긴 방법을 알고 있는 자가 대체 누구라고 생각하는 건가요?"

"너도 알지 않나."

쥬스피앙의 눈이 가늘어졌다.

"네가 그분을 만났다고 막시민이 말해주던데. 너희 집안을 세우고 이카본 대군도大群島를 이룩한 마법사. 그분에 대한 기록을 너희 집안에서 의도적으로 없애버린 탓에 웃기게도 너희 자손 놈들조차 잘 모른다던 분 말이다. 가나폴리의 마법을 이었다는 그분을 네가 강령할 수 있다면 인형술의 비밀을 알아내지 못할 것도 없지 않겠나. 자, 그분이 네게 방법을 알려준다면 넌 네 목숨을 절반의 도박에 맡기겠나?"

조슈아는 고개를 저었다.

"그럴 수 없습니다. 그분이 내게 준 문제를 해결하기 전에는 그분께 돌아가지 못하니까요. 무엇보다 그분은 유령도 아닙니다."

"유령이 아니라니? 그럼 네가 만난 건……."

"네, 그분은 살아 있습니다."

쥬스피앙은 아연한 표정이었다. 조슈아가 말을 이었다.

"아나로즈 티카람."

그 이름을 입술에 담자 그녀와 마주서서 겪었던 혼란스러운 감정들이 희미하게 되살아났다.

"가나폴리의 탑들이 무너진 후로 나타난 가장 위대한 마법사이자 전성기 가나폴리의 마법에 가장 가까이 갔던 사람이라고 들었습니다. 그분과 함께 이카본 폰 아르님의 맹약자였던 사제 켈스니티 발미아드가 해준 말이었지요."

쥬스피앙은 생각에 잠겨 손가락 끝을 까딱거렸다.

"그래, 막시민 놈이 네가 깨어나면 직접 들으라며 해주지 않은 얘기들이 있었지. 네 말이 사실이라면 그분은 대체 몇백 년을 살아왔단 말이냐? 가나폴리가 망하고 나서 그렇게 오래 산 마법사는 없었고, 가나폴리 시절의 기록에조차 두어 명쯤 있더란 말이다."

"정확히는 죽지 못했던 거죠."

조슈아는 미간을 찡그렸다. 고통을 참는 것처럼.

"그분은 '무덤'이라고 부르는 곳에 자신을 가두고, 그곳을 봉인하기 위해 자신의 마력과 생애를 바쳤죠. 쉬지도 죽지도 못한 채 수백 년 동안 노을섬과 저 바다와 섬들, 그리고 온 세상을 보호하면서. 잠들고 깨어나기를 반복하며 고립과 고통뿐인 수백 년을 택했어요. 그분은 지금도 젊었을 때의 모습 그대로이지만 정신과 감정은 공허해져버렸죠. 그분은 임무를 저버릴 분이 아니니 앞으로도 수백 년이 그렇게 흘러가겠죠.”

“그럼 그분이 지키는 것이…….”

“그 창이죠. 무덤에 묻혀 있지만 나오는 순간 세상을 파괴해버릴, 가나폴리를 부숴버린 네 무구 중 하나, 피 흘리는 창.”

그 순간 쥬스피앙이 버럭 소리를 질렀다.

“너희 집안 놈들은 그런 분에 대한 기록을 의도적으로 지웠단 말이냐? 이 나조차도 이름을 모르게 했더란 말이냐? 그분이 택한 길이 대체 어떤 것인지, 얼마나 처참한 것인지 털끝만큼도 알지 못할 놈들이! 내가 이 순간 너희 놈들을 모조리 죽여버리지 않는 것을 다행으로 알아라!”

조슈아는 대답 없이 고개를 숙였다. 머리카락이 흘러내려 그의 표정을 가렸다.

잠시 후 연못 밑에서 울림이 일어났다. 시간을 두고 서서히 파문이 솟아올라 퍼져나갔다. 쥬스피앙이 손을 내밀자 파문의 중앙에서 반투명한 물체가 뽑혀 나왔다. 길고 날카로운, 창의 모습이었다.

조슈아의 얼굴에서 핏기가 사라졌다. 이윽고 반투명한 창은 두 사람 사이에 가로로 떠 있었다. 쥬스피앙은 그것에 손을 대지는 않았다. 두 뼘 정도 떨어진 곳에서 손짓만으로 다룰 뿐이었다. 창에 감도는 희미한 광채가 두 사람의 얼굴을, 정확히는 눈가를 밝혔다.

"어때? 네가 아는 모습과 같나?"

조슈아는 천천히 고개를 끄덕였다.

"거의 같군요. 다만 부러진 창이었을 뿐."

쥬스피앙도 고개를 끄덕였다.

"그렇겠지. 다른 부분은 지티시와 함께 파괴되었을 테니까. 그러나 위대했던 가나폴리보다 연약하기 그지없는 지금의 세계는 부러진 창 하나조차 견뎌내지 못할 거다. 만일 그봉인이 깨어진다면……."

"그런 일이 일어났죠."

쥬스피앙이 눈을 크게 떴다.

"뭐라고?"

"누군가가 그 창의 부서진 조각 하나를 가지고 들어오는바람에 봉인이 일시 깨어졌습니다. 악의 무구는, 비록 조각과조각이라 하더라도 결코 만나서도 합쳐져서도 안 되는 것이었습니다."

"알고 있어. 그래서 어떻게 됐지? 다행히 세상이 멸망하진않았군? 봉인을 복구할 순 있는 건가?"

"그분이 다시금 안정시키고 있습니다. 대신 내게 조각을처리하도록 약속하게 했습니다."

"악의 무구의 조각은 없앨 수가 없어. 파괴되지 않는단 말이다."

"네, 안전한 곳을 마련해야겠죠. 물론 찾아낸 다음의 문제이긴 하겠지만……. 어쨌든 그분은 봉인을 완전히 복구하기까지 상당한 시간이 걸릴 거라고 했습니다. 그동안 우린 그곳을 안전하게 지켜야 합니다. 만일 봉인이 불완전할 때 다시한번 창 조각이 노을섬에 들어간다면……."

"무슨 일이 일어났는지도 모른 채 멸망해버릴지도 모르지."

쥬스피앙은 의자에서 벌떡 일어나 잰걸음으로 풀밭을 왔다갔다했다. 걸음이 빨라질수록 미간의 주름도 깊어졌다. 그러더니 불현듯 걸음을 멈추고 조슈아를 돌아봤다.

"그 조각을 거기로 가져간 건 대체 어떤 놈이냐? 지금도 그놈이 갖고 있나?"

"그걸 바로 인형사가 갖고 있었습니다. 그걸 써서 인형을 만드는 데 필요한 마력을 증폭시킨 것 같습니다."

쥬스피앙이 미간을 찡그렸다.

"아하? 마력의 비밀이 그거였군. 정말 제정신이 아닌 놈이었네. 그런 짓거리를 하려고 감히 악의 무구를 건드려? 마법사 명부에서 제명감인 건 물론이고 사실상 살려둬선 안 될 놈이잖아. 한데 아직 찾지 못했다고 하지 않았나?"

"네, 하지만 내가 잠든 동안 가문에서 계속 추적한 끝에 실마리를 발견한 것 같습니다. 그래서 의사가 정한 요양 기간이 끝나면 직접 가보려 합니다."

"어디로?"

"네냐플."

쥬스피앙의 한쪽 눈썹이 올라갔다. 조슈아의 말이 이어졌다.

"할아버지께서 조사하신 대로라면 그자는 네냐플 출신입니다."

"……"

쥬스피앙은 심각하게 뭔가를 숙고했다. 눈동자를 이리저리 바삐 움직이고 여러 번 깜빡거렸다.

"그런 기본 윤리도 모르는 놈이 네냐플 출신이라니 네냐플 교수들은 대체 뭘 가르친 거야? 나까지 수치스럽게. 그나저나 너, 네냐플이 어떤 곳인지 알고나 가겠다고 하는 거냐?"

"모르지만……"

"귀족이라고 마음대로 들어가는 데가 아니야. 몰래 들어갈 수 있는 곳은 더더욱 아니고. 학생과 교수들에게만 주어지는 표지가 없으면 학교를 둘러싼 '안고니나의 커튼'을 통과하지도 못한다. 본래 출신자의 신상을 쉽사리 밝히지도 않지만, 이번 경우는 문제가 심각하긴 하군. 그래도 내부에서 저들끼리 해결하려고 들 가능성이 커. 공작 가문이라고 압력을 행사할 수 있다고 생각하면 큰 오산이지."

"네, 그럴 수 있다는 생각은 안 합니다."

쥬스피앙은 다시 걷기 시작했다. 심하게 헐렁한 로브 자락이 다리에 친친 휘감기며 뒤쫓았다. 그러는 동안 모닥불이 점차 사그라지더니 이윽고 식었다. 풀도 어쩐지 생기를 잃은 듯했다. 이윽고 연못 맞은편에 선 쥬스피앙이 외쳤다.

"내가 도와줄 거라고 제멋대로 확신하는 괘씸한 놈아! 조금 전 한 질문에 대답은 준비가 됐냐?"

조슈아는 고개를 끄덕였다.

"나는 나를 누구에게도 양보하지 않습니다. '나'인 그에게조차도. 그래야만 악취와 매혹이 동시에 존재하는 나 자신과의 일몰에서 벗어나 마침내 동쪽에서 떠오를 테니까."

수수께끼 같은 대답에도 불구하고 쥬스피앙의 얼굴에 엷은 미소가 번졌다. 그의 세 번째 손가락이 펴졌다.

"넌 인형이 깨어나면 그놈과 많은 것을 나눌 생각이라고 했지. 자, 말했다시피 내버려두기만 하면 인형은 저절로 죽는다. 그렇다고 본체와 연결을 끊을 방법을 알아내어 네가 대신 죽을지도 모를 가능성을 택할 생각은 없다고 했다. 마지막으로 본체와 연결된 채로 그놈을 살릴 방법이 있다면, 넌 그놈의 손에 다시 다칠지도 모를 위험을 무릅쓰고라도 그렇게 해볼 테냐?"

망설임은 아주 짧았다.

"그럴 겁니다."

"왜지?"

"난 사랑하는 사람들로부터, 인형사로부터, 그리고 심지어 '나'에게까지 버려진 그가 어떤 기분일지 고스란히 아니까. 또한 그가 있어 나는 처음으로 타자를 알게 되고, 자기애의 정체를 목격하고, 마침내 내가 머물던 고립된 어린아이의 방을 열고 나갈 문을 발견했으니까."

쥬스피앙은 고개를 끄덕였다. 그리고 손가락을 모두 폈다.

"네냐플에 가겠다고 했나?"

"입학하겠다는 이야기는 아니고요."

쥬스피앙과 막시민의 일을 떠올린 조슈아가 엷게 웃었다. 쥬스피앙이 말했다.

"너야 입학하든 말든 내가 알 바 아니고, 가거든 데리케 레오멘티스 교수를 찾아라. 네가 말을 잘 한다면 데리케가 포도원에 들여보내줄 거다. 거기서 네가 원하는 것을 찾게 될지도 모르지."

"포도원이라고요?"

이름만으로는 어떤 것이 있을지 짐작이 가지 않았다. 설마 진짜 포도가 열린 과수원은 아닐 테고.

쥬스피앙은 고개를 끄덕거리며 뭔가 더 궁리하더니 불쑥 덧붙였다.

"참, 가서 내 얘기 꺼내면 역효과라는 거 잊지 말고."

무대 밖의 덫

무대에선 배우가 무대 밖에서 쏜 화살에 맞는 일은 없다.
그러나 현실에서는 곧잘 일어난다.

～

　사과꽃이 피기 전이었다. 봉오리 맺힌 나뭇가지가 그림자
를 드리운 회랑에는 지난해와 다름없이 학생들이 오갔다. 벽
감 속 요정이 무변한 얼굴로 지키고 있건만 그곳에 섰던 소년
은 이제 없었다. 거니는 사람들은 다 잊은 얼굴이었다.
　구두 소리가 울렸다. 군인 한 사람이 회랑을 통과해 학생관
으로 가는 중이었다. 단추를 두 줄로 단 적갈색 군복에 금색

견장, 모자에 붙은 검은 도마뱀 모양의 표지를 모르는 사람은 없었다.

도마뱀은 8자에 가까운 곡선을 그리고 있었다. 그 결과 붙은 이름이 왕국 8군이다. 처음에는 별명이었지만 어느새 국왕조차 언급하는 공식 명칭이 되고 말았다. '국왕 폐하의 영광을 드높이는 왕국의 수호자'라는 본래 명칭이 부르기 어려웠던 까닭도 한몫했다.

그런 자가 그로메의 교정을 거닐더라도 놀라는 사람은 없었다. 켈티카에 있는 모든 학교는 왕국 8군에서 나온 담당 장교의 관리를 받았다. 해당 부대에 속한 군인들은 언제고 학교를 드나들 권리가 있었다.

왕국 8군 소령 호웰 제나스는 학생관에 이르자 거침없이 계단을 올라 입구로 들어섰다. 로비를 걷던 학생들이 그를 보자 눈에 띄지 않게 비켜났다. 그를 중심으로 자기장이라도 흐르는 것처럼 부자연스러운 흐름이 생겨났다. 제나스는 개의치 않았다. 이미 익숙했다. 로비를 가로질러 계단 쪽으로 갔다. 그때 처음으로 누군가가 그를 아는 체했다.

"제나스 소령님!"

돌아보자 리어리드 남작의 아들 패트릭이 입구에서 손을 흔들며 걸어 들어왔다. 기숙사로 돌아오는 중인 모양이었다. 입가에 장난기 섞인 미소가 걸려 있었다.

제나스는 몸을 돌려 간단히 경례했다.

"안녕하십니까."

"요즘 자주 뵙는 것 같네요."

"일이 있어서 그렇습니다."

"무슨 일인데요? 심각한 거라도?"

"아닙니다. 일상적인 조사를 일이라고 말씀드렸습니다."

"역시. 학교에 무슨 일이 있겠어. 심심해죽겠어서 뭔 일이라도 생기지 않나 내심 기대했는데 아쉽네요."

"아쉬우시다니 유감입니다."

언제 말을 섞어봐도 딱딱하기만 한 대답이 왕국 8군 장교답다고 생각하며 패트릭은 씩 웃었다.

"뭐 도와드릴 건 없고요?"

"말씀은 고맙습니다만 폐를 끼치고 싶지 않습니다."

"아니, 폐가 될 건 없고요. 심심하거든요. 그보다 학교를 조사하려면 학생의 도움을 받는 편이 제일 빠르지 않아요? 하하하."

제나스는 조금 생각하는 기색이었다. 패트릭은 팔짱을 끼고 기다렸다. 상대가 미끼를 물기를 기대하면서.

"좋습니다. 그러면 잠시만 저를 도와주시겠습니까?"

"역시 그렇게 나오셔야 저도 기분이 좋죠."

"앞장서겠습니다. 따라오십시오."

패트릭은 제나스를 뒤따라가며 계속 횡설수설 말을 붙였다.

"사실 말이죠, 저희 아버지가 예전부터 저더러 졸업하고 나면 왕국8군에 들어가라고 그러셨거든요. 처음엔 짜증이 났는데 졸업할 때가 가까워오니까 딱히 할 것도 없고, 그래서 한번 해볼까 싶기도 했는데, 어떤 데인지 알아야 들어가든 말든 할 거 아니에요? 그래서 요새 제나스 소령님이 자주 나타나시는 걸 보고 언제 얘기나 나눠봐야겠다 싶었죠. 아, 물론 제가 군인 노릇을 잘할 것처럼 안 보이실 테지만 저도 나름대로 집에 가면 동생들한테 군기 잘 잡거든요. 동생이 세 명이나 있는데 하도 까불어대어서 얕보이면 귀찮아져요. 그런데 제나스 소령님은 왕국8군에 들어가기 전에는 뭐하셨어요? 소령님도 저처럼 아버지가……."

"전 본래 군인이었습니다. 왕국8군이 된 것도 부대를 옮긴 것일 뿐입니다."

자르는 듯한 대답을 들으며 패트릭은 만족했다. 경박하고 생각 없는 녀석으로 보일 작정이었던 것이다. 왕국8군이 켈티카에 있는 학교에서 조사할 것은 뻔했다. 민중의 벗.

왕국8군의 정평 있는 조사력은 작은 기미도 놓치지 않는 데서 시작되었다. 학생들은 민중의 벗이 퍼뜨리는 사상에 물들기 쉬운 무리로 분류되었다. 학교는 끄나풀이 숨어들어 신분을 가장하기에 편리한 장소이기도 했다. 더구나 최근 몇 년간 그로메에서 뚜렷한 조직이 자라고 있었으니 저들이라고 전혀 냄새를 맡지 못했을 리 없었다.

그러나 란지에 로젠크란츠는 사라지고 없었다. 이엔나 다 아마란스도 졸업했다. 하일저 딘츠도 휴학하고 고향으로 떠났다. 조직의 핵심이 대부분 학교 밖으로 나간 셈이다. 제나스는 무엇을 찾으려는 것일까? 제나스 소령이 그로메 학교를 드나들기 시작한 것은 겨울부터였다. 아직 뚜렷한 활동 한번 한 일이 없는 패트릭 자신을 찾는 것은 아닐 테고, 사라진 사람들의 족적을 따라갈 작정이 아닐까. 그렇다면…….

거기까지 생각했을 때, 기숙사 관리인 앞에 선 제나스의 목소리가 울렸다.

"왕국 8군 데어메르트 중령님께서 서명하신 수색 허가서요. 학교를 떠난 학생이 두고 간 물건을 보관하는 곳이 있을 거요. 그곳으로 안내하시오."

패트릭은 저도 모르게 따지듯 나오려던 말을 간신히 눌렀다.

"창고 아닌가? 창고에서 뭐하시게요?"

제나스는 돌아보지 않고 말했다.

"가서 말씀드리겠습니다."

관리인은 순순히 열쇠를 들고 앞장을 섰다. 패트릭의 말대로 기숙사 지하에 있는 허름한 창고일 뿐이었다. 문을 열자 먼지 냄새가 훅 끼쳤다. 패트릭은 고개를 돌리며 싫은 시늉을 했다.

"머리에 먼지 다 쓰겠네."

제나스는 대꾸 없이 안으로 들어섰다. 관리인이 내려가는 계단 쪽을 램프로 밝히며 중얼거렸다.

"근데 당최 정리가 안 돼 있어서, 뭘 찾으시는지는 몰라도……."

"최근, 다시 말해 작년부터 지금까지 나간 학생들의 물건이 있을 것 아니오."

"그야 뭐…… 그게 한두 명이어야 말입죠. 아, 아니, 네."

어렴풋한 램프 밑에서도 제나스의 눈빛을 눈치챘는지 관리인은 갑자기 걸음을 빨리해서 내려갔다. 여러 단의 선반이 줄지어 늘어선 공간이 나타났다. 관리인은 선반 옆면에 찍힌 번호를 보며 한 군데를 찾아냈다.

"여깁니다."

제나스가 나가보라고 눈짓하자 패트릭이 관리인의 손에서 열쇠를 받아들었다. 곧 등뒤에서 문이 닫히는 삐그덕 소리가 들렸다.

패트릭은 제나스가 선반에 얹힌 책 몇 권을 집어 드는 것을 보았다. 잠시 후 내려놓고 다른 책을 펼쳐 후루룩 넘겼다. 그곳에 있는 것은 책뿐만이 아니었다. 낡아빠진 슬리퍼나 담요, 펜과 잉크, 잠긴 상자, 금 간 컵에서 더러운 초상화에 이르기까지, 온갖 물건들이 선반마다 순서도 없이 쌓여 있었다.

그것들은 이미 누구의 물건이랄 수 없었다. 패트릭 자신도 거기서 란지에의 물건을 골라낼 자신이 없었다. 그러니 다른 사람은 오죽할 것인가. 이엔이라도 온다면 모를까.

그즈음, 제나스의 손은 책 중간에서 멈춰 있었다. 패트릭은 어깨를 으쓱하며 어깨 너머로 들여다보았다. 찢겨 나간 책장이었다.

"......."

패트릭은 무엇이든 말할 필요를 느꼈다.

"뭐 찾으세요? 뭘 도와드리면 되죠?"

제나스는 들고 있던 책을 내밀어 보였다.

"이렇게 찢어진 책장이 있는 책을 찾아주시면 됩니다."

애나 에이젠엘모는 높이 솟은 그로메 학교의 정문을 올려다보며 불안한 표정으로 멈칫거렸다. 머리에 쓴 하녀의 두건 때문에 다른 사람에게 표정이 보이지는 않았다. 예전에 처음 이곳에 왔던 때도 이와 비슷한 기분이었던 것 같았다. 호기심 반, 불안감 반. 정확한 기억은 아닐지도 모른다. 무엇보다도 지금 그녀는 혼자였다.

문지기가 조금 전부터 서성대는 애나를 지켜보고 있었다. 그걸 깨닫는 순간 애나는 갑자기 과감하게 안으로 들어섰다.

가만히 있다가 잘못되는 것보다 행동하다가 잘못되는 편이 낫다고 여기는 성미였다.

"이곳 학생분에게 물건을 전달하러 왔어요."

문지기는 애나가 이름을 말하고 두건을 젖혀 얼굴을 보이자 곧 고개를 끄덕거렸다. 예전에 란지에가 애나를 데려왔을 때 식당 일을 도우며 지냈던 까닭에 문지기는 애나를 기억하고 있었다.

"여기 그만두고 나가서 어디 별이 좋은 일 찾았나?"

애나는 제법 능숙하게 헤벌쭉 웃었다.

"어디가나 다 마찬가지죠, 뭐."

"얼른 돈 모아야 시집가지."

"몰라요. 그냥 저 데려갈 남자가 돈 모으고 있길 바랄래요."

"어이쿠, 고 아가씨 꿈 한번 야무지다."

애나는 헤실헤실 웃음을 흘리며 인사를 하고 학교 안으로 들어섰다. 고개를 돌리자 곧 웃음이 지워지고 긴장한 표정으로 돌아갔다. 연기를 할 때와 아닐 때가 뚜렷이 구분되는 것은 단점이었지만 아직은 그러지 않을 만한 배짱이 없었다.

애나가 찾아갈 학생은 뻔했다. 그의 방이 어딘지는 기억해두었다. 중요한 물건인 양 소중하게 싸 묶어 가져온 단지에 든 건 평범한 수프였다. 엉뚱한 사람에게 걸렸을 때 둘러댈 말도 준비해두었다. 하지만 본인을 만나더라도 분명 놀랄 것이다. 애나의 방문에 대해 어떤 귀띔도 받지 못했을 테니까.

받았을 리가 없다. 이곳에 찾아온 것은 애나의 단독 행동이었다. 어색한 변명거리나마 이것저것 궁리해 오긴 했지만, 상대의 환영을 바라긴 힘들 듯했다. 하지만 언제까지나 기다리는 것보다는 나았다. 답답해서라도, 아니 실은 궁금해서 참을 수가 없었다.

학교의 지리는 익숙했다. 바로 학생관 쪽으로 걸음을 옮겼다. 오후 수업이 끝났을 시간이어서 많은 학생들이 교정을 걷고 있었다. 날씨는 화창했다. 벤치에 간식거리를 들고 나온 학생도 여럿 눈에 띄었다.

회랑을 지나 학생관으로 오르는 계단 앞에 이르렀을 때였다. 애나는 눈을 몇 번 깜빡거렸다. 마음을 다잡기 위해서였다. 계단 위 입구에 그녀가 찾아온 사람이 서 있었던 것이다. 이유는 모르겠지만 자꾸 머리를 털어내면서.

뭐라고 부르면 될까? 아, 그렇다.

"리어리드 도련님!"

패트릭 리어리드가 고개를 돌렸고, 애나와 눈이 마주쳤다. 순간 그는 눈을 크게 떴다. 애나의 예상보다 훨씬 놀란 모양이었다.

망설이고 있을 때가 아니었다. 애나는 재빨리 계단을 올랐다.

"아이고, 요기 나와 계셨네요. 안 계시면 어쩔까 걱정했는데."

패트릭은 뭔가 말하고 싶은 표정이었지만 오가는 학생들이 있어 입을 열 수가 없었다. 애나는 오히려 잘됐다고 생각했다. 한바탕 핀잔 들을 것을 저들이 막아주는 셈이지 싶었다.

"왜 왔어?"

"그야 도련님께 이것 전해드리려고 왔지요. 유모 할멈이 꼭 도련님한테 직접 드려야 한다고 했거든요."

패트릭은 단지 보퉁이를 뺏다시피 하더니 말했다.

"자, 받았으니 어서 가."

"아니, 저, 그게……."

그냥 갈 순 없었다. 묻고 싶은 게 있어서 어렵사리 한 걸음이었다. 패트릭은 안절부절못하며 애나를 쳐다봤지만 애나로서는 그가 왜 이러는지 알 수가 없었다.

"대체 왜……."

패트릭은 갑자기 입을 다물었다. 애나의 등뒤에서 낯선 목소리가 들렸다.

"도움 감사했습니다."

애나가 몸을 돌리자 눈앞에 군인 복장의 사내가 보였다. 군복이 눈에 익었다고 생각하던 그녀는 다음 순간 저도 모르게 숨을 들이켰다. 사내의 모자에 똬리를 튼 검은 도마뱀을 보았던 것이다.

군인은 애나를 본 체도 하지 않았다. 심부름 온 하녀 따위는 투명인간과 다를 것 없었다.

"아니, 뭘요. 그런 데가 있는 줄도 몰랐는데 구경 잘했네요. 먼지는 좀 썼지만. 흐흐, 나중에 또 도움이 필요하면 부르세요."

"고마운 말씀이십니다. 그럼 이만."

군인은 흐트러짐 없는 태도로 경례를 하고 계단을 내려갔다. 그가 저만치 멀어지자 패트릭은 한숨을 내쉬고 애나에게 따라오라고 눈짓했다. 애나는 하녀답게 고개를 꾸벅거렸다.

"예, 예."

따라가는 동안 가슴의 두근거림이 겨우 조금 느려졌다. 패트릭은 방에 들어서자 재빠른 손놀림으로 문을 잠그고 애나의 손목을 잡아끌다시피 하며 방 안쪽으로 갔다. 커튼은 이미 내려져 있었다.

"대체 어떻게 된 건가요? 어째서 갑자기 나타났냐고요. 아까 그 사람이 누군지 봤죠?"

"왕국…… 8군이죠?"

"왕국8군이고 우리 학교를 담당하는 작자란 말입니다. 톱니바퀴처럼 철저한 놈이고 감정이라고는 없죠. 내가 그 작자 구워삶으려고 얼마나 애쓰고 있는 줄이나 알아요? 그런 자리에 왜 떡하니 나타나서 눈도장을 찍어요? 왜 가라고 눈치 줄 때 안 가요? 그렇게 왕국8군한테 쫓기고 싶어요?"

애나는 머뭇거렸지만 할 만한 대꾸를 찾지 못했다.

"죄송해요……."

패트릭은 혼자 방을 돌아다니며 겨우 감정을 가라앉히더니 한숨을 내쉬며 애나에게 손짓했다.

"미안해요. 화를 내서. 이리 와 앉아요."

패트릭은 애나보다 어렸다. 그러나 귀족이었다. 그 점을 잊고자 해도 이런 때면 제풀에 주눅이 들어버리는 것을 어쩌지 못했다. 그리고 패트릭의 말대로 애나의 잘못이기도 했다. 그녀는 맞은편 의자에 앉았다. 패트릭이 물었다.

"무슨 일로 왔어요?"

"그게, 저기, 로젠크란츠 씨에게 연락을 취할 방법을 알고 싶어서요."

"그분한테는 왜요?"

"전할 말이 있어요."

패트릭은 엄지손가락으로 자신을 가리켰다.

"나한테 해요."

"리어리드 씨는 로젠크란츠 씨하고 연락이 돼요?"

"아뇨."

패트릭은 잠시 후 덧붙였다.

"하지만 닿을 가능성은 좀더 크죠."

애나는 패트릭이 뭔가 숨기고 있다는 느낌을 받았다. 그러나 다짜고짜 캐물을 순 없는 노릇이었다. 어쨌든 패트릭에게 말하지 못할 까닭은 없었다.

"내가 있는 공예방에서 우리 조직 사람들이 이야기하는 걸 얻어 듣게 됐는데, 로젠크란츠 씨 이야기더라고요. 그 사람들은 이번에 로젠크란츠 씨가 무리한 일을 하려다가 실패했다고, 그래서 입지가 좁아질 거라고 했어요. 그러면서 그분의 잘못을 지스카르 선생님에게까지 연결시키려는 사람들이 있고, 그것 때문에 지스카르 선생님께서 망명의회에 출석 요구를 받게 될 것 같대요. 일부러 로젠크란츠 씨는 부르지 않을 작정이라더군요. 그래야 선생님의 겸손함을 이용할 수 있으니까."

말을 하는 동안 얼굴이 점차 붉어졌다. 애나는 자기에게 힘이 있든 없든 자기와 연결된 사람들을 지키기 위해 최선을 다해야 한다고 굳게 믿었다. 민중의 벗에서 지스카르는 애나의 아버지나 다름없는 인물이었다. 만일 애나가 그렇게 생각하지 않는다 해도 다른 사람들은 여전히 그렇게 여길 것이다.

패트릭이 고개를 끄덕였다.

"란지에 선배하고 정면 대결하고 싶어 하는 사람은 망명의회 내에도 별로 없죠."

패트릭은 지스카르의 학생이었던 적이 없었으나 오랫동안 란지에와 지내면서 심정적으로 그쪽 계파에 동화되어 있었다.

"리어리드 씨는 로젠크란츠 씨가 무리하게 지난번 일을 추진하게 된 건 망명의회의 지령 때문이라고 생각하지 않아요?"

"그때 일은 란지에 선배하고 이엔 선배, 하일저 선배가 맡았던 일이라 사실 자세한 건 몰라요."

패트릭은 말을 끊으며 입술 양끝을 올렸다.

"하지만 란지에 선배야말로 무모한 것과 거리가 먼 사람이란 건 알죠."

"그렇죠? 망명의회가 이번 일의 책임을 로젠크란츠 씨에게 묻는 건 적반하장 아니겠어요? 지스카르 선생님까지 끌어들이려는 건 침소봉대고."

"어려운 말 잘 쓰네요."

"네? 그다지……."

패트릭은 잠시 생각하다가 고개를 끄덕거렸다.

"지금은 연락이 닿지 않지만, 곧 닿게 될 것 같아요. 지스카르 선생님의 일이니까 전해주는 것이 좋겠죠."

"지금은 좀 멀리 있죠?"

애나도 들은 것이 있었다. 패트릭이 긍정했다.

"다른 나라에 있을걸요."

"곧 돌아와요?"

"아마도요."

그 정도면 충분했다. 애나는 일어나며 다시 미안하다고 말했고, 이번에는 패트릭도 웃으면서 괜찮을 거라고 답해주었다. 애나가 두건을 고쳐 쓰고 나가자 패트릭은 단지를 열어보았다.

"먹어도 되는 건지 모르겠네."

식었고, 냄새도 애매했지만 동료가 갖다준 것을 버릴 수는 없다는 생각에 그는 하인을 불러 수프를 데워 오도록 했다.

학교 입구를 나선 애나는 곧 거리의 사람들 사이로 섞여들었다. 그러나 모습이 사라지기 직전, 문 근처를 서성대고 있던 남자가 그녀를 뒤따라 걷기 시작했다.

물고기 술집과 장미골의 밤

그 밤에는 장미도 술도 친구도 있었다.

여름은 춤추고 거리는 노래 불렀다.

나는 술잔을 들어 장미의 아름다움에 건배하고

친구의 건강에 건배하고

술의 미래에 건배했다.

마지막이 가장 중요한 것 같다, 왜냐하면 누구든

술이 잘 익어야 다시 만나는 법이니까.

✻

성이 오랜만에 소란했다.

볕이 찾아들지 못하는 회랑을 걷던 조슈아는 어느 그림 앞에서 걸음을 멈췄다. 잠시 후 그는 입술만 움직여 말했다.

누나, 안녕.

등뒤로 하녀 한 사람이 쟁반에 무언가를 받쳐 들고 급하게 지나쳐갔다. 아마 인사를 했겠지만 조슈아는 아무 기척도 느끼지 못한 사람처럼 그림만 바라보았다.

후광 같은 금빛 머리카락에 뺨을 파묻은 이브노아는 동생을 내려다보고 있었다. 또는 그보다 먼 곳, 벽 너머, 아니 한 층 멀어 찾을 수 없는 누군가를 굽어보았다.

조슈아의 입술이 다시 달싹였다. 이제 이 그림이 누나를 닮아 보여.

누구도 듣지 못했을 목소리였다. 그러나 죽은 사람에게 소리 내어 말할 필요는 없었다.

누나, 나 말이야. 이제 누나한테서 도망치지 않아도 될 것 같아.

세상 어디에도 없던 나를 누나한테서 찾고 싶었던, 무의미한 기대 때문에 나는 누나를 사랑하지도 못하고, 나를 사랑하지도 못하고, 비겁하게 이 세상 무엇도 사랑하지 못한다고 생각하며 도망쳤네.

하지만, 이제는 나도 알 것 같아.

누나의 동생은 참 늦되네.

다시 사람이 스쳐갔다. 그들은 매번 걸음을 멈추고, 고개를 숙이고, 다시 조심스럽게 그의 등뒤를 지나갔다. 조슈아는 그들의 존재를 알지 못했다. 회랑 끝의 볕이 기울고 그림자가 짙어지는 것도 알지 못했다. 예전에 누군가가 그 자리에서 그랬던 것처럼.

지금은 누나를 혼자 둘 수밖에 없지만, 머지않아 함께 있게 될지도 몰라. 나란히 걸린 그림이 되어서.

조슈아가 몸을 돌리자 먼 곳을 보던 이브노아의 표정이 묘하게 변했다. 그녀가 눈빛으로 말했다. 재회는 멀수록 좋아.

조슈아는 고개를 흔들며 빙그레 웃었다.

"매형이랑 함께 있게 됐다고 이제 내가 필요 없어진 거야?"

조슈아는 회랑을 천천히 빠져나가 2층 홀로 나갔다. 끈으로 묶은 상자며 커다란 가방들이 그를 맞았다. 양탄자 위에 잔뜩 부려진 짐을 본 그는 쓴웃음을 지었다. 계단을 오르자 맞은편에 문을 활짝 열어놓은 방이 보였다. 그는 문간에 기대어 안을 들여다보았다. 생각에 잠긴 채로, 가벼운 미소를 머금고.

잠시 후 대꾸가 날아왔다.

"거기서 뭘 하니? 도와줄 거면 들어오든가."

"들어가봤자 썩 도움은 안 될 것 같은데."

네 짝이나 되는 창을 모두 열어젖혀놓았다. 그래도 될 날씨였다. 여름이 코앞이었다. 하얀 창턱에 볕이 너울거렸다. 서늘한 나무 냄새, 땅의 훈김도 흘러 들어왔다. 방안에 흩어진 잡동사니들, 스케치북, 반짇고리, 색색 가지 실패, 바늘꽂이, 덧신, 심심해서 만들어본 인형 드레스, 회중시계…… 모두 따뜻한 빛 속에 잠겨 있었다.

한가운데 징 박힌 커다란 가방이 펼쳐져 있었다. 그 옆에 앉아 손에 잡히는 것들을 던져 넣던 리체는 곧 어깨를 으쓱했다.

"하긴, 공작 가문 도련님이 자기 짐을 꾸릴 줄이나 알겠어."

"해본 적이 있느냐는 질문이라면, 솔직하게 아니라고 말할게."

조슈아는 바닥에 흩어진 물건들을 피하며 걸어 들어왔다. 리체가 피식 웃었다.

"그 말의 뜻은 역시 하려고 하면 잘할 게 뻔하다 그거겠지?"

조슈아는 굳이 대꾸하는 대신 멋쩍게 웃기만 했다. 열어놓은 옷장으로 돌아서자 리체가 성에서 지낼 때 입었던 옷가지들이 몇 벌 골라낸 흔적도 없이 고스란히 걸려 있었다. 공작 부인이 마련해준 고급 드레스며 모자, 속치마, 숄, 구두 들은 대부분 아직 새것처럼 보였다.

"옷은 전혀 가져가지 않으려고?"

"난 그런 옷을 만드는 사람이지 입는 사람은 아니거든."

무릎 언저리까지 오는 바지와 헐렁한 손뜨개 웃옷을 걸친 리체는 드레스 차림일 때보다 훨씬 편안해 보였다. 리체가 직접 만든 옷이었다.

"어머니께서 섭섭해하실 텐데."

"사실 그게 걱정이야. 한 벌쯤은 예의로라도 가져가야 되는 걸까나."

조슈아는 고개를 끄덕거렸다.

"응, 내가 골라줄게."

도로 돌아서더니 잠깐 만에 한 벌을 집어냈다. 자줏빛 벨벳으로 만든 종형 치마에 반달형 케이프가 붙은 겨울용 드레스였다. 체크무늬 리본과 털 방울 말고는 별다른 장식도 없었다.

조슈아가 드레스를 든 채 훑어보더니 거침없이 말했다.

"이걸 가져다가 치마 길이를 줄여. 무릎 위로."

리체가 기가 막혀하며 조슈아를 올려다봤다.

"무릎 위라고? 그런 거 입고는 밖에 나가지도 못해. 내가 무대에 서는 배우인 줄 아니?"

"걱정 마. 조금만 있으면 다들 그런 옷 입고도 자연스럽게 다니게 될 거야. 장담해."

"네가 지금 의상실 직원이던 내 앞에서 유행 얘길 하는 거니? 아휴, 같잖아라."

리체가 과장스럽게 손사래를 쳤지만 조슈아도 고집을 꺾지 않았다.

"무대의상이 곧 유행하는 걸 한두 해 보아온 내가 아니야."

"그런 무대의상들을 누가 만들었는지 알고 하는 얘기겠지, 물론?"

"내 건 내가 디자인했는데."

"네 걸 너 말고 누가 입니? 너니까 입었지, 다른 사람이 입으면 닭장에 나타난 칠면조 꼴이란다."

"리체 너, 그 말 심했어."

조슈아가 입술을 오므리며 한마디 하더니 옷을 착착 개어 가방 속에 집어넣어버렸다. 리체와 눈이 마주치자 턱을 약간 쳐들고 눈을 가늘게 떠 보였다. 잠시 후, 리체가 그 위에 낡은 천 가방을 던져 넣으며 말했다.

"어휴, 알았어. 성의를 봐서 갖고는 간다만 기대는 하지 마."

출발은 내일이었다. 꾸려놓은 가방만 여섯 개인데 아직도 하인들은 새 짐을 꾸리는 중이라고 했다. 출발할 사람은 셋다였지만 목적지는 달랐다. 리체는 고향으로, 나머지 둘은 네냐플로.

입학을 하러 가는 것은 아니었다. 입학 시기도 지났다. 입학시험은 겨울에, 그러니까 조슈아가 잠들어 있던 때 끝나버렸다. 막시민은 시험을 놓친 것을 조금도 아쉬워하지 않았지만, 가끔 보면 어떻게든 도망쳐 학교를 안 갈 작정만 하는 것 같지도 않았다. 그러다가도 조슈아가 슬쩍 "도움이 될지도 모르니까" 하고 떠보면 되레 펄쩍 뛰는 것이었다.

어쨌든 이번 학교행은 막시민의 표현을 따르자면 '탐문 수사'를 위한 것이었다. 가서 해야 하는 일은 간단하지 않겠지만 날씨 좋은 오늘 짐을 싸면서 그들은 모두 홀가분해했다. 무엇보다 다들 성을 떠나고 싶어 했다. 조슈아가 오래 누워 있는 동안 성의 분위기는 병실처럼 눅눅해져 있었다.

짐을 마저 꾸리는 리체 옆에 쪼그리고 앉아서 반짇고리에서 흘러나온 실을 돌돌 말아 넣고 있던 조슈아가 문득 말했다.

"참, 이따가 저녁때 밖으로 나와."

"밖이라니?"

"막군이 좋은 데를 봐놨대. 송별회라도 해야지."

리체는 선뜻 내키지 않는 얼굴이었다.

"번거롭게 뭘 나가니. 오늘 저녁은 너 간다고 공작부인께서 거창하게 차려주실 거 아냐."

"성의 만찬은 실컷 먹어봤잖아. 그거랑 이건 다르지."

"나 때문에 괜히 그러지? 됐어. 그동안 호화롭게 살게 해준 것만으로도 충분히 갚았지 뭘. 빚 같은 건 없다고."

리체가 고개를 돌리자 조슈아가 빨간 실꾸리를 감은 손가락을 불쑥 내밀더니 리체의 눈앞에서 흔들어댔다.

"왜 이래, 얘가 진짜."

리체가 돌아보자 조슈아가 미소를 보냈다.

"우리, 참 잘도 살아남지 않았어?"

"……"

몇 번이나 죽을 뻔했던가. 굳이 세어보지는 않았다. 돌이켜보면 여행 경험도 없고 제대로 된 무기 한 자루 없었던 그들이었다. 예고도 없이 익숙한 환경에서 내쫓겨 온갖 낯설고 위험천만한 상황들과 맞닥뜨렸다. 뒤쫓는 자 때문에 멈출 수도 없었다. 그렇게 블루코럴섬에서 남쪽 바다와 섬들을 거쳐 켈티카까지, 대륙을 반 바퀴나 돌았다.

"어떻게 안 죽었나 몰라."

리체의 얼굴에도 웃음이 퍼졌다. 조수아가 자신을 가리켰다.

"나 있잖아. 죽었다가 살아난 사람."

"너, 농담으로라도 그런 말은 마. 반년이나 머리맡을 지킨 사람들 심정을 네가 알기나 하니?"

조수아의 미소가 약간 쓸쓸해졌다.

"인생에서 반년이 사라진 사람의 입장도 약간은 생각해줘."

"어마어마하게 푹 잔 거지 뭐. 난 네가 어떻게 밤잠이 오는지 이해가 안 가. 나 같으면 내후년까지 안 잘 것 같은데."

둘은 나란히 웃음을 터뜨렸다. 볕 그림자가 가방 위를 지나쳐 왼쪽으로 기울고 있었다.

"그러니까 이따가 나와. 거리의 평범한 음식점이 슬슬 그립지 않아? 우리 그런 데서 곧잘 저녁 먹곤 했잖아."

"고작 몇 번 가봐놓고 아는 체하긴. 기억 안 나, 도련님? 난 그런 음식점의 급사였다고!"

조슈아가 웃으면서 코를 찡긋했다.

"어렵하겠어. 하지만 코럴리는 꽤 고급이었지. 막군은 그런 데를 고르지 않아. 자기만의 확고한 취향이 있지."

리체도 고개를 끄덕거렸다.

"그래, 너랑은 다르지. 걔가 고르면 첫인상은 이상해도 꼭 먹을 만한 게 나오더라."

"맞아. 맛은 안 따진다는 녀석인데 꼭 그래."

조슈아가 일어서자 리체가 인사 대신 손바닥을 까딱거렸다. 조슈아가 말했다.

"오는 거지? 블루엣 강 쪽으로 나가는 입구에서 만나자. 만찬 끝나고 바로."

"그래."

조슈아는 문을 닫으려다 말고 문득 생각난 것처럼 고개를 내밀었다.

"그런데 너, 여기 반년이나 살면서 켈티카 시내에 한 번도 못 나가봤다면서?"

"그게 대체 누구 때문이라고 생각하는 거야!"

조슈아는 계면쩍게 웃으면서 막시민을 흘끔 봤다. 그러나 막시민이 도와줄 기색이 아니었으므로 알아서 하는 수밖에 없었다.

"놀리려고 꺼낸 말이 아닌데."

사방의 와자지껄한 소음에 반쯤 묻혔지만 들리긴 했다. 리체는 소금에 절인 아몬드 하나를 씹으면서 말을 이었다.

"어쨌든 네가 할 말은 아니잖니? 악취미도 하여간 지나쳐."

"악취미는 또 뭐야?"

어느새 마시던 맥주잔을 비우고 급사에게 손을 흔들던 막시민이 끼어들었다.

"쟤 취미가 시체놀이지. 뭐 또 있냐?"

리체가 포도주 잔을 입가에 댔다가 떼며 피식 웃더니, 곧 진지한 얼굴로 손가락을 꼽기 시작했다.

"자 봐, 조슈아. 너하고 나하고 식당에서 처음 만나고, 분장실에서 잠깐 보고, 그다음에 마주치니까 벌써 혼수상태였지? 이럭저럭 같이 가게 되고도 금방 힘들다고 쓰러져서 말에 신고 갔잖아? 겨우 쥬스피앙 아저씨한테 배 얻어났더니 또 뭔가 유령들을 부르고 이상한 짓을 해서 기절한 걸 끌어다가 태웠고, 그리고 또……."

"뭘 일일이 세고 있냐. 새삼스럽게."

듣고 있던 막시민이 핀잔을 주더니 곧 조슈아를 돌아보며 말했다.

"리체가 너, 그놈의 시체놀이 하는 동안 네 옆에 앉아 있으면서 너희 어머니 옷을 세 벌이나 만들어드렸다. 알고나 있냐?"

리체가 재빨리 덧붙였다.

"그건 뭐, 내가 심심해서 만들어본 걸 공작부인께서 사버리신 거지만……."

조슈아는 조금 전 리체가 손가락을 꼽으며 하는 이야기를 들으며 웃음을 참느라 얼굴을 양손에 파묻고 있었다. 그러다가 막시민의 말에 겨우 고개를 들고 리체를 봤다.

"어머니께서 네 옷을 더 못 입게 됐다고 아쉬워하시더라."

리체가 고개를 흔들었다.

"그럴 리가 있니? 공작부인한테는 최고급 드레스가 산처럼 있을 텐데, 잘난 아들 때문에 집에도 못 가는 내가 불쌍해서 한두 벌 사주셨을 게 뻔하지."

"자학은 그쯤 해두라고. 대륙을 반 바퀴나 여행하고도 아직 그 버릇 못 고쳤냐?"

막시민의 말에 리체도 눈을 내리깔며 뺨만 부풀렸다. 조슈아가 자기 잔을 들어 리체의 잔을 톡톡 건드렸다. 리체가 눈을 들자 조슈아의 미소가 보였다.

"그동안 미안했어."

막시민은 안경을 벗어 눈을 비비느라 리체가 순간 얼굴을 붉히는 것을 보지 못했다. 곧 셋은 잔을 부딪쳤다. 한 모금 마시자마자 리체가 소리쳤다.

"조슈아 너! 자꾸 그런 얼굴로 웃지 말랬지! 멀쩡한 아가씨 정신 사납게 하지 말고 그런 미소는 관객들 홀릴 때나 써. 알았어?"

"……."

조슈아가 고개를 숙이며 킥 웃자 막시민이 어이없는 표정으로 코웃음 쳤다.

"너희 지금 내 앞에서 대놓고 연애질하냐?"

조슈아가 정색을 했다.

"그건……."

리체가 말을 받았다.

"오해야!"

막시민은 누가 뭐랬냐는 것처럼 어깨만 으쓱해 보였다.

어느새 별이 총총해질 시각이었다. 여왕 시장 골목길 큰 모퉁이를 다 차지한 선술집 '물고기 술집'은 진짜로 물고기로 담근 술을 팔지는 않았지만 그것만 제외하고 다른 건 다 팔지 않을까 싶은 가게였다. 온갖 술과 요리는 물론 살아 있는 물고기도 팔고, 물고기를 낚을 낚시 도구도 팔고, 심지어 먹던 접시도 팔았다. 그중 뭘 사러 오는지 몰라도 가게는 늘 붐볐다. 단골 손님들이 문을 밀고 들어설 때면 으레 큰 소리로 오늘은 '물고기술'이 들어왔느냐고 물었다. 주인의 대답도 정해져 있었다. "죄송합니다, 내일은 꼭 들여놓겠습니다."

거리를 쏘다니던 막시민이 처음 이곳에 발을 들이게 된 것도 저 이름 때문이라고 했다. 막시민은 리체에게 옛날 조슈아가 며칠씩 굶고 있는 것을 보고 물고기라도 잡아먹으라고 가르쳐줬더니 그것도 못 해서 그때부터 '멍청이'라고 부르게 됐다는 이야기를 해주었다. 조슈아가 정정했다.

"'멍청한 꼬마'였어."

"이거나 그거나. 하여간 그즈음에 저놈이 내 조용한 인생을 얼마나 성가시게 들볶을지 눈치채고 진작 모른 체했어야 했는데."

조슈아는 들은 체도 하지 않고 허공을 바라봤다.

"그때 막군이 준 옥수수빵, 진짜 맛있었는데. 내 일생에서 가장 맛있는 빵이었어."

조슈아가 추억에 잠긴 표정을 짓자 막시민이 덧붙였다.

"말구유에 떨어진 걸 주워 온 거였는데."

조슈아가 마시던 맥주를 뱉을 뻔하고는 소리쳤다.

"뭐? 그런 말은 안 했잖아?"

"묻지도 않았잖냐? 전날까지 훔친 건 안 된다고 꼬박꼬박 따지던 녀석이 군소리도 없이 덥석 받아먹어놓고는."

"그거하고 이건 다른 문제잖아!"

"다르긴 뭐가 달라. 이미 똥 돼버린 옥수수빵 따위에 위생 따지냐?"

그러나 조슈아는 잔을 놓고 의자를 뒤로 물리며 중얼거렸다.

"아, 속이 안 좋아졌어."

막시민이 이죽거렸다.

"옥수수빵에 묻었을 팔 년 묵은 파리똥 때문에?"

"……한마디만 더하면 진짜 성가신 게 뭔지 보여주는 수가 있어."

다시 손님 한 무리가 몰려 들어오자 가게 안의 공기가 탁해졌다. 안색이 안 좋은 조슈아를 본 리체가 제안했다.

"그만 나가서 좀 걸을까?"

"거리 구경하고 싶어서 그러지?"

"……너 속 안 좋다는 거 거짓말이지?"

잠시 후 셋은 돈을 지불하고 거리로 나왔다. 두 소년 사이에 선 리체가 조금 앞서 걷다가 돌아서서 빙그레 웃었다.

"술집에서 고민할 거리가 없으니 편하긴 한데, 어쩐지 낯설어."

두 소년은 마주보며 애매한 미소를 지었다. 둘 다 집으로 돌아갈 리체에게 걱정을 끼치고 싶지 않았던 것이다. 리체는 둘이 네냐플에 가는 이유가 막시민의 입학 때문인 줄로만 알고 있었다.

"참 온갖 궁리 많이 했었지……."

리체가 도로 걷기 시작하며 목소리에 가락을 붙여 흥얼거렸다. 술기운이 가볍게 도는 모양이었다. 길은 내리막이었다. 좌우로 문 닫은 가게들이 이어졌다. 별 밝은 하늘이 고갯길을 따라 굽이 드리워졌다.

"친구들은 학교에 가고…… 나는 의상실에 가고…… 의상실에서 받아주려나…… 안 받아주면 뭘 해볼까나……."

"리체!"

뒤에서 조슈아가 부르자 리체가 앙감질로 뛰다 말고 고개를 돌렸다.

"왜?"

"의상실 구경 하러 가볼래?"

리체가 목소리에 힘을 주며 대꾸했다.

"거긴 안 들어간다고 말했잖아."

"알아. 하지만 구경은 해도 되잖아. 내일이면 떠날 텐데, 그냥 가기 섭섭하지 않아?"

"이 밤중에? 문 닫았을 텐데?"

조슈아가 가볍게 눈을 찡긋했다.

"시간이 무슨 상관이야."

냉소적인 사람들로부터 '참수대 광장'이라는 별명을 얻은 중앙 광장 서쪽의 시장 골목은 흡사 거미집처럼 복잡했다. 켈티카가 지금의 이름을 갖기도 전부터 있어온, 한때 도시 자체이기도 했던 장소였다. 도시의 심장이 뛰기 시작한 자리였다.

주변 지역에서 오만 가지 산물들을 싸 짊어진 장사꾼들이 몇백 년 동안 몰려들어 순서도 없이 가게를 차리고 보니 어느새 이 모양이 되어 있었다. 죽은 사람의 관이며 수의 따위를 파는 장례 골목 옆에는 수도원에서 짜낸 하늘하늘한 레이스 가게가 줄지어 있고, 우아한 도자기 인형과 이지러진 술병이 동시에 팔리는 도기거리 모퉁이에는 강에서 막 낚아 올린 생선들이 펄떡거리는 수산물 골목이 이어졌다.

그중에서도 통칭 장미골, 아무도 부르지 않는 정식 명칭으로는 갈로르 3번가라고 하는 골목은 특별한 장소였다. 장미골은 장미꽃을 파는 대신 장미 꽃잎처럼 고운 드레스며 모자, 장갑, 속치마, 양산, 손수건 따위를 팔았다. 날씨 좋은 날 노천 찻집에 앉으면 시골 나리 둘이 하룻저녁에 귀족을 가장 많이 볼 수 있는 곳이 어디일지 내기를 했더라는 우스갯말이 흘러 다녔다. 동안東岸이라고 말한 놈이 장미골이라고 말한 놈한테 졌다는 당연한 이야기였다.

장미골 장인들은 콧대가 높았다. 귀부인들의 마차가 줄을 서 있어도 서두르지 않았고, 자부심을 넘어 거만하게까지 보이는 태도로 주문을 받곤 했다. 장인들의 태도가 그렇다 보니 그 밑에서 일을 배우는 도제나 심지어 말단 점원들도 굽실대는 모습은 찾기 힘들었다. 언제부터인가 켈티카 사람들은 잘난 체하는 친구를 비웃음을 섞어 '장미골 놈'이라고 불렀다.

그 장미골이라는 이름에는 유래가 있었다.

"불 꺼졌는데."

계단 위에 장미 문양이 새겨진 흰 문이 높다랗게 솟아 있었다. 문 오른쪽에는 대부분의 집이 이미 떼어버린 갈로르 거리 10번지라는 패가 여전히 새것처럼 붙어 있었다.

"그래도 다 깨어 있어. 2층 봐."

"아직 자지야 않겠지만, 그래도……."

리체가 머뭇거리는 동안 조슈아는 거침없이 위로 올라가 초인종 줄을 당겼다. 리체가 급히 소리쳤다.

"저, 저기, 아직 마음의 준비가 안 됐어!"

소용없었다. 2층에서 그림자가 움직이는 듯하더니 잠깐 만에 문이 빠끔 열리고 직원 한 명이 내다보았다.

"무슨 일이시죠?"

사무적인 말투 끝에 문밖에 선 사람들의 면면을 훑어보더니 어조가 달라졌다.

"여기가 어딘 줄 알고 함부로 장난을 치는 거니? 썩 돌아가거라."

조슈아는 딱히 꾸짖지 않고 대꾸했다.

"여기가 어딘지 잘 알아. 로제 선생 좀 뵙자고 해."

그 말은 쉽게 먹히지 않았다. 거리의 선술집에 가면서 이목을 끌 필요는 없었기 때문에 셋 다 여행하던 시절처럼 허름한 옷차림이었던 것이다. 직원은 자신이 되레 발끈했다.

"어디서 경을 칠 것들이 야밤에 소란을 피워? 로제 선생님은 너희 같은 애들 터진 옷단 꿰매주는 사람이 아니야!"

조슈아는 화를 내는 대신 웃어버렸다.

"이러지 마. 나도 늦게 와서 미안하긴 한데 어차피 요즘 같은 때 밤에도 일하는 거 알고 온 거야. 곧 돌아올 휴양지 파티 시기 맞춰 단골들 여름옷 짓느라 밤낮도 없을 거 아냐. 귀찮게 하러 온 거 아니니까 로제 선생 좀 불러줘."

초라한 행색을 한 소년의 입에서 가게 사정이 술술 나오자 직원의 얼굴에 혼란스러운 기색이 서렸다. 그러나 선입견이 더 강했다. 다만 말투만은 조금 부드러워졌다.

"어디서 그런 얘긴 주워들었니? 하지만 말이다, 로제 선생님은 최소한 남작 나리라도 납시기 전에는 직접 나오시지 않는단다. 알았니?"

"그럼 가서 그렇게 전해. 남작 나리가 납셨다고."

조슈아는 로제 선생이 아닌 다른 사람에게 자신이 누구인지 되도록 밝히고 싶지 않았다. 그러나 직원은 그런 조슈아의 마음을 조금도 헤아려주지 않았다.

"아니, 귀족 사칭이 얼마나 무서운 일인 줄도 몰라? 보자

물고기 술집과 장미골의 밤

보자 하니까……."

보다 못한 막시민이 계단 위로 올라왔다. 그는 다짜고짜 조수아의 주머니에 손을 집어넣더니 금화를 한 개 끄집어냈다. 그리고 아가씨의 코앞에 들이밀며 말했다.

"자, 이거 갖고 가서 로제인가 하는 사람한테 이러저러하게 생긴 사람이 왔으니 나오든 말든 맘대로 하라고 전해. 만약 그 사람이 당신이 쓸데없는 짓을 했다고 화를 낸다면, 그 금화는 당신 거야. 잔소리 몇 마디 듣고 엘소 금화 한 개, 괜찮지?"

직원은 엉겁결에 금화를 받아들고 망설였지만, 결국 군소리 없이 문 안쪽으로 사라졌다. 계단 밑에 선 리체에게 두 소년이 주고받는 이야기가 들렸다.

"넌 제 주머니에 든 것도 써먹을 줄 모르냐?"

"네 손에 들어가면 말구유에 버린 빵 조각도 쓸모가 생기는 거 아니었어?"

뒤이은 말은 마루 위를 가로질러 오는 엄청난 구둣발 소리에 묻혀버렸다. 문이 활짝, 아니 정확히는 문 앞에 선 사람들을 모조리 계단 밑으로 밀어버릴 기세로 열어젖혀졌고, 그 결과 두 소년은 잘못 배달된 소포들처럼 굴러떨어질 뻔하다가 겨우 비켜서서 위를 올려다보았다.

"무례를 용서하십시오, 아르모리크 경. 그리고 일행분들."

키가 당당하게 큰, 긴 블론드 머리를 탑처럼 틀어 올려서 더욱 커 보이는 중년 여성이 절을 했다. 그녀가 장미골이라는 이름의 유래가 된 유서 깊은 재단 수공업 가문을 물려받은 미유 로제였다.

조슈아와 막시민은 계단 밑을 내려다보았다. 두 사람이 비켜나 있었던 까닭에 거창한 절을 정면에서 받게 된 사람은 리체였다.

"⋯⋯."

계단 밑으로 얼른 뛰어 내려간 조슈아가 얼굴이 상기된 채 굳어지다시피 한 리체의 손목을 잡고 도로 올라왔다. 그리고 적당한 미소를 지어 보였다.

"늦은 시간에 찾아와서 곤란하게 한 것 같네."

"아니요, 아니요, 그렇지 않습니다. 이보다 더 늦더라도, 새벽이라도, 언제든지 환영이라는 것을 잘 아시잖아요? 아르모리크 경의 회복 소식을 풍문에 듣고 제가 건강해지신 경을 뵙게 될 날을 얼마나 고대하고 있었는지 모르실 겁니다. 거듭 결례를 사죄드리옵고 서둘러 안으로 드시지요."

미유 로제의 목소리는 켈티카 사람 특유의 미끄러뜨리는 듯한 억양이 극단적으로 강조되어 언뜻 듣기에는 끊는 곳도 없이 말하는 것처럼 들렸다. 심지어 느릿한 어조였으므로 숨은 쉬는 건가 의심스럽기도 했다.

"그럼 잠깐 실례할게."

로제가 직접 문을 열어 일행을 안으로 안내했다. 맨 뒤에 선 리체가 두 소년 사이로 고개를 내밀며 소곤거렸다.

"이러다 온 동네에 소문 퍼지는 거 아냐? 아르님 소공작이 밤중에 술냄새 풍기면서 쳐들어와 깽판 놓고 갔다고."

조슈아는 뭐 어떠냐는 것처럼 웃었다.

"그 집 아들이 죽었다더니 망나니로 다시 태어났나 보다고 하겠지 뭘."

"어차피 내일이면 여기 뜰 자식인데 내버려둬."

응접실에 들어서니 처음에 문을 열어줬던 직원이 보기에 딱할 정도로 쩔쩔매면서 차를 준비하고 있었다. 일행이 자리에 앉고, 직원이 달달 떨면서 차 쟁반을 들고 와 내려놓자 막시민이 손을 펴 내밀었다.

"……."

눈이 마주쳤다. 막시민은 아무 말도 하지 않았다. 아가씨가 입술을 이리저리 깨물다가 달싹거렸다.

"자, 잘못했어요, 제발……."

"응?"

막시민은 무슨 소리냐는 것처럼 고개를 갸웃거렸다. 손은 여전히 내민 채였다.

"저, 저, 어떻게 하면 제 무례를 용서하실지……."

"아."

막시민은 고개를 끄덕거리며 자신의 내민 손바닥을 다른 손으로 툭툭 쳤다.

"줘."

"뭘요?"

막시민은 한숨을 내쉬더니 아가씨의 앞치마에 달린 커다란 주머니에서 금화를 꺼내갔다. 조슈아가 흘끔 보더니 참견했다.

"내 주머니에서 나와서, 저 주머니로 갔다가, 어째서 네 주머니로 들어가는 거야?"

막시민이 눈을 내리깔며 우울하게 말했다.

"여러 주머니를 거치다 보면 때론 고향에 돌아갈 수 없는 운명이 되곤 하지."

로제 선생이 직접 도자기 주전자를 들어 차를 따랐다. 향기로운 냄새가 퍼졌다. 실은 이 집 전체에서 오묘한 향기가 났다. 조슈아가 잔을 들자 로제가 특유의 끊어질 듯 이어지는 목소리로 말했다.

"아르모리크 경께서 오늘 급한 볼일이라도 있어서 오셨을까요? 한데 저한테도 소식이 있답니다. 소식을 말씀드리기 전에, 제가 며칠 전에 왕궁에 보낼 견본이 필요해서 경의 옷본에 맞추어 재단해본 물건이 한 벌 있어요. 아시다시피 제가 경의 옷본을 매우 좋아하지 않겠어요? 경에게는 무엇이라도 잘 어울리니 말이에요."

리체는 옷 만드는 사람으로서 내심 동감하다가 기분이 이상해져서 곧 고개를 흔들었다. 로제의 말이 이어졌다.

"그러니 혹 괜치 않으시면 회복도 축하드릴 겸 새 옷 한 벌 지어 선물하고 싶은데 허락하실는지요?"

조슈아는 고개를 저었다. 호의는 고맙지만 내일 떠나야 할 처지였다. 그러면서 문득 생각했다. 로제가 마지막으로 보았던 아르모리크 경은 어쩌면 자신이 아니었을 것 같다고.

"됐고, 오늘은 내 친구가 의상실을 구경하고 싶다고 해서 왔어. 좀 돌아봐도 괜찮겠어?"

"친구분이시라면……."

로제의 눈은 막시민이 아닌 리체에게 향했다. 잔뜩 긴장한 리체가 입을 열었다.

"리체…… 아브릴입니다."

"리체요, 음, 리체라면…… 클라리체 양?"

"네?"

리체가 동그래진 눈으로 쳐다보는 가운데 로제 선생이 소리 내어 웃었다.

"잘 맞혔나요? 나라면 그런 이름으로 짓겠다고 생각했어요."

리체는 당혹스러운 표정으로 애써 웃었다.

"저라면 절대 그런 이름은 안 짓겠는데요."

"아니, 왜요?"

"안 어울리잖아요, 저하고."

로제가 고개를 갸웃하자 머리 위의 높은 탑이 기우뚱했다.

"클라리체 양의 이름은 고상하고 우아한 맛이 있어요. 단순한 이름이 아쉬워 일부러 고치는 사람도 있는데, 아가씨의 이름은 얼마나 복을 받았나요? 고귀한 손님들을 대할 때는 절대적으로 그 이름이 좋답니다. 그분들은 '리체'보다 '클라리체' 쪽이 더욱 재주가 곱고 신뢰할 만하다고 생각할 거예요."

"저기, 잠깐, 고귀한 손님이라뇨?"

"언젠가 아가씨에게 여름 파티복을 맡길 신사 숙녀들 말씀이지요."

"어, 어떻게 아셨어요?"

로제는 빙그레 웃었다. 얼굴의 주름들이 부챗살처럼 나붓이 펴졌다가 접혔다. 마흔 살부터 예순 살까지, 종잡기 힘든 미유 로제의 나이가 예순 쪽에 가깝다는 것을 리체는 알고 있었다.

"이 나이가 되도록 옷을 만지면서 클라리체 양 같은 손을 알아보지 못해서야 귀신이 잡아갈 때가 다 된 거지요."

"……."

리체가 미처 고맙다고 인사할 겨를도 없이 로제의 등뒤에 새로운 직원이 다가와 섰다.

"셀린."

"준비가 되었다 합니다. 선생님."

"그래."

로제는 자리에서 일어나며 조슈아에게 몸을 굽혔다.

"자, 아르모리크 경과 친구분들. 수고스러우시겠지만 저와 함께 가시지요. 보여드릴 것이 있답니다."

조슈아가 고개를 갸웃거리며 일어나자 막시민이 딴 세상에 가 있는 리체를 흘끔 보고 툭툭 쳐 일으켰다.

복도를 따라가자 맨 끝에 자물쇠가 걸린 문이 있었다. 그 방의 열쇠는 로제 선생과 수석 재봉사 한 명만이 갖고 있었다. 오직 한 손님만을 위해 모든 것을 준비하는 방이었다.

로제 선생이 열쇠를 꺼내어 자물쇠를 땄다. 조슈아가 말했다.

"여긴 오랜만이네."

"그렇지요? 그동안 아르모리크 경을 이 방에서 뵐 수 없어서 너무나 서운했답니다."

조슈아는 약간 웃을 뿐이었다. 문이 열리고 로제 선생을 뒤따라 세 사람이 안으로 들어섰다. 리체가 가장 흥미롭게 주위를 둘러보았다. 제법 넓은 방의 사방에 큰 거울이 하나씩 놓여 있었다. 거울 뒤는 미유 로제 의상실의 상징을 상감한 흰 떡갈나무 옷장들이었다. 모두 닫혀 있어서 내용물은 모르지만 합하면 백 벌은 충분히 들어갈 성싶었다.

정면을 바라본 조슈아가 로제를 돌아보았다.

"설마 저게 내 옷이야?"

"물론 그렇지가 않지요."

방 가운데에 놓인 인체 모형을 본뜬 옷걸이에 옷이 한 벌 걸려 있었다. 여밈을 따라 두 번 꼬아 붙인 금빛 줄 장식에 소맷단에는 미유 로제 특유의 장미수를 변형한 자수가 수놓이고, 풍성한 두건에 푸른 띠까지 달린 흰옷은…….

"로브네?"

"마법사가 주문했나?"

막시민의 중얼거림에 로제 선생이 손뼉을 딱 쳤다.

"바로 맞히셨네요."

로제 선생은 이어 막시민을 향해 손을 내밀었다.

"치수를 재지 못해서 아르모리크 경의 옷본에서 조금 늘렸답니다. 길이도 약간 손보고요. 입어보세요. 맞지 않는 곳을 고쳐드릴 테니까요."

막시민은 처음에 어리둥절한 표정을 짓다가 곧 인상을 찌푸렸다.

"왜 이래? 장난하자는 거라면 재미없어."

로제 선생은 끄떡도 하지 않았다.

"막시민 리프크네 님이시죠? 그러니 주문한 옷도 맞는답니다."

"내가 언제 주문을 했다는 거야? 나 알아? 전에 본 적이라
도 있어?"

"꼭 본인께서 주문하시는 경우만 있는 건 아니지요."

곁에서 리체가 "어디서 봤던 옷 같네" 하고 중얼거렸다. 막
시민은 몸을 돌려 조슈아를 봤다. 조슈아는 급히 양손을 내저
었다.

"나 아냐."

"그럼 대체 누가……."

그때 등뒤에서 목소리가 들려왔다.

"나다."

뒤를 돌아본 막시민은 괴물이라도 본 것처럼 후닥닥 방구
석으로 물러섰다. 어느새 쥬스피앙이 나타나 팔짱을 끼고 서
있었다. 그제야 리체가 중얼거린 말의 의미를 막시민도 알아
차렸다.

"도대체…… 이 아저씨의 머릿속에는……."

막시민은 쥬스피앙의 모습을 보고 다시 걸려 있는 로브를
보았다. 두 옷은 세부적인 장식을 제외하면 똑같다고 해도 과
언이 아니었다. 잠시 후 막시민이 소리를 질렀다.

"이 세상 마법사들이 다 똑같은 옷을 입는다고 해도 용서
가 안 돼!"

"이 세상 마법사들이 다 똑같은 옷을 입을 턱이 있냐, 이 썩어빠진 놈아!"

막시민은 아랑곳 않고 열렬히 로브를 손가락질했다.

"그럼 내가 왜 하필 저따위 옷을 입어야 해! 보는 것만으로도 불쾌감이 밀려온다고!"

쥬스피앙은 손에 얇은 책 한 권을 쥐고 있었다. 그 책을 펄럭펄럭 넘기고 있다가 접더니 그걸로 막시민의 뒤통수를 냅다 후려갈겼다.

"뭐가 어쩌고 어째? 네가 감히 나의 뛰어난 미적 기준에 맞춰 제작된 최고급 로브에 토를 다냐? 나와 같은 모양의 로브를 입는다는 것이 얼마나 큰 영광인지 네놈이 알기나 해? 내가 친히 심사숙고한 끝에 이 일을 결정했는데 너 따위가 어쩌고저쩌고 불만을 늘어놓는단 말이냐?"

"도대체가 당신은 왜 만사를 물어보지도 않고 제멋대로 정하는 거야!"

"네가 마법사의 로브에 대해 개뿔 아는 게 뭐 있다고 의견이 있을 수가 있겠냐? 저 로브가 어떤 의미를 갖는지 네가 짐작은 하겠냐? 알면 한번 말해봐!"

"그딴 거 알아서 뭐해!"

"거봐라! 너의 짧은 식견을 한마디로 드러낼 것이면서 무슨 놈의 반항을 콩 볶듯 하는 거냐? 잠자코 시키는 대로 이걸 입고 네냐플에 가거라!"

조슈아가 웃음을 참느라 고개를 돌리며 입을 막았다. 막시민이 저 자루처럼 헐렁한 옷을 질질 끌고 네냐플에 가는 모습을 상상하는 것만으로도 우스워죽을 지경이었다. 그 와중에 리체가 "이름을 붙이자면 미의 극치 로브가 좋겠네" 하고 중얼대는 바람에 아예 웃음을 수습할 수가 없게 되었다.

"게다가…… 지금 생각해보니 난 마법사도 아냐!"

"물론 그럴 리가 없지, 이놈아."

"그러니 로브는 마법사가 된 다음에 입기로 하겠어. 됐지?"

쥬스피앙은 두 번째로 책을 휘둘렀지만 이번에는 막시민도 만만히 맞고 있지 않았다. 헛손질을 했든 말든 쥬스피앙은 개의치 않고 외쳤다.

"네가 마법사들의 세계를 알아? 네놈이 네냐플에 가면 분명 내 소개란 것을 다들 알 텐데, 지금처럼 허랑방탕 부랑 노숙자 모양새를 하고 가면 칼마린 학장 앞에서 내 체면이 뭐가 되냐?"

막시민은 그제야 상황을 알았다는 표정을 지었다. 물론 로브를 입으라는 명령에 수긍한 건 아니었다. 막시민은 전혀 반론하지 않았지만, 조슈아는 이제 '허랑방탕 부랑 노숙자'라는 말이 웃겨서 죽어가고 있었다.

"알겠는데, 그렇다고 당신 로브를 빌려 입고 가는 꼴은 더

웃길걸? 마법은 쥐꼬리만큼도 모르는 놈이 이제 겨우 기초 배우러 가면서 무슨 놈의 얼어죽을 최고급 로브야?"

"저 로브는 나의 비호를 받고 있다는 사실을 나타내는 얻기 힘든 표지란 말이다! 이놈은 은혜를 내려줘도 알아먹지도 못하고 도대체……."

그즈음 막시민은 또 한 가지 사실을 깨닫고 소리쳤다.

"참, 그리고 깜빡했는데 난 지금 입학하러 가는 게 아니잖아!"

리체가 등을 두드려줘서 겨우 평정을 되찾은 조슈아가 너무 웃어서 난 눈물을 닦으며 말했다.

"맞아요. 좀 있으면 돌아올 텐데."

쥬스피앙은 들은 체도 하지 않았다.

"너희는 내 깊은 뜻을 전혀 몰라. 마법도 모르고, 학교도 모르고, 아는 건 전혀 없지. 준비해야 할 건 로브만이 아니야. 오늘밤 내로 가야 할 곳이 산더미란 말이다. 자, 빨리 가자."

"가다니? 대체 뭘 준비하는데?"

그즈음 쥬스피앙의 모습은 조금씩 흐려지고 있었다. 그런 채로 그가 들고 있던 책을 다시 펼쳤다.

"어디 보자. 우선 주문용 두루마리 양피지와 깃펜이 있어야겠고, 마법 잉크와 문진도 있어야 해. 낙관落款을 만들 청석 靑石도 하나 필요하고말고. 향마 주머니도 몇 개 사야지. 마력이 깃든 재료는 아무데나 못 넣으니 말이야. 망토랑 장화도

두 벌씩은 있어야 될 거야. 입문용 책도 몇 권……."

그 말을 하며 쥬스피앙은 로제 선생을 향해 손을 휘두르며 인사를 했다. 로제는 물론 우아한 절로 인사를 받았다.

"내가 왜 그런 걸 지금 준비해야 되는 거냐고……."

막시민의 대꾸도 점차 먼 곳에서 들리는 것처럼 흐려져갔다. 결국 둘의 모습은 방에서 지워져버렸다. "사준대도 불만이 많은 너 같은 놈은 처음……"이라는 소리가 마지막이었다.

리체가 몇 번이나 주위를 두리번거리다가 말했다.

"정말 가버렸네? 괜찮을까?"

조슈아는 그리 걱정하는 기색이 아니었다.

"내일 아침에 출발인 거 아니까. 제때 돌려보내줄 거야."

로제 선생이 빙긋 웃었다.

"그럼 이 로브는 아르모리크 경께서 가져가시겠어요?"

"그러지."

두 사람이 밖으로 나오자 한밤중이었다. 동녘을 수놓던 별들이 어느새 천구에 올라 그들을 내려다보았다.

"로제 선생이 누굴 칭찬하는 건 흔한 일이 아닌데."

조슈아가 중얼거리자 앞서 걷기 시작한 리체가 돌아보더니 어깨를 으쓱했다.

"너하고 같이 왔으니까 네 비위 맞추려고 그러는 것 아니겠어?"

"아니."

조슈아는 주머니에 손을 찌른 채 리체 옆까지 걸어왔다.

"그건 아냐. 로제 선생은 나조차도 칭찬한 일이 없어."

"에이, 그거 믿어지지 않는데?"

"사실이야."

조슈아는 리체의 놀란 얼굴을 보더니 미소를 지었다.

"왜 그런지도 알고 있어."

"왜인데?"

"로제 선생은 아무리 그럴듯한 걸 해냈다 해도, 앞으로 그 일을 계속하려는 사람이 아니면 칭찬 안 해."

리체는 생각에 잠긴 얼굴이 되어 도로 걷기 시작했다. 문 닫힌 가게 안쪽에서 희미한 불빛이 쏟아져 나와 두 사람의 발밑을 밝혔다.

"성에서 지내는 동안 로제 선생의 의상실에 가보고 싶지 않았어?"

"글쎄다."

리체가 돌부리를 툭툭 찼다. 술기운은 거의 가셨지만 어쩐지 뭔가에 취한 듯 불빛이 흔들거리는 느낌이었다.

"생각한 적이 있는 것도 같은데, 뚜렷하지 않아. 그냥 막연하기만 했던 것 같아. 실은 거의 잊고 있었어."

조수아가 고개를 갸웃했다.

"그것참 믿어지지 않는데."

"그런 거짓말 한다고 나한테 뭐 생기는 거라도 있겠어?"

뒷모습뿐인지라 어떤 표정인지는 보이지 않았다. 조수아는 걸음을 재촉해서 다시 리체와 나란히 걸었다.

"뭐, 혼자 나와서 돌아다니기에 켈티카가 좀 복잡한 곳이 기는 하지."

"그래, 겁나서 안 나왔다. 길 잃을까 봐."

"그것도 거짓말 같은데."

"너 자꾸 이럴래? 내가 거짓말만 하는 사람 같아?"

리체의 목소리가 약간 높아졌다. 조수아는 한쪽 입술만 말아 올렸다.

"그냥, 너라면 용감하게 아무데나 가봤을 것 같았거든. 그래서 한 말일 뿐이야."

"아아, 그거야 물론 창백한 얼굴로 침대 속에 파묻혀서 제발 말 좀 걸어주세요, 하고 있는 인간이 없을 때 얘기지."

"저기, 리체."

문득 진지한 목소리가 되었다.

"왜?"

"내가 잠들어 있을 때 말이야. 곁에 앉아서 여러 가지로 말을 걸었다고 했잖아."

새삼스러운 질문일 뿐인데 리체는 마음 한구석이 꺼림칙해지는 것을 느꼈다. 설마, 그럴 리가 없을 텐데.

"그랬지. 근데 그건 또 왜…….."

"그동안 혹시 뭔가 중요한 이야기 하지 않았어?"

리체의 걸음이 일순 멈췄다. 그러나 곧 다시 내디디며 말했다.

"너 붙들고 했던 얘긴 워낙 많아서 다 기억할 수도 없어. 알다시피 반년이야, 반년."

조슈아의 고개가 미세하게 움직여 긍정했다.

"그렇겠지."

걷다 보니 어느새 강나루였다. 번화가로 나올 때 세 사람은 블루엣 강을 타고 내려오는 작은 배를 탔었다. 비취반지 성은 이곳보다 상류에 있었다. 켈티카 지리를 모르니 그저 따라가고 있던 리체가 조슈아를 쳐다봤다.

"어쩌려고? 배를 타고 거슬러 갈 순 없잖아."

"그런 배가 전혀 없진 않지만 어쨌든 이 시간엔 없지."

"설마 걸어가자는 건 아니지?"

"굳이 걷자고 하면 못 할 거야 있겠어? 날씨도 좋고."

한가하게 대꾸한 조슈아가 리체의 표정을 슬쩍 살피더니 싱긋 웃었다. 이어 방향을 돌려 나루지기의 집으로 걸어갔다. 리체가 뒤쫓아가며 소리쳤다.

"내일 아침에 도착할 작정이야?"

조슈아는 나루지기의 집 문을 두드렸다. 잠시 후 고개를 내민 사람이 얼른 나오며 인사를 했다.

"오셨습니까?"

"응."

남자는 뒤꼍으로 돌아가더니 이윽고 말 한 필을 끌고 돌아왔다. 고삐를 넘겨받은 조슈아가 리체에게 손짓했다.

"가자."

조슈아가 훌쩍 말에 올라타 손을 내밀자 말을 끌고 온 남자가 리체를 말 위로 올려주었다. 조슈아 뒤에 올라탄 리체가 물었다.

"어떻게 된 거야? 저 사람은 너희 집 하인?"

말의 목에 손을 대어보던 조슈아가 고개만 끄덕거렸다.

"언제 준비시킨 거야?"

가벼운 웃음소리가 들렸다.

"네가 걸어가고 싶어 하지 않을 줄 알았거든."

남자가 꾸벅 인사하는 가운데 조슈아가 말의 배를 걷어찼다. 이윽고 말은 방향을 돌려 강을 따라 달리기 시작했다.

지금껏 타보았던 어떤 말보다 흔들림이 적고 유연한 말이었다. 말이 훌륭한 걸까, 기수의 실력일까? 점차 속력이 빨라지며 주위는 사물을 알아보기 힘든 어둠으로 변했다. 리체가 불쑥 말했다.

"정말 내일이면 너희하고 헤어지는구나. 실감이 잘 안 나."

한참 뒤에 조슈아가 대꾸했다.

"나도."

"쳇, 가지 말라고 잡지도 않았으면서 이제 와서 그런 소리 해봤자야."

조슈아는 조금 더 긴 침묵 뒤에 대답했다.

"내가 무슨 권리로 널 잡겠어."

리체는 어깨를 살짝 움츠릴 뿐 대꾸하지 않았다. 말발굽 소리에 섞여 조슈아의 목소리가 이어졌다.

"너 참 고생 많이 했지."

"괜찮아. 끝났으니까. 의상실 구경시켜준 거 고마워."

조슈아는 잠시 말없이 달리다가 대꾸했다.

"사실 네가 그렇게 오래 성에 있었으면서 그곳조차 가보지 못했다고 했을 때 내심 미안했어."

리체는 대답하지 않았다. 주위로 숲이 스쳐갔다. 검은 강물이 소리 없이 흘렀다. 말발굽 소리가 커지는 듯했다. 조슈아의 머리카락이 흩날려 가끔 이마를 간지럽혔다. 리체는 입속으로 중얼거렸다. 어차피 말해줄 순 없어. 네가 만약 알고 있다 해도.

조슈아가 문득 웃음소리를 냈다.

"뭐랄까, 할말이 없다."

"뭐가?"

"사과하는 것도, 위로하는 것도, 새삼 지난 얘기 돌이켜보는 것도 안 어울려서. 나 지금 할말을 찾는 게 굉장히 힘든데, 방금 무대에서 대사 잊어버린 기분이었어."

"네가 그런 기분을 알 리가 있겠어? 그래본 적도 없으면서."

조슈아는 그에게만 허락된 버릇대로 고개를 끄덕거렸다.

"하긴 그러네."

리체가 눈을 가늘게 떴다.

"네 그 시건방진 말버릇도 그리워질 날이 올지 모르겠네."

조슈아는 말없이 웃었다. 리체가 불쑥 생각해내고는 덧붙였다.

"그러고 보니 켈스한테 인사도 못 하고 가는구나. 다음에 보게 되면 안부라도 전해줘."

조슈아는 순간적으로 머뭇거렸다.

"……응."

비탈길에 접어들었다. 속도가 줄어드는 기색이 아니었으므로 조금 전부터 내심 겁이 났던 리체가 말했다.

"좀 빠른데."

"좀 멀거든."

리체는 조슈아의 허리를 잡은 손에 힘을 주며 말했다.

"근데 너 말도 꽤 잘 타는구나."

"……저기, 나 이래 봬도 공작 집안 아들인데."

화살

내가 쏜 화살을 주워 온 아이는
어리고 용감하였다, 나는 아이의 손에
활을 쥐여주고 그가 쏠 짐승들을
축복하였다, 짧은 죽음을 맞도록
몸부림치지 않고 한 화살에 숨이 끊기는
상냥한 사냥감이 되도록 기원하였다.

애나가 일하는 공예방은 켈티카 외곽의 작은 숲 입구에 자
리잡고 있었다. 목공예를 하는 장인 둘이 대여섯 명의 도제를

두고 운영하는 곳으로 목제로 된 그릇과 바구니, 나무 장난감 같은 것들을 만들었다. 수지가 맞지 않을 때를 대비해서 숯가마도 두 군데 있었다. 시장에 물건을 내갈 때를 제외하면 사람의 왕래는 거의 없었다. 사람들이 직접 물건을 사러 오는 것은 아주 드문 경우였다.

이렇듯 사람들의 관심 밖에 있는 곳이었지만 가끔 시장 사람들이 궁금해하는 점이 있었다. 어떻게 벌목 허가를 얻었을까? 켈티카 주변의 숲은 왕과 귀족들의 것이었다. 공예방이 있는 숲 또한 어느 후작의 사유지였다.

애나는 궁금해하지 않았다. 란지에가 애나를 이곳으로 보냈을 때 형제간인 두 장인은 이미 연락을 받은 듯 반갑게 그녀를 맞이했다. 이곳은 왕국8군이나 호기심 많은 사람의 눈에 띄지 않고 안전하게 숨어 있기에 매우 좋은 장소였다.

조금 있으면 이곳에서 지낸 지도 한 해가 된다. 나무 깎는 재주도 웬만큼 익혔다. 서투르게나마 접시며 쟁반 등을 깎아낼 줄 알게 되었다. 아직 시장에 내다 팔 수준은 아니었지만 그만하면 짧은 시간에 많은 것을 배운 셈이었다. 일반적인 공방에 들어갔더라면 기술을 전수받기 전에 한 해 넘도록 허드렛일로 세월을 보내야 했을 것이다.

그러나 공예방의 안전한 일상은 금방 지루해졌다. 이곳에 있으니 켈티카의 소문도 얻어들을 길이 없었다. 5월 중순, 친구가 찾아왔다는 말을 전해 들었을 때 반가운 마음이 앞섰던 것도 그 때문이었을 것이다. 이곳으로 찾아올 친구가 있을 리 없는데도.

애나에게 주어진 방은 별채 건물 가장 끄트머리였다. 다른 여자 도제 한 사람과 함께 지냈지만 숙련 도제인 그녀는 오늘 시장에 나가고 없었다. 일과가 끝난 8시경에 방에 들어서자 테이블 앞에 회색 두건을 푹 눌러쓴 남자가 앉아 있었다. 애나는 문간에서 걸음을 멈췄다. 남자가 말했다.

"오랜만이네."

목소리를 알아듣기까지는 잠깐 시간이 걸렸다.

"브리앙?"

애나가 문을 닫자 남자가 두건을 내렸다. 지스카르의 집에서 함께 지냈던 동기생, 브리앙 마텔로였다.

"놀랐지?"

반갑게 테이블로 다가서던 애나의 움직임이 움찔하며 멈췄다. 브리앙의 말이 흐려졌던 기억에 불을 밝혔다. 브리앙 마텔로, 그가 왜 여기 있지?

애나의 표정을 살피던 브리앙이 뺨을 떨면서 웃었다.

"나에 대해서 얘길 많이 들었나 보지?"

브리앙의 얼굴은 그새 많이 상해 있었다. 피부가 검어지고 거칠어진데다 입술 주위도 하얗게 일어났다. 눈가가 움푹해져서 나이도 한층 들어 보였다. 그가 웃자 뺨과 광대뼈 주위가 울퉁불퉁해졌다.

"내가 여기 있는 줄 어떻게 알고 왔어?"

"나, 너 찾으려고 많이 애썼다."

애나는 가까스로 의자를 당겨 맞은편에 앉았다. 낡은 의자 이음매가 삐걱대는 소리가 귀에 거슬렸다.

"왜 날 찾았는데?"

"그런 얘기보다…… 내가 그동안 어떻게 지냈나 궁금하지 않아?"

브리앙은 애나보다 조금 나중에 '로사 알브의 별장'에 들어왔다. 처음에는 매사 애나와 경쟁을 했었다. 둘 다 지스카르의 관심을 끌고 인정을 받고 싶어 했다. 애나는 호승심이 강하긴 해도 편법은 모르는 성미였기 때문에 상황이 마음대로 되지 않자 브리앙을 덮어놓고 싫어했다. 그렇게 한 달여가 지나고 차츰 말문이 트였을 때 서로 어렵사리 자라 이곳까지 왔음을 알게 되면서 조금씩 마음이 열렸다. 애나가 지스카르의 곁을 떠나던 무렵에는 농담도 곧잘 하고 서로의 잡일도 대신 해주는 친근한 동기 사이가 되어 있었다.

그리고 모든 것이 바뀌었다.

"힘들게 지낸 것 같네."

브리앙은 고개를 끄덕이며 테이블에 턱을 괴었다. 마른 손뼈마디가 도드라졌다.

"아주 힘들었지. 내가 어떻게 살았나 나도 모르겠다."

무슨 일이 있었는데, 라고 물으려다가 질문을 삼켰다. 애나
는 이미 알고 있었다. 브리앙이 지스카르의 곁에서 쫓겨났을
것도, 민중의 벗 회원 자격을 잃었을 것도, 그리고 그후……

애나의 살피는 듯한 눈초리를 본 브리앙이 웃음을 터뜨렸다.

"핫하하……"

"브리앙 너, 도대체 어떻게 됐던 거야? 정말로 네가 그
런……"

브리앙은 웃음을 그치고 애나를 쏘아봤다.

"첩자였느냐고? 네가 나한테 그런 질문을 할 수가 있는 거
냐, 애나 에이젠엘모? 이게 다 너 때문이잖아. 내가 죽지 못
해 살아온 일 년 동안 넌 조직의 보호를 받으면서 안전하게
지냈겠지? 이런 곳에 숨어서 말이야. 그래, 네가 이겼어. 지
스카르 선생님은 날 버리고 널 택했어. 어때, 기분이? 선생님
의 총아가 된 감상은?"

그건 오래전에, 그러니까 그들이 헤어지기도 전에 끝난 이
야기였다. 그러나 뒤늦게 나타난 브리앙이 왜 그런 말을 하는
지 애나는 이해했다.

"그러지 마. 그런 건 없던 거잖아, 우리 사이에. 하지만 나
때문이란 건 무슨 말이야? 난……"

"그래, 너 때문은 아니지. 그 사람 때문이지."

"누구?"

"널 데려간 사람."

애나가 선뜻 대꾸하지 못하는 사이 브리앙의 목소리가 높아졌다.

"널 의심해서 데려가고, 너에 대한 의심이 풀리자 날 의심하고, 그래서 지스카르 선생님까지 날 믿지 못하게 만들고, 결국 죽지 않으려면 도망칠 수밖에 없게 만든 인간 말이다."

애나는 변명하고 싶었다. 그러나 가진 정보가 얼마 없어서 잘 설명할 수가 없었다. 애나가 란지에에게 들은 건 브리앙이 로사 알브의 비밀을 캐내기 위해 잠입한 왕국8군의 첩자일 가능성이 있어 망명의회의 조사를 받게 되리라는 말뿐이었다. 란지에가 브리앙을 의심한 이유에 대해서도 들었지만 정황 설명일 뿐이었다.

왜 란지에가 지스카르 곁에 첩자가 있을 수밖에 없다고 판단했는지, 전략 차원에 속하는 란지에의 정보를 애나는 갖고 있지 못했다. 그저 란지에가 애나를 살려주었고, 그 이유가 브리앙의 혐의가 뚜렷해져서라는 것만을 알 뿐이었다. 그 부분만 놓고 본다면 브리앙이 첩자로 지목된 것이 애나 탓이라는 주장도 말이 될지 몰랐다. 하지만 애나 자신은 어쨌든 첩자가 아니었고…….

"조사를 받기 전에 도망쳤던 거야?"

"도망치지 않았더라면 망명의회의 썩은 감옥에 갇혀서 평생 나오지도 못했을 거다. 제대로 된 조사도, 재판도 없이. 난 결백을 증명할 기회도 없었어. 자신을 변호하고 싶었지만 날 지목한 자는 너와 함께 멀리 가버린 뒤였지. 내가 누구한테 호소할 수가 있었겠어? 선생님? 그분은 망명의회의 소환 요구를 무시할 분이 아니지. 그분 자신을 소환했더라도 망설임 없이 가실 분이니까."

애나는 란지에와 함께 켈티카로 오던 때를 떠올렸다. 그때 란지에는 며칠 동안 애나가 망명의회에 가면 어떻게 될지 말해주지 않았다. 그 때문에 갖은 상상을 하며 불안에 떨었던 기억이 났다. 당시 애나는 망명의회의 소환이 얼마나 무서운 것인지 정확히 몰랐지만 브리앙은 알고 있었던 모양이다. 만일 애나 자신이 브리앙처럼 그런 사실을 알고 있었더라면 어떻게 했을까? 얌전히 란지에를 따라올 수 있었을까?

브리앙은 뼈마디가 도드라진 손으로 머리를 싸쥔 채 테이블을 내려다보고 있었다. 그가 했을 고생이 문득 느껴져 가슴이 쓰렸다.

"도망쳤지만…… 난 갈 데도 없었어. 어디로 가겠어? 망명의회가 찾고 있을 테니 그들이 예상할 만한 곳에 나타나선 안 됐어. 너도 알다시피 나한테는 없는 거나 다름없는 가족을 제외하면 민중의 벗이 유일한 안식처였어. 내 고향이고, 내 삶이었어. 다른 건 아는 게 없었어. 그런데 그곳이 날 사냥하려 한다니…… 난 정말 눈밭에서 길을 잃은 토끼가 된 기분이었어. 언 발로 달렸어. 갈 곳도 없이…… 어디서 날아올지 모르는 화살에 맞지 않으려고."

브리앙의 어깨가 테이블로 무너지며 얼굴을 묻었다. 등이 간헐적으로 떨리다가 가라앉았다. 애나는 일어나 물주전자와 컵을 가져왔다. 물을 따르면서 물었다.

"저녁은 먹었니?"

브리앙이 얼굴을 묻은 채 풋, 하고 웃었다.

"저녁이 다 뭐냐. 난 하루에 한끼 먹으면 잘 먹는 거야."

애나는 밖으로 나가 빵 두 개와 귀리죽 한 그릇을 가져왔다. 빵은 딱딱했고 죽은 식어 있었지만 브리앙은 말도 한마디 않고 모조리 먹어치웠다.

"정말 고마워."

그릇 주위에 묻은 죽을 모조리 핥아먹고 입가에 묻은 죽까지 닦아 먹고서야 겨우 한 말이었다. 애나는 고개를 저었다.

"애나, 내 부탁 하나만 들어줄 수 있겠어?"

애나는 깊이 생각하지도 않고 말했다.

"말해."

"나, 그 사람 좀 만나게 해줘."

그릇을 챙기던 애나의 손이 멈췄다. 브리앙은 어느새 고개를 들고 애나의 눈을 열렬히 보고 있었다.

 "애나, 난 이대로 살 순 없어. 언제까지나 언 발로 달릴 순 없다고. 보다시피 너무 지쳤어. 이러다가 붙잡히면 아예 신문을 받을 기회조차 없을 거야. 도망쳤기 때문에, 아마 즉결 처분이겠지? 난 이러고 싶지 않았지만, 이럴 수밖에 없었다는 걸…… 너도 알잖아? 응? 난 그 사람을 만나 속시원히 말하고 싶어. 난 첩자가 아니라고, 아닐 수밖에 없다고, 잘못 봤다고, 전부 다 말하고 싶어. 묻는 말에도 다 대답할 거야. 애나, 제발 도와줘. 이 방법밖에 없어. 날 최초로 의심한 사람이 내게 걸린 의심을 풀어줘야 해. 다른 사람은 소용없어. 그래야만 다시 민중의 벗으로 돌아갈 수가 있어. 난 그래야 해. 돌아가지 않으면 내 삶은 아무 의미가 없어. 내가 아는 건 그것밖에 없어. 너랑 나랑 배웠던 거, 응? 애나? 우리 토론하곤 했잖아. 우리…… 나라의 모든 불행한 사람들을 도울 방법에 대해서…… 넌 항상 똑똑했지……. 난 너한테 늘 감탄했는데. 자존심 상해서 말은 안 했지만……."

 브리앙의 말은 점차 횡설수설에 가까워졌지만 간절한 기분만은 충분히 전해졌다. 애나는 안타까워 심장이 조여드는 것을 느꼈다. 그러나 할말은 이것뿐이었다.

 "미안해. 나도 그 사람이 어디에 있는지 몰라."

"모, 모른다고? 어떻게든 알아볼 방법 같은 건 없어?"

"그건……."

애나는 생각에 잠겼다가 천천히 대답했다.

"혹시 될지도 모르지만, 확답은 못 해."

브리앙은 고개를 끄덕였다.

"그래, 알아봐주기만 한다면 기다릴게. 꼭 부탁해. 난 너 말고 기댈 데가 없어. 너니까 날 만나줬지. 넌 민중의 벗과 나 사이에 남은 유일한 다리인 것 같아."

애나는 고개를 끄덕였다. 어느새 어조가 확고해졌다.

"다음달쯤 다시 와. 그때까지는 어떻게든 알아놓을게."

무한한 포도원

천 그루 포도나무 밭에

만 송이 포도가 열리고

십만 알의 포도가 영글고

백만 개의 씨앗이 익어

그 씨가 떨어진 곳마다

새 나무가 움트고 자라나

천 개의 밭이 일궈지면

백만 그루 포도나무 아래

천만 송이 포도가 열리고…….

"어떻게든 가능한 일이라고 확신만 시켜주면 걔는 뭐든지 해낸다니까."

부드럽게 닳은 화강암 계단의 중간쯤이었다. 조슈아는 계단 난간에 새겨진 풍화된 글자들을 손끝으로 더듬는 중이었다. 막시민은 맞은편 난간에 걸터앉아 있었다. 한쪽 다리만 길게 뻗고, 눈은 머리 위에 지붕처럼 드리워진 월계수 가지와 잎을 쳐다보는 중이었다. 계단을 따라 늘어선 월계수는 꼭대기에 있는 야트막한 집으로 이어졌다. 날벌레들이 가지를 맴돌다가 지붕 꼭대기로 날아갔다. 하늘로 솟은 잎에도, 떨어진 잎에도 여름 볕이 앉아 있었다.

막시민의 시선이 월계수들을 지나 지붕에 이르렀을 즈음 조슈아가 대꾸했다.

"쥬스피앙 님도 그 애한테 널 가르칠 수 있다는 확신을 줬을 거야."

지붕에서 하늘로 넘어갔던 막시민의 시선이 중간 과정을 뛰어넘어 조슈아에게 돌아왔다. 눈이 마주치자 조슈아는 얼른 일어나 키득대며 몇 계단 아래로 달아났다. 막시민은 뒤쫓는 대신 비아냥댔다.

"다음엔 그 애한테 네가 미친 짓 좀 그만하게 만들어달라고 해야겠어."

"응, 일단 너부터 성공하고 나면."

그때 흙을 밟는 구두 소리가 들렸다. 하얀 치마와 까만 구두의 티치엘 쥬스피앙이 계단 머리에 나타나자 막시민은 고개를 돌리며 헛기침을 했다. 티치엘은 아무 말도 듣지 못한 듯 계단을 가볍게 밟으며 내려왔다.

"학장님하고 얘기 잘했어?"

조슈아가 슬금슬금 제자리로 돌아오며 물었다. 둘 사이에 선 티치엘은 고개를 끄덕거리더니 자기도 계단 위에 앉았다. 하얀 치마에 뭔가 묻을 것이 틀림없다는 사실은 늘 그렇듯 잊어버렸다.

"포도원 열쇠를 얻을 수만 있다면 그곳에서 자료를 봐도 좋다고 말씀하셨어."

"그럼 그 포도원지기인가 하는 교수를 만나러 갈 차례다 그거구만?"

그렇게 말하며 돌아본 막시민의 눈에 티치엘이 쓴 안경이 들어왔다. 테가 까맣고 각이 진 안경이었다.

"그건 또 뭐하자는 물건이냐?"

티치엘은 안경을 벗어 들었다.

"이거? 응, 학장님하고 이야기를 좀더 잘 풀어볼까 하고 써봤어. 효과가 있었을지도 몰라."

"안경과 학장 사이에 무슨 관계라도 있는 거냐?"

티치엘은 무슨 소리냐는 것처럼 고개를 갸웃했다.

"어려운 부탁을 하는데 좋은 인상을 줘야 하잖아."

"그게, 그러니까 좋은 인상하고 안경이 대체 무슨 상관이 있느냐는 얘기잖아!"

"아빠가 안경을 쓰면 사람이 성실해 보인다고 하셨거든."

똑같이 안경을 쓰고 있었지만 성실한 인상과 아무 상관이 없는 녀석은 기가 막힌 표정이었다. 티치엘이 덧붙였다.

"그럼 내가 왜 네 선생님 역할을 하기로 했다고 생각하니?"

이것도 처음 듣는 소리였다. 막시민이 볼멘소리로 대꾸했다.

"네 아버지가 시켜서 아니었냐?"

"아무리 아빠가 하라고 하셨다 해도 나도 생각을 해봐야 되잖아."

어떨 땐 아무 생각이 없어 보이다가도 이럴 때 보면 그런 것만도 아니었다. 막시민과 조슈아가 대체 무슨 대답이 나오려나 싶어 쳐다보는 가운데 티치엘이 진지하게 고개까지 끄덕거리며 말을 이었다.

"네가 안경을 쓴 걸 보고 열심히 공부할 것 같아서잖아."

"……."

조슈아가 나오는 웃음을 참으며 끼어들었다.

"그럼 지금쯤 굉장히 후회하고 있겠네?"

"후회는 왜?"

티치엘이 의아해하며 눈동자를 굴렸다. 조슈아는 어쩐지 대답이 궁하다고 생각하며 말을 짜냈다.

"그게, 뭐 네가 막군이 성실한 학생이라고 생각한다면 할 말은…… 아니, 그렇게 생각할 리가 없는데."

"세상에 어떤 일이 하루아침에 잘되겠어?"

조슈아는 막시민을 불쌍하다는 눈빛으로 쳐다봤다. 막시민은 관자놀이를 짚으며 신음 소리를 냈다.

"끄으으음……."

"어디 안 좋아?"

티치엘의 물음에 조슈아가 하늘을 올려다보더니 대꾸했다.

"어, 죽어야만 낫는 병에 걸렸거든. 하지만 증상은 전혀 없고 수명도 줄지 않으니 걱정은 하지 마."

티치엘은 신기한 눈빛으로 막시민을 살펴보았다.

"그거참 괜찮은 병이네? 이왕 걸릴 거라면 누구든 그런 병이 좋을 텐데."

티치엘의 동행은 출발하던 날 아침에 갑자기 결정된 것처럼 보였다. 적어도 그날 보기엔 그랬다.

아침 일찍 하인들이 마차에 짐을 싣는 동안 1층으로 내려가려던 조슈아는 계단참에 서서 고개를 갸웃거렸다. 현관 앞에 놓인 긴 의자에 티치엘이 단정하게 앉아 있었다. 하얀 원피스를 차려입고, 챙 넓은 모자를 쓰고, 발치에는 노끈으로 묶은 갈색 트렁크도 놓여 있었다.

"넌 어디 가?"

조슈아가 묻자 티치엘이 빙그레 웃었다.

"막시민이 가니까 나도 같이 가야잖아."

"······막군은 너한테서 해방될 생각에 신났던데."

티치엘은 얼굴을 살짝 붉혔다.

"공부는 원래 힘들지만 중간에 그만두면 아무것도 안 되는 걸."

한 번도 그런 점을 실감해본 일이 없는 조슈아는 예의상 고개를 끄덕이며 말했다.

"음······ 아마도 그렇겠지?"

출발 전날, 미유 로제 의상실에 나타나 막시민을 끌고 가던 때까지도 쥬스피앙은 이 문제에 대해 일언반구도 비치지 않았다. 그랬기에 마차 앞에서 티치엘과 마주친 막시민은 상황을 깨닫자마자 비명을 지르며 머리를 감싸쥐었다. 티치엘은 조금 전과 똑같은 질문을 했고, 그때 조슈아가 "응, 아주 심각한 병이야"라고 대꾸한 것이 발단이었다. 티치엘이 마차 시간까지 지연시켜가며 급히 만들어 온 소위 '증상을 알아내는 약'을 마셔야 했던 막시민은 점심 무렵까지 헛구역질을 해

댔다. 그 결과 조슈아도 조금 전 같은 신중한 대답을 개발하지 않으면 안 되었다.

티치엘이 따라온 이유가 막시민의 공부 때문만이 아니라는 사실은 네냐플에 도착할 때까지도 알지 못했다. 그동안 막시민은 예전에 그가 역설한 대로 사두마차 두 대에 하인이 서넛이나 딸린 한가로운 여행을 했지만 전혀 즐겁지 않게 지냈다. 숨을 곳이 얼마든지 있는 비취반지 성과는 달리 마차 여행중에 도망칠 곳은 아무데도 없었다.

"그런데 왜 포도원에 들어가는 걸 학장이 아니라 그 교수한테 허락받아야 하는 거야?"

통칭 '포도원'은 네냐플 안에 있는 자료실 겸 도서관을 가리키는 이름이었다. 하지만 학생들이 드나드는 곳은 아니었고, 그런 도서관은 따로 있다고 했다. 포도원은 학생이나 외부인은 물론이고 학교의 교수들조차 '포도원지기'의 허가가 있어야만 들어갈 수 있는 곳이었다.

"포도원은 마법사들의 만신전萬神殿같은 데거든. 네냐플에서 마법만 가르치지는 않아. 그래서 마법 마스터인 교수님들 중에서 가장 권위 있는 분이 포도원지기가 되시는 걸로 알고 있어."

"그럼 학장은 마법사가 아니란 말이야?"

티치엘은 고개를 흔들었다.

"아니, 학장님께서는 누구보다도 훌륭한 마법사셔. 하지만 학장님은 중립을 지켜야만 하거든. 마법사들만을 대변할 수는 없다는 거야. 만일 학장님께서 포도원을 맡고 계신다면 마법사가 아닌 사람들이 이런저런 이유를 내세워 포도원 출입 허가를 내달라고 할 때 거절할 명분이 약하잖아."

막시민이 티치엘을 이상한 눈빛으로 쳐다봤다.

"네 입에서 그런 고차원적인 이야기가 나오니 이상한데."

티치엘도 막시민에게 이상한 눈빛을 보냈다.

"넌 내 얘기 들으면서 늘 어렵다고 했잖아?"

막시민이 생각하는 '고차원'이 학술적인 것과 거리가 멀다는 점을 티치엘에게 이해시키기는 쉽지 않을 전망이었다. 조슈아는 말을 돌렸다.

"그런데 포도원이 그런 곳이라면 우릴 쉽게 들여보내주진 않겠는데. 넌 마법사겠지만 나나 막군은 여기 학생들만큼도 마법을 모르는걸."

뜻밖으로 티치엘이 동의했다.

"그건 그래."

"야, 이제 와서 그런 말을 하면 일껏 그 먼 데서 여기까지 온 수고는 다 뭐가 되는 거야?"

두 소년의 당황한 얼굴을 보며 티치엘은 그녀다운 대답을 내놓았다.

"열심히 해봐야지."

"……."

포도원으로 가는 길은 네냐플 학교에서 가장 아름다운 길 중 하나였다. 왼쪽 비탈 아래로 미로 형태의 정원이 이어졌고, 그 길을 따라 파놓은 좁은 수로에 수정처럼 빛나는 물이 흘렀다. 자연석으로 마무리된 수로 속에는 이끼와 녹색 식물들이 다닥다닥 붙어 있었다. 봄이면 꽃이 만발할 유실수들이 늘어서서 교묘히 미로를 감추었다.

네냐플에서 두 번째로 오래된 건물인 '아나야 사반테 관館'이 우측에 솟아 있었다. 단단한 빵 껍질처럼 보이는 4층 석벽에 싱싱한 푸른 담쟁이가 빼곡했다. 꼭대기에는 구슬을 쥔 용 모양의 근사한 풍향계가 흔들리고 있었다.

티치엘은 좀더 걷다 말했다.

"실은 마법보다 조슈아가 걱정이긴 해."

"왜?"

"데모닉을 들여보내줄지는 잘 모르겠어."

"그건 또 무슨 뜻이야?"

조슈아가 묻자 티치엘은 고개를 젓기만 했다.

"포도원의 비밀은 지켜져야 하거든."

세 사람은 등나무 덩굴 길로 접어들었다. 그늘 아래 수십 년은 되어 보이는 돌의자들이 줄을 이었다. 수업 시간이라 사람은 없었고 돌 위에 새긴 낙서들만이 닳아가고 있었다. 스쳐 가면서 조슈아는 낙서 몇 개를 훑었다. "유급 3년 차, 세 번째로 입학하다", "내일이면 방학이다!", "너희가 화장실 가 있는 동안 난 이거 새긴다", "네냐플 왔다 가다", "포도원 한번 못 가보고 햇수만 늘린 서러운 2학년이여, 단결하라", "2년 차 진급 시험에 말콘 윤리학 꼭 나온다, 후배들아", "데리케 누님 제발 1점만. 입학금 또 내라고 하면 저희 아버지 쓰러지심"……

"여기 굉장한 덴가 봐. 막군, 너 입학할 게 걱정된다."

막시민은 못 본 체하며 대꾸했다.

"내 휴대용 수첩이 입학을 안 할 테니 큰일이야."

포도원은 학교 가장 안쪽, 산비탈을 등지고 자리잡은 둥근 단층 건물이었다. 막시민이 농조로 말했다.

"포도원에 포도는 다 어디 간 거야."

티치엘이 대답했다.

"응, 안에 들어가면 있어."

그 말은 정말이었다. 입구를 통과하자마자 뜰이 나타났다. 겉으로 보이던 건물은 반지 형태로 뜰을 둘러싼 담벼락에 불과했다. 키 작은 포도나무가 줄지어 선 뜰 안쪽에 자그마한 건물이 보였다.

두 소년은 당황해서 중얼거렸다.

"여기 진짜 포도원이었네."

"저길 봐. 저게 다라면 도서관은 상당히 작은 것 아니냐?"

"우리 아버지 서재보다는 조금 크겠는데."

티치엘은 포도나무들을 지나 높다란 꽃봉오리 모양의 문을 열면서 빙그레 웃기만 했다.

문을 통과하자 둥글게 흰 복도가 나타났다. 십여 걸음을 걷자 건물 외벽과 연결된 빈 공간이 나왔다. 외벽과 내벽 모두에 큰 창이 나 있어 반들반들한 대리석 바닥이 온통 환했다. 외벽 창문 아래에 세 사람이 써도 될 법한 커다란 책상이 놓여 있었다. 그러나 사람은 없었다. 티치엘은 빈 공간을 향해 말했다.

"레오멘티스 교수님."

조슈아와 막시민은 마법사라는 교수가 허공에서 어떤 괴이쩍은 방식으로 나타나려나 궁금해하며 책상 주변을 뚫어져라 보았다. 그러자 정말로 교수가 나타나긴 했다.

책상 밑에서.

"안녕하세요, 교수님."

티치엘은 개의치 않고 인사를 했지만 다른 둘은 어리둥절하여 얼굴을 마주봤다. 책상 밑에 있다가 일어선 사람은 고작 이십 대로밖에 보이지 않는 여자였다. 티치엘이 인사하는 것을 보면 교수가 맞긴 한 모양인데, 이렇게 젊은 사람이 네냐플에서 가장 권위 있는 마법 교수라고?

우물쭈물하는 동안 교수의 날카로운 시선이 둘을 향했다. 조슈아는 저도 모르게 몸을 약간 젖혔다가 말했다.

"처음 뵙겠습니다. 조슈아 폰 아르님입니다."

"막시민 리프크네라고 하는데요."

둘 다 간단히 이름만 말했다. 레오멘티스 교수도 구구절절 묻지 않았다. 잘 왔다거나 어떻게 왔느냐거나 하는 형식적인 인사도 없이 둘을 쏘아보았다.

"……."

키가 당당히 컸다. 대단히 아름다웠다. 굽슬굽슬한 금발 속에 묻히다시피 한 자그마한 얼굴은 다소 비인간적으로 보일 정도였다. 심지어 표정도 없었다.

잠시 후 첫 목소리가 들렸다.

"어서 오너라, 티치엘."

말투를 보니 티치엘과 잘 아는 사이인 것 같아 그나마 다행스러웠다. 이 살벌하게 차디찬 교수를 설득할 생각을 하니 암담해지던 차였다.

레오멘티스 교수는 이윽고 책상 뒤에서 나와 세 사람 앞에 섰다. 적포도줏빛 장려한 로브를 보니 저걸 입고 어떻게 책상 밑에 들어갈 생각을 했을지 궁금해졌다.

"이 두 사람은 저의 친구들인데 중요한 일이 있어서 포도원에 머물도록 허락해주십사 하고 왔어요."

교수는 둘을 흘끗 보기만 하고는 티치엘에게 말했다.

"마법을 아는 자들이 아니구나."

"한 명은 얼마 전에 배우기 시작했어요. 제가 가르치고 있고요."

그 '한 명'은 난감한 얼굴로 시선을 피했다. 차라리 전혀 모른다고 하는 쪽이 마음 편할 수준이었던 것이다.

"넌 네 공부로도 바빠야 할 거야."

"네, 열심히 하고 있어요. 하지만 그 애는 중요한 마법 물건의 주인이어서 마법을 꼭 배워야 하거든요."

레오멘티스 교수는 다시 두 사람에게 고개를 돌리더니 잠시 후 막시민에게 시선을 쏟았다. 한참 동안 보고 나서 티치엘을 향해 말했다.

"그런 것이 있긴 한 것 같구나. 중요한 문제란 그건가?"

"아뇨."

"그럼 뭐지?"

교수는 여전히 티치엘에게 말하고 있었으나, 조슈아가 입을 열었다.

"내 일이니 내가 말하는 쪽이 낫겠군요."

레오멘티스 교수가 조슈아에게 시선을 주기까지는 시간이 좀 걸렸다. 그녀의 눈빛은 무생물처럼 차가워서 마주보기에 그리 달가운 상대는 아니었다.

"말해봐."

"내게는 인형이 있습니다."

마법 교수인 레오멘티스는 그 말을 곰 인형이라도 갖고 있다는 뜻으로 알아듣지는 않았다. 그녀의 눈동자가 처음으로 조금 흔들렸다.

"누구지, 만든 사람은?"

"본래 아는 사이가 아니어서 자세한 이력은 모릅니다. 이름은 애니스탄 뷜프. 이곳을 졸업한 사람이라더군요."

"그래서?"

"그 사람을 찾아야 합니다. 그자도 포도원에서 자료를 얻어 인형을 만들었겠지요. 그러니 같은 과정을 밟아 그자가 있을 만한 곳을 추리하려 합니다."

네냐플 출신 마법사의 기록을 조사하겠다는 것은 아주 민감한 문제였다. 모두 침을 삼키며 대답을 기다렸다.

"그자가 본체를 가져갔나?"

대뜸 나온 질문에 모두 흠칫했다. 조슈아는 곧 고개를 끄덕였다.

"네."

"인형은 어찌됐지?"

"잠들어 있고, 죽어가고 있습니다."

"그렇다면 기다리면 될 일이 아닌가."

조슈아는 레오멘티스 교수의 얼굴을 바라보았다. 무신경하다 싶을 정도로 바로 나온 말이었지만 그녀의 눈은 진실을 말하고 있었다. 아니, 진실을 묻고 있었다.

"난 인형이 죽기를 원하지 않습니다."

교수의 입술이 묘하게 비틀렸다. 편견을 걷어내고 본다면 미소였을지도 몰랐다.

"진심인가?"

"난 그와 대화를 나눠보고 싶습니다."

주위는 고요했다. 햇빛만이 마루 위에 나뭇잎 무늬를 되풀이해서 그리고 있었다.

"넌 제정신은 아니로군그래."

레오멘티스 교수의 말이 떨어지는 것과 동시에 정적을 깨며 웃음소리가 났다. 조슈아는 곧 웃음을 그쳤지만 여전히 웃음기 어린 얼굴로 말했다.

"교수님이 너무 핵심을 찌르셔서 웃고 말았어요. 기분 상하셨다면 죄송합니다."

"데모닉 조슈아."

그 말에 막시민, 그리고 티치엘도 움찔했다. 아무도 설명하지 않았지만 레오멘티스 교수는 조슈아가 누구인지 알고 있었다.

"얘기만 들었지. 듣던 대로 괴이쩍은 자들이야. 죽어가는 자신의 복제 인형을 되살려 대화하고 싶다고 할 만한 사람은 아직까지 너 말고 한 명 정도밖에 모르겠다."

순간적으로 질문이 나왔다.

"그게 누군데요?"

"앨베리크 쥬스피앙."

이번엔 티치엘이 조그맣게 킥킥거리기 시작했다. 조슈아는 저도 모르게 중얼거렸다.

"쥬스피앙 님이 자기 얘기 하면 역효과라고 했는데……."

레오멘티스 교수는 들은 체도 하지 않고 말을 이었다.

"자, 그게 전부인가? 말해두지만 허락받지 않은 자료를 찾아볼 생각은 하지 않는 편이 좋을 게다."

"그렇게 말씀하신다면 한 가지 더 있습니다."

교수와 눈이 마주치자 조슈아는 미소를 지었다.

"가나폴리에 있었다던 '거울'에 대해 알아보고자 합니다. 그중에서도 소원 거울이라고 불리는 것을요."

막시민이 조슈아를 돌아봤다. 소원 거울이란 이카본이 약속의 사람들에게 지키지 못했던 그 약속이었다. 하지만 조슈아의 힘으로는 불가능하다고 하지 않았던가?

"그게 무엇인지 알고서 하는 말인가? 이유는?"

조슈아는 어떻게 말하면 좋을까 생각하며 난감한 얼굴로

웃었다. 결국 간단한 대답, 진실밖에 없었다.

"나는 영매이고, 생전에 내 조상 이카본 폰 아르님을 따랐던 유령들과 이야기합니다."

"……."

교수의 얼굴에 나타난 표정을 보며 막시민은 머리를 짚었다. 비록 상대가 마법사라 해도 영매를 달가워하는 사람은 드물기 마련이었다.

"그들은 소원 거울을 통과해 꼭 가고 싶은 곳이 있습니다. 그 소원 때문에 지금까지도 유령으로 남아 세상을 떠돌고 있습니다. 내게는 그들의 소원을 들어주어야 할 의무가 있습니다."

"어째서 네게 그런 의무가 있는가?"

"이카본이 그랬듯, 나는 그들의 공작이기 때문입니다."

비록 몇몇은 조슈아를 미워한다 해도, 이카본을 원망한다 해도, 그들이 모든 아르님 공작들과 맹세로 묶여 있음은 변치 않는 사실이었다. 아니, 실은 데모닉인 아르님 공작만이 그런지도 모른다. 만일 그렇다면 그런 사람은 지금껏 이카본 말고는 없었다. 두 번째가 될 사람도 조슈아뿐이었다.

"난 아직껏 데모닉을 포도원에 들여보낸 일이 없다."

오면서 티치엘이 했던 말이 떠올랐다.

"왜죠?"

"포도원은 세상이다. 우주다. 기록되지 않은 말이다. 정복

될 수 없는 땅이다. 우린 귀퉁이를 조금 빌려 포도 농사를 짓고 있을 뿐. 누구도 그 안의 지식을 모두 삼키지는 못한다. 수백 년, 수천 년을 산다 해도 그럴 수는 없다."

그 말은 포도원의 지식을 기억해서 갖고 나가는 것을 막겠다는 뜻처럼 들렸다. 조슈아는 고개를 저었다.

"그럴 생각은 없어요."

"그건 너 스스로 제어할 수 없는 힘이야. 호수에 나뭇조각을 띄운다면 떠 있기만 할 뿐이겠지. 하지만 솜뭉치라면 순식간에 물을 흠뻑 빨아들이고 얼마 뒤 가라앉아 버릴 게다."

"내가 마른 솜뭉치처럼 지식을 흡수하다가 한계를 넘어설 거란 말인가요?"

레오멘티스 교수의 뾰족한 턱이 두 번 끄덕여졌다.

"돌아버리기 쉽지."

"잠깐만."

비스듬하게 서 있던 막시민이 불쑥 끼어들었다.

"제 생각엔, 이 도서관이 발디딜 틈조차 없이 책으로 가득 차 있다고 해도 저 녀석 용량을 넘어갈 것 같지는 않은데 말입니다."

입 밖에 내진 않았지만 그건 조슈아의 생각이기도 했다. 막시민이 말을 이었다.

"지식의 유출을 걱정하시는 거라면 그쪽은 이해가 갑니다만, 뭔가 추상적인 우려를 듣는 기분인데요."

레오멘티스 교수의 입가에 처음으로 미소다운 것이 걸렸다.

"아무나 못 들어가는 곳이라고 해서 대단한 것을 상상했는데 볼품없이 작아 보였나 보지?"

"그런 뜻이 아니라……."

조슈아의 말이 맺어지기 전에 막시민이 대꾸했다.

"솔직히 그런데요."

레오멘티스 교수의 얼굴에 점차 생기가 돌았다. 눈빛에도 흥미가 어렸다.

"마법을 모른다고 했으니 그리 여기는 것도 무리가 아니겠지. 그럼 한번 돌아보겠나?"

대꾸도 듣지 않고 척척 걸음을 옮겨 내벽에 면한 복도 쪽으로 갔다. 티치엘이 재빨리 따라가는 것을 보고 두 소년도 얼굴을 한 번 마주본 뒤 뒤따라갔다.

복도를 따라 한 바퀴 빙 도는 동안 그들이 서 있던 곳과 비슷한 방을 십여 개 보았다. 그러나 어디에도 장서 같은 것은 보이지 않았다. 평범한 서재보다 못해 보이는 허름한 책꽂이 몇 개에 최대 백 권도 안 되어 보이는 책이 꽂혀 있을 뿐이었다. 어느 방에는 사람이 있기도 했는데 혼자 책상 앞에 앉아 서너 권쯤 늘어놓은 책이나 그림, 점토판 등을 보고 있을 따름이었다. 모든 방은 심지어 문으로 막혀 있지도 않아 걸으면서 내부가 다 들여다보였다.

처음의 방으로 되돌아왔을 때 레오멘티스 교수가 그들을 돌아보았다.

"네가 생각한 도서관인가?"

막시민은 특히 자신을 향한 질문임을 알아차리고 입맛을 쩝 다셨다.

"이거 뭐, 도서관이 아니라 독서실 아닌가요?"

갑자기 날카로운 웃음소리가 흘러나와 셋 다 깜짝 놀랐다. 레오멘티스 교수는 곧 웃음을 그쳤지만 조금 전과는 완연히 다른 표정이 되어 말했다.

"아, 그래. 네 말이 맞을 수도 있을 거야. 여기에 책과 자료를 보는 사람은 있지만, 그 책과 자료는 아주 먼 곳에 있으니 말이야."

여전히 무슨 말인지 이해가 되지 않자 막시민은 티치엘을 봤다.

"좀 쉬운 말로 설명 좀 해봐."

"그러니까, 교수님, 제가 설명해도 될까요?"

교수가 고개를 끄덕이자 티치엘이 말을 이었다.

"포도원의 책이나 자료들은 다 이공간異空間에 있어. 이공간이란, 우리 세계 위에 덧씌워져 있지만 특별한 힘이 없이는 볼 수도 손댈 수도 없는 곳이거든. 포도원이 쓰고 있는 이공

127
—

간은 무한히 크고 넓기 때문에 무엇이든 넣을 수 있지만, 함부로 넣었다간 영영 찾지 못하게 되어버려. 안에는 정말 별별 것이 다 있어. 특히 죽은 사람들의 혼이 그곳에 머무는 경우가 많아."

"그 말은, 넌 거기에 들어가봤다는 거냐?"

티치엘은 아무렇지도 않게 고개를 끄덕였다.

"조심을 해야 하지만 원칙을 지킨다면 그렇게까지 위험하지는 않아. 물론 자주 가는 건 좋지 않대. 어쨌든 그게 가능하니까 옛날 위대한 마법사들이 이공간 안에 자료 보관소를 만든 거지. 자료를 이공간에 넣으면 미리 정해놓은 열쇠 주문 없이는 절대로 찾지 못해. 우리 세계처럼 물리적인 공간이 아니기 때문에 자신이 놓았다고 생각한 장소에 늘 그대로 있는 것이 아니거든. 어쨌든 활용할 줄만 안다면 현실 세상의 어딘가에 감추는 것보다 훨씬 안전하지."

조슈아가 물었다.

"아무나 그러진 못하겠지?"

"물론이지. 그런데 자료를 넣는 것은 쉽지 않지만, 일단 넣은 자료를 꺼내 보는 것, 그러니까 열쇠 주문을 넘겨받은 사람이 일시적으로 접촉만 하는 것은 그렇게 어렵지 않아. 그래서 이곳에 온 사람들은 모두 그 열쇠 주문을 갖고 자료를 꺼내어 보는 거야. 물론 허락된 것 외에는 접촉이 금지되어 있고. 각 방의 책상 서안에는 그걸 가능하게 하는 마법이 미리 걸려 있어."

"그럼 이 포도원에 있는 자료의 양이란 얼마나 많은 거야?"

"그건 나도 몰라. 아마 아무도 모를 거야. 왜냐면 아주 옛날의 마법사들이 넣은 자료들도 있는데 그중에는 열쇠 주문을 잃어버려서, 또는 아무도 열쇠 주문을 시험해보지 못해서 못 꺼내본 것도 많거든. 또 물리적 형태가 없는 자료들도 있는데 그런 건 꺼내 쓸 수 있는 사람이 한정되어 있어. 그런 것들은 주로 가나폴리의 마법사들이 넣었대."

"가나폴리라고?"

너무 어마어마한 이야기가 되어가자 조슈아는 천장을 올려다보고 막시민은 바닥을 내려다봤다.

"대체 언제부터 그 이공간에 도서관이 있었던 거야?"

"아무도 모르지. 네냐플에서 포도원을 만들기 전엔 모두 잠들어 있던 자료거든. 가나폴리가 멸망하기 직전에 그곳에 있던 도서관의 자료들을 누군가가 급히 쓸어 넣은 흔적도 있대. 이공간의 보관소를 처음 발견한 윌레이 리델은 가나폴리 멸망기의 자료에 접속하는 것을 필생의 과업으로 삼아서 제자들에게까지 물려주었지만 아직까지도 밝혀진 것은 얼마 되지 않아. 너무 많기도 하고, 또 뒤죽박죽이어서 열쇠 주문 찾기가 무척 어렵거든. 아직껏 열쇠 주문을 못 찾은 자료가 찾아낸 자료의 수천 배는 넘을 것 같대."

막시민이 손을 내저었다.

"그만해라. 더이상 상상이 안 돼."

돌아보니 레오멘티스 교수는 어쩐지 만족스러운 표정을 짓고 있었다. 이 교수도 쥬스피앙과는 방향이 다르지만 상당히 악취미를 가졌을 것 같다는 기분이 드는 순간이었다.

조슈아는 정중한 태도를 취했다.

"교수님이 하신 말씀의 뜻을 알겠습니다. 저 또한 마법을 배워서 나갈 생각은 없습니다."

"그래, 마법을 배워선 안 되지. 마법은 포도원의 보관소처럼 인간의 인지 범위를 넘어서는 광대한 세계고, 보통 인간이라면 일평생 노력해도 마법의 신전 섬돌을 닦는 정도가 고작이다. 만일 너처럼 빠르게 모든 것을 흡수한다면 순식간에 높은 경지에 오르긴 하겠지만 결과적으로 호수 밑바닥에 가라앉겠지."

언젠가 조슈아 자신이 페리윙클의 펠 집정관에게 했던 이야기와도 비슷했다. 조슈아는 대답 대신 미소만 지었다. 그는 유령마저 쉽사리 받아들이는 자신의 정신이 얼마나 얇은 막으로 이뤄져 있는지 잘 알고 있었다.

이윽고 레오멘티스 교수는 티치엘을 돌아보며 이맛살을 찌푸렸다.

"티치엘, 그 때문에 네가 온 거로구나."

티치엘은 치맛자락을 잡으며 가볍게 절을 했다.

"부탁드려요, 교수님."

"네 아버지한테 늙었으면 얼른 죽으라고나 전해."

티치엘은 그런 악담이 익숙한 듯 생긋 웃더니 두 소년에게 돌아섰다.

"허락해주셨어. 가자."

그게 왜 허락이 되는 건지 영문을 몰랐지만 티치엘이 그렇게 말하는 이상 따질 필요는 전혀 없었다. 둘은 재빨리 인사를 하고 앞서 가는 티치엘을 따라 복도로 갔다. 막시민이 중얼거렸다.

"관대한 교수님이로구만. 데모닉, 인형, 영매, 그런 소릴 다 듣고도 네놈 말을 들어주다니. 보통 사람은 한 가지만 들어도 너 같은 놈하고 다시는 상종하고 싶지 않다고 할 텐데."

"네 말 들으니까 내가 누군가한테 호감을 얻는다는 건 굉장한 일이네."

"응, 소공작이라는 점 하나 갖고 수지를 맞추려 하지만 불행히도 쉽지 않지."

티치엘은 왼쪽으로 돌기 시작해서 방 두 개를 거쳐 가더니 세 번째 방 앞에 섰다.

"여길 쓰자."

기본적으로 레오멘티스 교수의 방과 크게 다르지 않은 모양새였다. 좌우의 책꽂이에는 책이 한 권도 없었다. 책상 위에 별이 반짝거리는 밤하늘 같은 검은 돌이 놓여 있었다. 모서리를 둥글게 깎은 직사각형이었고, 표면에 알 수 없는 글자가 몇 개 새겨져 있었다.

조슈아가 물었다.

"여기서 얼마 동안 머물 수 있는 거지?"

"열흘에 한 번씩 자신이 쓴 열쇠 주문들을 검사받아야 해. 그리고 다시 이용 승인을 받아야 하고. 계속 승인이 떨어지기만 한다면 몇 년이고 지낼 수도 있어."

막시민이 책상 모서리에 걸터앉으며 말을 받았다.

"방이라고 해봐야 고작 열 몇 개던데, 그렇다면 들어올 사람이 잔뜩 기다리고 있어야 되는 것 아니냐? 빈방이 왜 이리 많아? 다들 책 따위에는 관심이 없어?"

"승인이 쉽지 않다 그건가?"

조슈아의 말에 티치엘이 웃었다.

"응, 바로 맞혔어."

티치엘은 방 곳곳을 꼼꼼히 점검하고 서안도 살펴보더니 됐다는 듯 고개를 끄덕이며 두 소년에게 돌아섰다.

"그럼 알아둬야 할 점들을 말해줄게. 첫째로 조슈아는 이 서안을 쓸 수 없어. 이 서안으로 이공간의 보관소에 접속하기 때문에 손을 대서도 안 돼."

조슈아가 고개를 끄덕였다. 막시민이 이죽거렸다.

"그럼 난 되고?"

"응, 되긴 하는데 막시민은 아마 사용하기 힘들 거야."

"마법을 알아야만 쓸 수가 있는 거냐? 그럼 어차피 조슈아가 건드릴 수도 없는 거 아니냐?"

"마법은 몰라도 되는데 자료의 대부분이 고대어, 그러니까 가나폴리 말이거든."

"……그래, 너 혼자 실컷 봐라."

조슈아는 막시민을 향해 위로의 미소를 보내고는 티치엘을 보았다.

"그래, 직접 자료를 보지 못하는 건 좋은데, 그럼 여기서 지내는 동안 나한테 고대어를 가르쳐주면 안 될까? 그걸 모르니까 가끔 불편하더라고. 여기라면 공부할 책도 많을 테고."

보통 수년씩 고생고생해서 배우는 고대어였지만 조슈아에게는 고작 수십 일 공부할 거리일 뿐이었다. 그러나 티치엘은 고개를 저었다.

"그건 안 돼."

조슈아는 아쉬운 표정을 지었다.

"물론 가르치는 것이 수고롭겠지만…… 사실 수고는 그리 끼치지 않을 텐데."

티치엘이 다시 고개를 흔들었다.

"그게 아니고, 조슈아가 마법을 배울 수 없다면 고대어도 역시 배워선 안 되거든. 고대어는 글자 자체가 주문인 경우가 많아. 다시 말해 고대어를 배우는 과정에서 저절로 주문을 익히게 된다는 거지. 그래서 내가 읽고서 하나하나 말해주는 수밖에 없어."

조슈아가 맥없이 웃었다.

"나한테 고대어를 가르치는 것보다 그쪽이 훨씬 번거롭겠는데."

티치엘은 자신이 오히려 미안해하며 말했다.

"하지만 어쩔 수 없는걸."

누가 누구를 위로해야 할지 모를 상황이었으나 쥬스피앙이 이걸 예상하고 티치엘을 보낸 것만은 확실했다. 고대어를 읽을 줄 알고, 비밀을 공유해가며 이곳에 오래 머물러 일을 도와줄 사람을 달리 찾기는 어려웠을 것이다. 금지옥엽 아끼는 딸인 것을 생각하면 쌀쌀맞은 체해도 대단한 호의를 베푼 셈이었다.

이어 티치엘이 두 사람에게 다가오라고 손짓하더니 책상 밑을 가리켰다. 거기에 바닥으로 난 문이 있었다. 문을 들어 올리고 내려가보니 1인용 침대와 외짝 장롱뿐인 작은 방이 나왔다. 천장이 낮아서 흡사 굴 같은 느낌이었다. 소년들은 고개를 조금씩 숙여야 했다.

"여기가 침실이야. 침대는 하나뿐이지만 침구를 좀더 가져와서 바닥에 깔면 될 거야. 난 교수님 방에 가서 잘게."

그 냉담한 교수와 함께 자겠다는 말을 들으니 의문이 떠오를 수밖에 없었다.

"그런데 넌 레오멘티스 교수님하고 어떤 사이야?"

"응, 이모님이야."

티치엘은 아무렇지도 않게 대꾸했지만 두 소년은 당황해서 입을 딱 벌렸다. 잠시 후 조슈아가 가까스로 물었다.

"저, 저기, 네 이모님이라면, 그럼 쥬스피앙 님하고는 처제 형부 사이인데 어째서 쥬스피앙 님은 자기 얘길 꺼내면 역효과라고 한 거야?"

"게다가 얼른 죽으라는 소린 또 뭐냐?"

티치엘은 계면쩍은 미소를 지었다.

"이모님은 엄마의 결혼을 반대하셨거든."

"어…… 그거 반대도 보통 반대가 아니었나 보네."

"교수님은 엄마하고 아주 의가 좋으셨대. 우리 아빠가 저래 보여도 나이가 무척 많으시거든. 그래서 반대가 굉장했지. 엄마가 돌아가시고 나서는 더더욱 그때 말렸어야 했다고 생각하시는 것 같아. 지금은 세상에서 우리 아빠를 제일 싫어하는 두 마법사 중 한 분이시지."

"그럼 다른 한 명은?"

"악셀 레오멘티스라는 분이야."

"잠깐, 아까 그 교수하고 성이 같은데?"

"외숙부님이거든."

잠시 후 조슈아가 중얼거렸다.

"너 참 힘들겠다."

"그렇진 않아. 두 분 다 나한텐 잘해주셔."

막시민이 한쪽 손바닥을 펼치며 어깨를 으쓱했다.

"하긴, 너란 애는 친구나 선생으로 만나는 것보다 조카로 만나는 쪽이 훨씬 좋을 것 같긴 하군."

뜻밖으로 티치엘이 대꾸했다.

"그건 너도 그래."

"내가 네 조카였으면 좋겠다고?"

"응, 네가 내 조카라면 공부 안 하고 도망 다닐 때 꿀밤 한 대 때려줄 수 있을 텐데."

티치엘이 그 장면을 상상해보는 눈빛이어서 막시민은 슬슬 물러나더니 위로 올라가버렸다. 조슈아가 웃으면서 티치엘에게 손짓했다.

"우리도 올라가자. 지금 당장 시작해도 되는 거야?"

둘 다 올라간 뒤 티치엘이 문을 닫고 서안 앞에 앉았다. 조슈아는 잠시 생각하더니 말했다.

"먼저 인형에 대해서. 그중에서도 약해진 본체와의 연결을 회복하는 방법. 그리고 그걸 하기 위해 필요한 마력의 원천. 그 원천으로 사용 가능한 마법 물건들. 그것들 가운데 가장 강한 악의 무구에 대해서."

티치엘이 움직이려던 손을 멈추고 조슈아를 돌아보았다.

"조슈아, 마지막 것은 교수님께 말씀드렸던 이야기가 아닌데?"

조슈아는 미소를 보냈다.

"내가 말한 순서를 봐. 다 연관성이 있는 것들이잖아. 어차피 열흘 뒤 승인을 받을 때면 교수님도 알게 될 테고."

티치엘이 어깨를 가볍게 움츠렸다.

"그대로 승인받을 자신이 있다는 거야?"

"아마도?"

티치엘은 더 묻지 않고 서안에 손을 얹었다. 서안에 새겨진 글자에서 빛이 나기 시작하더니 허공에 수십 개의 빛나는 글자들이 떠올랐다. 모두 읽을 수 없는 것들이었다. 티치엘이 그중 하나를 읽으며 말했다.

"지금 말한 것들만으로도 몇 달은 걸릴 거야."

"그만큼은 걸려야겠지. 괜찮아. 여긴 지내기에도 좋을 것 같아."

그렇게 말했지만 잠시 후, 조슈아는 혼자 인상을 찌푸리며 덧붙였다.

"조금만 조용해진다면 더 바랄 게 없을 텐데."

티치엘이 의아한 표정을 지었다.

"이만하면 조용하잖아? 무슨 소리라도 들려?"

실제로 주위는 매우 조용했다. 그러나 조슈아는 한숨을 내쉬며 사방을 두리번거렸다.

"응, 아주 시끄러워. 꼭 너희 집 같아."

추적자들

사냥꾼은 생각한다. 짐승이 가깝다고

그를 보고 있으리라고.

발자국이 어지럽고, 화살촉에는 피가 묻어 있다.

새끼가 우는 소리가 들린다. 짐승을 부른다.

둥지로 돌아갈 길목, 거기에 미끼를 놓아두자.

떨어뜨렸던 먹이를 보고 기뻐하겠지.

아픈 다리도 잊고 끌고 가려 하겠지.

그게 제 목을 조를 것도 모르고……

실비엣은 조금 더듬거렸다. 눈앞의 문은 쇠로 되어 있었다.

흐릿한 빛에 눈이 익자 문 사방에 쇠 징이 박힌 것이 보였다. 나무로 만든 문에 앞뒤로 철판을 입히고 고정쇠를 박았으리라. 짐작되는 목적은 하나뿐이었다. 그 상상이 등줄기를 서늘하게 했다.

문고리는 닳아 희끄무레했다. 그녀를 데려온 자가 손을 내밀어 문고리를 돌렸다. 상상한 것보다 훨씬 큰 소리가 났다. 삐이이익.

"모셔왔습니다, 소령님."

방은 생각보다 넓었지만 창문이 없었다. 지하도 아닌데 왜 창을 내지 않았을까? 맞은편에 탁자가 놓여 있었고 그 너머에 왕국8군 군복을 입은 젊은 장교가 앉아 서류를 들여다보고 있었다. 그는 조금 늦게 고개를 들더니 자리에서 일어났다.

"이런 방으로 모시게 되어 죄송합니다."

형식적인 경례에 이어 한 말이었다. 실비엣은 자신이 앉아야 할 등받이가 낮은 초라한 의자를 보며 애써 불쾌한 표정을 끌어냈다.

"죄송한 줄은 아는군요. 그렇다면 다른 곳을 찾았어야 할 것 아닌가요?"

"군대 시설이 다 이렇습니다."

장교는 자리에 도로 앉았다. 그리고 왜 앉지 않느냐는 표정으로 실비엣을 올려다봤다.

"……."

앉는 수밖에 없었다. 치맛자락을 고르게 펴면서 실비엣은 살풍경한 분위기에 기가 눌리지 않으려고 마음을 다잡았다. 장교는 이윽고 서류를 덮어놓더니 실비엣의 얼굴을 마주보았다.

"소령 호웰 제나스입니다. 실비엣 드 아르장송 양이십니까?"

"당신 부하가 날 데려왔잖아요. 그래놓고 내가 누군지도 모른다는 건가요?"

"군대에서는 말하는 방식이 다 이렇습니다. 양해 바랍니다."

실비엣은 숨을 들이쉬었다.

"일방적으로 양해하라고만 하면 전부란 말인가요? 난 몹시 기분이 나빠요. 이런 곳에 불려오게 된 것부터가 불편해요."

제나스 소령은 표정도 변하지 않고 바로 대꾸했다.

"죄송합니다."

기계적인 반응은 상대를 은근히 질리게 만드는 힘이 있었다. 실비엣은 말없이 인상만 찌푸렸다.

"오늘 아르장송 양을 이곳으로 모신 이유는 몇 가지 여쭤보고 싶은 점이 있어서입니다. 아시다시피 왕국8군은 존귀,

존엄하오신 국왕 폐하의 편익을 최우선으로 받들어 움직이고 있으므로 때로는 통상적 예의와 어긋나는 방식으로 직무를 수행하게 되는 경우도 있습니다. 모시는 방법에 있어 몇 가지 불편한 점이 있었더라도 존귀, 존엄하오신 국왕 폐하를 위한 일을 하신다는 마음으로 너그러이 이해해주시기 바랍니다."

산책을 하고 돌아오다가 집 앞에서 갑자기 붙들려 영문도 모른 채 끌려오다시피 했는데도 그 문제를 더 해명할 마음은 없다는 태도였다. 그러나 반론은 불가능했다. 그러려면 자신의 불편이 '존귀, 존엄하오신 국왕 폐하'의 편익보다 우선한다는 주장을 해야 했다.

실비엣이 대꾸를 하지 않자 제나스는 알아서 말을 이었다.

"협조에 감사드립니다."

낮게 콧방귀를 뀌는 것 말고 할 수 있는 일은 없었다. 제나스는 서류 첫 장을 폈다.

"그럼 묻겠습니다. 작년에, 아르장송 양은 왕립 그로메 학교를 자주 드나들었습니다. 이유를 물어도 되겠습니까?"

무례한 동행 요구에 어떻게 항의할지만 생각하느라 정작 무슨 질문을 받게 될지, 오는 동안 궁리해보지 않은 것은 실수였다. 실비엣은 저도 모르게 눈을 크게 떴다.

"그건 왜요?"

제나스가 갑자기 고개를 바로 쳐들었다.

"지금은 물론, 앞으로도 이유는 묻지 마시기 바랍니다. 국왕 폐하의 비밀을 엄수해야 하는 까닭에 아무것도 말씀드릴 수 없습니다."

서서히 목이 타들었다. 주위에는 군복 차림의 남자 셋이 더 있었으나 그들은 실비엣이 죄인이라도 되는 것처럼 지키고 서 있을 뿐 차 한 잔이라도 갖다줄 분위기는 아니었다.

상대는 고작 군인에 불과하다. 겁내고 싶지 않았지만 이곳은 그들의 공간이었다. 드레스 소매를 감싼 프릴이 바르르 떨렸다. 실비엣은 강한 목소리를 흉내냈다.

"나도 나와 관련된 귀한 분들의 명예를 위해 비밀을 지켜야 할 때가 있어요."

"왕국 안에, 존귀, 존엄하오신 국왕 폐하보다 더 귀한 분이 있습니까?"

"하지만 당신은……."

어차피 이유조차 말해주지 않겠다는 자였다. 그게 국왕 폐하의 시시콜콜한 궁금증에 불과할지라도 다른 귀족의 명예보다 별것 아니라고 주장하기란 어려웠다. 비교는 애초에 불가능했다.

"좋아요. 이제부터 내가 여기서 하는 말은 모두 국왕 폐하를 위한 것이에요. 나중에 문제가 되더라도 난 당신의 말을 믿었기 때문일 뿐이니 책임은 당신이 져야 할 거예요. 그 점은 명심하도록 해요."

"그러겠습니다."

여전히 망설이는 기색조차 없었다. 실비엣은 입술을 얇게 물며 상대를 쏘아보았다.

"내가 그로메 학교에 간 건 아마란스 백작 영애분을 뵈려 했던 거예요. 널리 알릴 만한 일은 아니지만, 영애께서는 사교계의 소식과 예법에 흥미를 느끼지 못하는 분이세요. 그래서 백작부인께서 저한테 따님의 교양을 위해 도움을 청하셨던 거예요."

"이엔나 다 아마란스 양을 말씀하시는 것입니까?"

"그럼 그 댁에 다른 영애라도 계시다는 말씀이신지?"

제나스는 실비엣의 신경질에도 끄떡하지 않았다.

"얼마나 자주 갔습니까?"

"한 달에 한두 번 정도."

"가면 얼마 동안 머물렀습니까?"

"기껏해야 한 시간이나 반시간 정도예요. 이런 질문은 왜 하는 거죠?"

"군대의 방식입니다. 아마란스 양은 당신이 찾아오는 걸 좋아했습니까?"

순간 이엔의 지루해하는 얼굴이 떠올랐지만 실비엣은 거침 없이 대답했다.

"그건 당연한 일 아닌가요? 그분은 저한테 고마워하셨어요."

"그렇군요. 그렇다면 당신 쪽에서는 아마란스 양을 좋아하셨습니까?"

"아아, 물론. 아마란스 영애께선 재치 있고 생기 넘치는 분이시니까."

"그럼 두 분은 아주 친해지셨겠군요."

"물론이에요."

"숨기는 것이 없을 정도로?"

실비엣은 의아한 눈초리로 미간을 찌푸렸다.

"그런 질문은 무례하지 않아요? 대체 왜 사사로운 관계까지 일일이 보고를 해야 하는 거죠?"

제나스는 눈을 내리깐 채 서류를 한 장 더 넘기며 말했다.

"왜냐고 묻지 말라고 이미 말씀드렸습니다. 군인들은 두 번 말하게 하는 걸 싫어합니다."

"……."

책상 밑으로 꼭 쥔 실비엣의 손등에 파랗게 핏줄이 돋았다. 이자의 모욕적인 태도를 기억해둘 작정이었다. 집으로 돌아가게 되면 어떤 자인지 알아내어 가능하다면 쫓아내거나 좌천시켜버리고, 그게 안 되더라도 나쁜 소문을 한껏 퍼뜨려줄 것이다.

첫 번째 방식의 보복이 가능할 가망은 높지 않았다. 왕국 8

군의 장교는 소속 상관 외에는 출신을 밝히지 않아도 되는 특권이 있어서 웬만한 권력자가 아니라면 외부에서 손을 쓰기가 어려웠다.

"아르장송 양, 당신의 말대로라면 당신과 아마란스 양은 반년 정도 자주 만나오며 호의를 주고받았고, 매우 친해진 사이입니다. 당신은 아마란스 양이 어떤 사람인지, 무엇을 좋아하고 또 싫어하는지 잘 알게 되었을 겁니다. 그럼 말해보십시오."

상대를 어떻게 혼내줄까 궁리하느라 제나스의 말에 귀를 기울이고 있지 않았던 실비엣은 이어진 질문에 두 번째로 눈을 크게 떴다.

"이엔나 다 아마란스 양이 가문의 여름 성에 왜 민중의 벗의 조직원을 숨겨주고 있는 것 같습니까?"

"지, 지, 지금 뭐라고 했죠?"

둘의 눈이 마주쳤다. 제나스를 보는 실비엣의 눈동자가 떨렸다. 제나스가 천천히 입술을 움직였다.

"설마 모르고 계셨습니까?"

"난……."

실비엣은 말을 잇지 못한 채 자리를 박차고 일어섰다. 그러자 그때까지 무신경하게 서 있는 것처럼 보였던 다른 군인들이 재빨리 문 앞을 막아섰다. 한 사람은 실비엣의 등뒤로 다가왔다. 제나스의 목소리가 다시 들렸다.

"대답하지 않고 가실 순 없습니다."

민중의 벗. 그 이름은 낙인이었다. 올가미였다. 자칫 얽히는 순간 귀족도 한순간에 시궁창에 내동댕이쳐지는 이름이었다. 국왕의 원수이자 아노마라드의 대적인 그들과 연루되었다는 아주 작은 증거도 용서받지 못할 죄였다. 간부급의 거물이든 쪽지를 배달했을 뿐인 꼬마든 마찬가지였다. 벌조차도 같았다. 다만 간부급은 죽기 전에 정보를 캐내기 위해 고문을 한다는 점이 다를 뿐.

"나, 난, 아무것도 몰라요. 생각도 못 했어요. 증거가 있나요? 왜 나한테 이러는 거죠? 아마란스 양한테 혐의점이 있으면 그 아가씨를 데려오면 되잖아요!"

"왕국8군은 누구든 조사할 수 있습니다."

제나스가 자리에서 일어섰다.

"저희의 조사법은 이렇습니다. 순순히 협조하지 않으면, 일단 혐의가 있는 것으로 간주합니다."

실비엣의 눈에 핏발이 섰다. 제나스는 서류 한구석을 찾아내어 손끝으로 짚더니 말을 이었다.

"작년 한 해, 이곳에 끌려와 고문실로 보내진 민중의 벗 연루자가 103명입니다. 그중에는 귀족도 있죠."

"……."

"물론 고문실을 살아서 빠져나간 자는 거의 없습니다."

실비엣은 이제 누가 보아도 완연히 떨고 있었다. 냉담한 제나스의 시선을 피하며 그녀는 목소리를 짜냈다.

"……협조하겠어요."

"좋습니다. 앉으시죠. 그럼 조금 전 질문부터 대답하실까요?"

제나스가 먼저 앉고, 실비엣이 따라 앉으며 대답했다.

"몰랐어요. 그런 말조차 지금 처음 들었어요."

"아마란스 양의 방에 드나들며 수상한 자를 보았던 일은 없습니까?"

실비엣은 잠깐 생각하다가 고개를 저었다.

"없어요. 하인 말고는 그 방에서 다른 사람과 마주친 일이 없었던 것 같아요. 그 방에 누가 숨어 있었나요?"

제나스는 실비엣의 질문에는 대답하지 않았다.

"아마란스 양이 혹 불온한 말을 하지는 않던가요? 왕가나 존귀, 존엄하오신 국왕 폐하에 대해서라든가."

"전혀……. 사실 그분은 나와 그다지 이야기하고 싶어 하지 않았어요. 내가 얘기할 때도 딴생각에 잠겨 있을 때가 많았고요. 우리가 친해졌다는 말은 그냥…… 조금 과장이었어요. 취향이 많이 달라서……."

사실을 말하는데도 제나스의 표정은 그리 납득하는 것 같지 않았다. 조금 전 보였던 허세가 후회스러웠다. 이제 와서 발뺌하고 싶어 말을 바꾸는 것으로 보일 것이 뻔했다.

"그러면 아마란스 양의 행동에서 미심쩍은 점을 느낀 일은 없습니까? 또는 수상한 문서나 물건을 본 일은 없습니까? 잘 생각해보십시오."

실비엣은 생각해보려 했다. 아니, 실은 생각하기도 전에 한 가지 사실이 머릿속을 지배해버렸다.

작년 겨울, 빈방에서 이엔이 오기를 기다리던 중 누군가가 배달해 왔던 커다란 꾸러미는 한구석이 찢어져 있었다. 아무 할 일이 없었던 탓일까. 꾸러미 속에 든 그림을 보려고 포장을 조금 더 찢어냈던 것은.

제나스는 실비엣의 표정을 흘끔 보더니 낮게 말했다.

"뭔가 떠오르십니까? 잘 생각해보십시오."

실비엣이 그림을 가져온 심부름꾼을 불러 세워 어디서 가져왔는지 물었던 것은 단순한 흥미 때문이 아니었다. 화폭에 그려진 소녀를 그녀는 한눈에 알아보았다. 그만큼 잘 그린 그림이었다.

약 칠 년 전, 공화파가 장악한 켈티카와 타 지역의 소통이 단절된 가운데 귀족들은 여러 곳에서 각기 사교계를 형성하고 있었다. 중서부 지방의 귀족들은 죽은 국왕 엘반트 3세의 고모인 로엔로반트 백작부인의 성을 중심으로 자주 모였다.

그곳을 드나들던 사람들이라면 지금도 어렴풋이 기억할 소년이 있었다. 통칭 '아미센 대공비의 소년'. 대공비가 부르던 이름으로는 요제프.

아름다운 시동이 사교계 고위층의 필수품이었고 당연한 듯 거래되기도 했던 그 시절, 요제프는 누구나 탐낼 만한 아이였다. 단지 외모가 빼어나다는 것 이상으로 사람의 눈길을 끄는 데가 있었다. 그 시절 어리지만 야심이 컸던 실비엣은 언젠가 저런 아이가 제 곁에 필요하다고 생각하며 눈여겨보았다. 주시할수록, 더욱 갖고 싶어졌다.

하지만 쉬운 일이 아니었다. 지금은 죽었지만 아미센 대공은 엘반트 3세의 작은할아버지였다. 그 시절 귀족들 가운데 서열을 가린다면 첫 줄에 들어갈 가문이었다. 대공비는 당시 예순이 넘었지만 여전히 옛날 사교계의 여왕이었던 시절의 위용을 간직한 인물이었다. 그 시절 귀족들 사이에서는 시동을 잠시 바꾸어 데리고 있는 것이 유행이었으나, 실비엣의 집안인 아르장송 자작가는 대공비에게 감히 그런 제안을 할 수도 없는 위치였다.

요제프가 갑자기 사라졌을 때 아미센 대공비는 표면적으로 아무런 행동도 취하지 않았다. 보이지 않는 곳에서 손을 썼는지, 그런 것도 알 길이 없었다. 실비엣은 몹시 궁금했으나 참을 도리밖에 없었다. 몇 해가 지나 그녀의 이모인 벨노어 백작부인의 성에서 란지에 로젠크란츠라고 불리게 된 그와 다시 마주치기까지는.

이번에는 손이 닿을 듯했다. 아픈 누이동생이 약점이라는 것도 알아냈다. 그러나 노력에도 불구하고 그는 또다시 실비엣의 손에서 빠져나갔다. 놓쳐버렸음을 알았을 때 실비엣은 몹시 분했다. 다시는 그렇듯 유리한 곳에서 우연히 마주치지 못할 거라 생각했다. 그러나 운은 한 번 더 그녀의 편이었다.

이엔의 방에서 란즈미의 그림을 보았을 때 실비엣은 이번만은 실패하지 않겠다고 마음을 다졌다. 란지에는 가문의 세가 약한 실비엣이 켈티카 사교계의 총아로 발돋움할 좋은 도구였다. 마음에 걸리는 아미센 대공비는 이미 죽고 없었다.

아직 란지에의 행방을 알아내지는 못했다. 사람을 사서 란즈미가 사는 나탕트 거리의 과자점을 감시하도록 했지만 성과가 없었다. 하지만 누이동생이 그곳에 있는 한 언젠가는 나타나리라 생각했다. 성급하게 행동할 필요는 없었다. 물론 란즈미를 납치해 감금하는 쪽이 효과가 빠를 테지만, 실비엣은 귀족 아가씨일 뿐 그런 일을 믿고 시킬 만한 아랫사람은 데리고 있지 못했다. 부모에게 도움을 요청할 만한 사안도 아니었다.

그러나 이제는 알았다. 제나스가 말하는 '민중의 벗 조직원'은 란지에를 가리키는 것이 틀림없었다. 상상도 못 했던 일이었다.

따지고 보면 실비엣이 이엔과 란지에의 관계를 알아낸 건 우연일 뿐이었다. 이엔도 란지에도 실비엣이 알아냈다는 사실을 모를 것이다. 왕국 8군은 그들을 조사하려 했지만 란지에는 사라졌고 이엔은 아마란스 백작의 딸이니 함부로 이런 곳으로 불러내기 어려웠을 것이다. 그래서 이엔을 자주 만난 자신을 붙들고 뭔가 알아내려고 이러는 것이 뻔했다.

왜 이엔이 란지에를 알고 있을까, 그 점을 깊이 생각해보지 않았던 건 실수였다. 백작 영애인 이엔은 충분히 지위가 높고, 사교계에 관심도 없어 보였으므로 실비엣과 같은 목적은 아닐 터였다. 실비엣이 본 이엔이라면 하인과도 친구로 지낼 듯했으니 어쩌면 학교에서 만난 친구 정도로…….

설마, 학교를 같이 다녔던 건가?

실비엣이 조금 긴 생각을 하는 동안 제나스는 실비엣의 얼굴을 빤히 보고 있었다. 그는 실비엣의 표정이 변하는 것을 주시하다가 적절한 시점에 입을 열었다.

"그럼 말씀해주실까요?"

실비엣은 하마터면 생각한 것을 입 밖에 낼 뻔했다. 그러나 내면에 감춰진 음험한 침착성이 얇은 입술을 다물게 했다.

지금 란즈미, 그리고 란지에의 이야기를 한다면 왕국 8군은 손쉽게 란즈미를 붙잡아갈 테고 그러면 란지에 또한 나타날 수밖에 없을 것이다. 란지에가 정말로 민중의 벗과 연루되었든 아니었든 의심을 받기 시작한 이상 제나스가 말한 대로 고문실에 들어가는 것 말고는 다른 미래가 없을 테고, 그걸 자신이 원치 않는 것은 확실했다.

그렇게 손쉽게 내줄 순 없었다. 그동안 들인 공이 아까워서라도…… 아니, 실은 란지에를 고문실에 보낼 생각은 추호도 없었다. 있을 수 없는 일이다.

좀더 생각해보면 실비엣 자신은 겁을 낼 필요가 없었다. 이들이 아마란스 백작가의 이름에 눌려 이엔을 조사하지 못하는 거라면, 이엔을 찾아갔다는 이유로 실비엣을 잡아갈 수 있겠는가?

또한 자신이 그 그림을 보지 못한 것으로 한들 무슨 문제가 되겠는가? 그건 순전히 우연이었을 뿐이다.

정신을 차리자 제나스와 눈이 마주쳤다. 실비엣은 그가 자신의 표정을 관찰했을 거라고 생각했다. 이만큼 오래 생각하고서 아무것도 떠오르지 않는다고 한다면 의심을 살 것이 뻔했다. 그렇다면 무슨 이야기를 하면 좋을까.

"혹시 아시는지 모르겠지만……."

실비엣은 의식적으로 머뭇거리며 주위를 두리번거렸다. 남들이 듣는 것이 두렵다는 것처럼.

"다른 데 알려져서는 안 되는 이야기라 조심스럽네요. 아마란스 영애께서는 조금 특이한 분이시죠. 모르는 사람이 보면 영식ᄒᆞ息이 아닌가 싶을 정도로 자유로운 옷차림과 행동을 즐기시거든요. 처음엔 놀랐지만 감히 충고할 입장이 아니라고 생각해서 모르는 체하기로 마음먹었지요. 그랬는데……그게 참…….”

실비엣은 놀랍게도 얼굴까지 붉혔다.

“영애께서 어느 날 저한테 말씀하시길, 자신은 스스로를 남자로 생각한다는 거예요. 남자들과 친구처럼 지내는 것이 스스럼없고 편한데다가…… 부끄러움조차 느끼지 못한다고 하더군요. 게다가 여자한테 반한 적이 있다고까지 하셨을 때는 대체 뭐라고 대꾸해야 할지 몰라서…….”

물론 이엔이 그런 말을 했을 리 없었다. 실비엣은 스스로 충격적으로 느껴질 법한 이야기를 계속 지어냈다.

“……이런 이야기가 알려지면 아마란스 백작가의 명예에 크게 누가 된다는 것을 아실 거예요. 절대로 비밀을 지켜주셔야 하는 것은 물론이고, 내 입에서 나왔다는 사실도 알려져서는 안 돼요. 잘 아시겠지요?”

“…….”

제나스는 아무 표정도 짓지 않았다. 실비엣은 안절부절못하며 그의 얼굴을 들여다봤다. 어느 정도는 진심에서 나온 행동이었다. 그녀의 거짓말을 상대가 어떻게 받아들였을지 굉장히 궁금했다.

"그럼 이제 가도 되나요?"

실비엣이 밖으로 나오자 연병장에 오후 햇살이 불그레한 그림자를 드리우고 있었다. 마침 수십 명의 군인들이 열을 지어 지나갔다. 연병장을 가로질러 높다란 담 밖으로 나올 때까지 그녀는 마음을 놓지 못했다. 군인 둘이 형식적으로 경례를 하더니 문을 쾅 닫았다.

혼자 남은 실비엣은 돌아서서 담벼락을 올려다보았다. 지나치며 무심히 본 일이 있는 곳이었지만, 오늘부터 이곳에 대한 인식은 완전히 바뀌었다. 집까지 바래다줄 필요가 없다고 말한 것도 실비엣 자신이었다. 지금도 그 생각에는 변함이 없었다. 그들과 한순간이라도 함께 있고 싶지 않았다.

뒤돌아 걷는 동안 실비엣의 머릿속에 차차 새로운 계획이 자리를 잡았다. 오늘의 일은 전화위복이 될 수도 있었다. 왕국8군은 실비엣에게 정보를 캐내려 했지만 그와 함께 정보를 준 셈도 되었다. 아마란스 가문의 여름 성이라면 어디에 있는지 잘 알고 있었다. 그곳에 란지에가 있다는 것이다. 그런 사실을 저들이 어떻게 알아냈든, 먼저 움직이기만 하면 되었다. 제나스 소령은 위세 당당한 아마란스가에 찾아가 백작 영애인 이엔을 다그칠 수 없겠지만, 자신이라면 자연스럽게 그 집을 찾아가도 된다.

이제 실비엣이 쥔 약점은 두 개였다.

여름 볕이 포도원을 감쌌다. 열람실을 메운 두꺼운 책 대략 쉰 권, 일지 열아홉 권, 뱀 가죽을 씌운 괴이한 책 두 권, 지도 네 장, 그림 여덟 장, 백여 장에 달하는 두루마리 뭉치, 크고 작은 유물 십여 가지, 글귀를 새긴 석판 십여 개, 기왓장 일곱 장 틈에 사람도 셋 끼어 있었다. 잘 눈에 띄지는 않았지만.

책상에 붙어 앉은 티치엘은 커다란 책을 한 장 넘기기 위해 사방에 쌓인 잡동사니를 차근차근 밀어내는 중이었다. 조슈아는 그런 책 스무 권이 쌓인 더미에서 맨 밑의 것을 꺼내려고 기를 썼지만 결국 하나씩 들어내는 수밖에 없다는 것을 깨닫고 한숨을 내쉬었다. 그러던 둘은 어쩐지 방구석을 쳐다보고 싶은 기분에 사로잡혀 서로를 향해 눈을 가늘게 떠 보였다. 그리고 동시에 돌아보았다.

"편하겠다."

"배에 책을 열 권쯤 얹어줄까 보다."

"그러면 죽어."

막시민은 긴 의자에 드러누워 티치엘이 준 숙젯거리를 베개 삼아 잘 자고 있었다. 티치엘이 막시민의 자세를 손가락질했다.

"그런데 목 안 아플까?"

종이뭉치를 둘둘 말아 목을 받친 탓에 고개가 젖혀져 입도

벌리고 있었으므로 객관적으로 그리 편해 보이지는 않았다. 조슈아는 한 손을 뻗어 펄럭펄럭 내저으며 말했다.

"사소한 불편으로는 감히 깨우지 못하지. 해먹으로 둘둘 감아 매달기라도 하기 전에는 절대로 잘 자거든."

"어쩐지 깨우고 싶다."

티치엘이 평소처럼 해맑은 표정으로 말하며 책상에서 일어났다. 그러자 옆에 쌓여 있던 두루마리 더미가 우수수 무너져 내렸다. 보기보다 무질서한 상태에 면역이 강한 티치엘이 아랑곳 않고 책과 일지들을 타넘으며 막시민에게 다가가는 동안 조슈아는 기지개를 켰다. 아침에 청소를 해도 저녁이 되면 종이 부서진 먼지가 하얗게 깔리는 지경이라 창은 일찌감치 활짝 열어놓았다. 새 지저귐, 바람에 사각대는 나뭇잎 소리, 아련히 학생들이 떠드는 소리가 한가롭게 들려왔다. 그와 동시에 조슈아에게만 들리는 난잡한 속삭임도 맴돌았다.

"진짜로 안 깨네."

돌아본 조슈아는 눈을 크게 떴다가 곧 킥킥거리며 웃음을 터뜨렸다. 막시민은 누워 있던 의자에서 한 뼘쯤 떨어진 허공에 떠 있었다. 머리는 아래로 처졌고, 발은 천장을 걷어차기 직전의 자세였다. 그러나 깨어날 낌새는 전혀 없었다.

티치엘이 한숨을 쉬더니 손을 살살 허공에 내저었다. 막시민은 다시 의자에 내려와 잘 자게 되었다. 조슈아가 빙그레 웃었다.

"넌 정말 마법사구나."

칭찬을 들을 때면 늘 그렇듯 티치엘의 뺨이 발그레해졌다.

"진짜 마법사가 되려면 아직 멀었는걸."

"진짜 마법사는 언제쯤 되는 건데?"

"아빠 말씀으로는 백 살쯤은 먹어야 된대."

"잠깐, 나이가 중요한 거야?"

"응, 꽤 중요하지. 마법은 빨리 배운다고 좋은 것만은 아니거든."

배워보지 못한 입장으로는 이해 못 할 이야기였지만, 어쩌면 데모닉 조슈아가 마법을 배우면 안 된다는 이야기와 연결되는 것 같기도 했다.

티치엘이 책상 앞으로 돌아오자 조슈아도 다시 책으로 된 탑 옮겨 쌓기에 돌입했다. 두 사람이 고작 몇 주 만에 만들어놓은 난장판을 레오멘티스 교수가 와서 들여다보지 않아 다행이었다. 그들이 자는 동안 이미 들여다보았을지도 모르지만, 어쨌든 표면적으로는 모르는 체하고 있었다. 조슈아가 예상한 대로 승인도 쉽게 해주었다. 마치 그들이 이런 짓을 벌이리라고 짐작하기라도 한 것 같았다. 또는 쥬스피앙의 의도를 읽었거나.

"여기 이 문구가 이해가 안 갔댔지? 마법의 근원과 태양에 대한 부분. 참고할 것을 찾아볼게."

"응, 부탁해."

지내보니 둘은 꽤 잘 맞는 연구 파트너였다. 티치엘은 나이든 마법사들도 종종 더듬거리는 고대어를 막힘없이 번역해서 읽어줬고, 조슈아는 그걸 듣기만 하고도 완벽히 기억했다. 티치엘은 궁금한 것을 대충 넘어가는 성미가 아니었고, 조슈아는 알아내겠다고 마음먹은 것은 완전히 흡수해버렸다. 무엇보다도 둘이 서로를 질투하는 성미가 아닌 것이 다행이었다. 만약 그랬다면 연구고 뭐고 아예 진행이 되지 않았을 것이다.

티치엘이 서안 위로 떠오른 글자를 하나 골라 읽자 글자들이 휙 돌면서 종류가 변했다. 때로 글자들은 자기들끼리 자리를 바꾸거나 빙글빙글 돌기도 했다. 이윽고 서안에서 푸르스름한 광채가 서서히 번지며 티치엘의 뺨을 물들였다. 잠시 후, 그녀는 서안 위 허공에서 석판을 하나 꺼냈다. 깨알 같은 글귀가 어떻게 새겼는지 신기할 정도로 가득차 있었다. 그녀가 조금 훑어보더니 말했다.

"이 기록도 앞부분이 없네."

"어쨌든 있는 것만이라도 읽어봐."

"……의 힘을 불어넣은 자가 피와 살을 빚어 왕을 흉내내니…… 여기도 지워졌네. ……앞에 부복하여 내가 참재주를 가졌노라 하니라. 죽은 자가 일어나지 못하며 죽은 자와 같은 자도 다시없나니 같은 자가 두 번 살아감은 질서의 그물코를 벗어나려 함이므로 어부가 그를 큰 바다로 보내어 두 번 다시 받아들이지 아니하리라. 대저 힘은, 그러니까 마법 얘기야, 마법은 농부와 어부와 사냥꾼의 기술인지라 갈지 아니한 밭과 줄어出漁치 아니한 바다와 수렵치 아니한 들은 달여왕의 것인 까닭이니라."

티치엘이 머릿속으로 번역을 하느라 말을 멈춘 참이었다. 갑자기 막시민의 목소리가 들렸다.

"티치엘, 뭐 하나만 묻자."

돌아보니 막시민이 벌떡 일어난 자세로 책상다리를 하고 엉킨 뒷머리를 손가락으로 풀면서 다른 손으로는 안경을 들고 돌리고 있었다. 조슈아가 말했다.

"선지자다운 자세네. 꿈에서 계시라도 받았어?"

막시민은 대꾸 없이 일어나 방을 빙빙 돌기 시작했다. 어마어마한 장애물을 요령 좋게 피해가면서. 두 사람은 눈으로 그의 움직임을 좇았다. 이윽고 막시민은 벽에 기대어 서더니 검지를 세워 들며 티치엘을 봤다.

"지난번에 네가 새롭게 이용 승인을 받을 때마다 사용한 열쇠 주문을 검사받는다고 하지 않았냐? 그 말은 뭐든 보고 나면 저절로 흔적이 남는다는 뜻인가?"

생각해본 적이 없는 문제였던 모양이지만 티치엘은 곧 긍정했다.

"응, 아마도 그런 거겠지?"

"그 흔적은 어디에 남는 거냐? 교수님만 볼 수 있는 곳인가? 아니면 혹시 자료 안에 기록이 남아 있을까? 어떤 자료를 과거에 읽은 사람들이 누군지, 열람자 명단이라든가 그런 것 말이야?"

티치엘은 고개를 갸웃거리더니 서안으로 다가앉아 방금 불러낸 자료의 이곳저곳을 살펴봤다. 그러더니 말했다.

"아, 찾았어. 진짜로 있네. 나한테 열람이 허가된 자료라면 보이는 것 같아. 하지만 한두 명이 아닌걸. 수백 년은 됐을 테니까."

조슈아가 막시민을 봤다.

"애니 형도 같은 걸 봤는지 확인하려는 거지?"

막시민이 기대어 섰던 벽에서 등을 뗐다.

"형이라고? 조군, 너 애니스탄 뵐프하고 아는 사이였냐?"

"실은 예전에 만난 일이 있어. 누나 결혼식 때 매형의 친구로 왔었지."

조슈아가 애니스탄을 만난 것은 막시민을 알기도 전이었다. 이브노아와 테오의 결혼식 무렵에 하객으로 온 그와 대화를 나눈 일이 있었다. 결혼식 직후 조슈아는 코츠볼트로 떠났고, 이브노아의 죽음 뒤로는 다시 하이아칸으로 가버렸기 때문에 그 뒤로는 본 일이 없었다. 그사이에 애니스탄은 성에 드나들며 인형을 만들어냈다. 인형이 성에 살던 동안 애니스탄도 성에서 지냈던 모양이지만 그즈음부터 그는 사람들에게 본명을 말해주지 않았다. 조슈아가 기억하는 애니스탄의 모습과 성 사람들이 기억하는 그의 모습은 많이 달랐다.

"노을섬에 갔을 때 묘지에서 '뵐프'라는 이름을 본 적이 있어. 하지만 딱 한 번 마주쳤던 그 사람하고 관계가 있을 거라는 생각까지는 하지 않았거든. 그땐 그 사람이 인형을 만들었을 줄도 몰랐고. 깨어나서 '애니'라는 이름을 듣기 전까지는."

"잠깐, 난 묘지에 뭐라고 씌어 있었든 기억이 안 나지만, 그자가 노을섬 출신이란 말이냐?"

조슈아가 고개를 끄덕였다.

"그럴 가능성이 커. 애니스탄 뵐프는 창 조각을 가지고 노을섬에 들어가면 마력이 증폭된다는 사실을 알고 있었잖아. 노을섬에서 그분도 말했지. '이곳에 마력의 원천이 묻혀 있다는 사실을 아는 것을 보면 이 섬 출신일지도 모르지'라고. 내 생각도 같아. 그걸 노을섬 사람 말고 달리 누가 알겠어."

"노을섬에는 이미 아무도 없었잖나. 그러면 페리윙클에 옮겨와 산다던 사람들의 후예인 거냐?"

"그럴 수도 있겠지만, 어쩌면 그 당시 노을섬 사람 모두가 페리윙클로 온 건 아닐지도 모르지. 대륙으로 간 사람들도 있

162

데모닉 8

었을지 모르잖아? 증명할 방법은 없지만 그의 조상은 적어도 노을섬 출신일 가능성이 크지 않을까 싶어."

그동안 티치엘은 열람 기록을 읽어본 모양이었다.

"애니스탄 뵐프…… 아, 그런 사람이 있어. 이 기록도 봤고, 음…… 아까 본 것도 봤고, 저것도…… 어쩐지 찾아본 순서까지 나하고 비슷한데?"

막시민이 책상 앞으로 다가앉으며 어깨를 으쓱했다.

"그러고 보면 그 작자는 잘도 열람 허가를 받아냈군그래? 그럼 기록을 본 날짜도 알 수 있냐? 아무거나."

"원래 모교 출신이면서 연구 과정까지 거친 사람들한테는 규정이 관대한 편이야. 내가 찾아낸 것들 중 최신 열람 기록은 시체의 보존 기술에 대한 거고, 날짜는 989년…… 9월인데?"

두 소년의 표정이 순간 아연해졌다. 조슈아가 입을 열었다.

"시체의……."

거기까지 말한 조슈아는 갑자기 입을 다물어버렸다. 막시민은 잠깐 생각하다가 갑자기 역겨운 것이라도 먹은 것처럼 오만상을 찌푸리더니 티치엘을 돌아봤다.

"야, 티치엘. 네가 방금 엄청난 것을 발견해버린 것 같다."

티치엘은 크게 뜬 눈을 몇 번 깜빡이다가 조슈아를 봤다. 조슈아는 눈앞에 놓인 책 모서리를 뚫어져라 보고 있었지만 실은 아무것도 보고 있지 않았다. 누가 봐도 알 수 있었다. 이윽고 막시민이 입술을 깨물며 중얼거렸다.

"그래, 정리를 해보자. 우리가 기껏 돌아다녀봤지만 너희 가문의 어떤 무덤도 침입자가 건드린 흔적은 없었지. 심지어 그런 곳을 기웃거린 것 같지도 않았단 말씀이야. 다시 말해, 인형사라는 작자에겐 어딘가에 확실한 대안이 있었다는 거야. 그리고 989년에 드디어 손에 넣었지. 기다리던 것을. 그리고 내가 저번에 말했지만 문제의 관이 놓였던 자국은 서너 살짜리나 눕혀야 될 정도로 크기가 작았는데…… 아, 젠장. 이건 정말로 상식을 초월했다."

"……"

실로 끔찍한 가능성이었다. 조슈아는 책에서 시선을 거두고 잠시 눈을 감고 있었다. 호흡이 조금씩 거칠어졌다. 마침내 꽉 다물렸던 입술이 풀리며 그가 잊었을 리 없는 말이 떨어졌다.

"매형은 그날 내게 자신을, '그 여자가 남긴 자식에게조차 관심이 없는 사내'라고 말했지."

막시민이 벌떡 일어났다. 그대로 나갈 듯하다가 멈칫하며 티치엘을 봤다.

"미안하지만, 나 가봐야 될 데가 생겼다. 공부하기 싫어서 도망가는 거 아니니까 오해는 하지 마. 좀 오래 걸릴 테니 기다리지 말고."

"어디 가는데?"

"하이아칸."

황홀한 독

그 독은 황홀한 포도줏빛이지.

춤추는 무희의 눈이지.

미녀의 심장에 흐르는 핏빛이지.

그 안에 녹여 넣은 것은

흉측한 독충의 체액이 아니라

장미의 피와 나비의 침

그 맛은 너무나 감미로워서

입술을 대면 멈출 수가 없고

숨이 끊어지는 순간에도 황홀하다지.

여름이 농익은 정원은 떨어진 장미로 울긋불긋했다.

별장 골짜기를 굽어보는 성의 테라스에 밖을 내다보는 아가씨가 있었다. 우아한 드레스도, 바람에 날리는 머리채도 없이. 백작 영애 이엔나가 가진 건 귓가에서 팔락거리는 짤막한 머리와 날아갈세라 한 손으로 누른 둥근 모자뿐이었다.

어제 떠난 친구가 갔을 법한 곳을 눈으로 더듬어보는 중이었다. 길은 구불구불 이어지다가 푸른 둔덕 뒤로 사라졌다. 다시 나타났을 때는 아득히 먼 평야를 가로지르고 있었다.

이럴 때면 자신의 신세가 조롱에 갇힌 새처럼 느껴졌다. 사실 이엔은 다른 가문의 아가씨들에 비해 자유롭게 지내는 편이었다. 부모가 딸의 특이한 성격에 적응해버린 까닭도 있었지만, 그 이상으로 아마란스 백작이 이웃 가문의 자식들보다 식견이 밝은 딸을 신임하고 사랑하는지라 외출도, 초대도, 모임 참석도, 큰 문제만 일으키지 않으면 마음대로였다.

그렇다 해도 친구를 따라가 티아에서 벌어지고 있다는 시가전에 가담할 수는 없는 것이다. 모자를 벗어 햇빛을 가려가며 보이지 않을 곳까지 길을 더듬어보던 이엔은 이윽고 풀이 죽었다. 망명의회에서는 귀족 출신 조직원들이 함부로 정체를 드러내거나 가문에서 나오는 것을 허락하지 않았다. 그런 정책이 일리 있다는 것을 이엔도 알고 있었다. 숨은 공화파 귀족들의 힘이 없었다면 공화국이 무너진 뒤 이렇듯 빨리 새 조직을 구축할 수는 없었을 것이다. 아직은 드러낼 때가 아니었다.

친구가 급하게 떠나게 된 사정에는 일말의 아쉬움이 남았다. 머지않아 떠날 예정이긴 했지만, 어제 파티에서 칼츠 가문의 후계자가 데려온 낯선 소년을 만나지만 않았더라면 조금쯤은 더 머물렀을 터였다. 비록 옛 친구였다고 해도 누구에게든 정체가 드러난 이상 한시라도 머무는 것은 안 될 일이었다.

며칠 전, 란지에가 이엔의 아버지 아마란스 백작과 처음으로 대화다운 대화를 나눴던 것도 더더욱 미련이 남는 이유였다. 평소 딸에게 관대하다 해도 유서 깊은 가문의 주인인 아마란스 백작을 떠보는 것은 위험천만한 시도였기에, 그간 란지에도 이엔이 파티 때문에 초대한 학교 친구인 양 얌전히 지냈다. 그날 란지에가 백작과 이야기할 기회가 생겼던 것은 순전히 우연이었다. 비록 주의깊게 조절된 대화이긴 했지만 백작은 예의 이상의 관심을 보이며 다음에 또 찾아와도 좋다는 기색을 보였던 것이다. 몇 달만 있었더라도 어쩌면, 아니 한두 번 더 얘기할 기회만 있었더라도……

등뒤에서 부르는 소리가 나자 이엔은 뒤를 돌아보았다.

"아가씨, 편지가 왔어요."

"편지? 누가?"

"심부름꾼이 왔다가 금방 갔나 봐요."

시녀가 건네준 봉투는 귀족들이 쓰는 두껍고 질 좋은 봉투였다. 그런데 봉랍에 가문의 인장이 없었다. 이엔은 고개를 갸웃거리며 손짓으로 시녀를 물러가게 했다. 봉투를 뜯자 짤막한 편지가 나왔다.

읽어 내려가던 이엔의 얼굴이 창백해졌다.

이엔나 다 아마란스 좌하座下

각설하옵고, 내일 당신의 친구이자 얼마 전까지 당신의 성에서 지낸 란지에 로젠크란츠 씨와 만날 생각입니다. 내가 누구인지는 그도 알고 있으니 구구히 설명하는 수고는 더실 듯합니다.

만일 로젠크란츠 씨가 거절하거든, 나탕트 7번가에 있는 그의 소중한 누이동생의 안전이 내 손에 달려 있음을 알려주십시오.

또한, 왕국 8군이 개입하게 된다면 그 사람의 일에 협조하고 은신처를 제공한 당신 또한 무사하지 못하리란 점을 주지시키십시오.

내일 새벽 1시. 뮈제타 남작의 여름 별장입니다. 원하신다면 함께 오셔도 좋지만, 그 외에 다른 동행은 정중히 사양하겠습니다.

총총.

실비엣 드 아르장송

뮈제타 남작의 별장은 어둠에 잠겨 있었다.

여름 별장이 많이 모인 벨 골짜기 일대에는 언제고 주인 없는 집이 몇 군데씩 있었다. 원칙대로라면 관리인이 돌봐야 하지만 모든 별장이 그렇게 되지는 않았다. 관리인이 성실하지 못한 경우도 있고, 집주인의 사정이 좋을 때 호기롭게 별장을 지었다가 금세 돈이 말라 방치하다시피 하는 경우도 있었다.

뮈제타 남작의 집은 그중 후자로 보였다. 정문에는 쇠사슬이 친친 감겨 있었지만 담만 넘어가면 아무런 방해가 없었다. 적어도 한두 해는 관리하지 않은 듯했고, 비바람에 얼룩진 외벽은 제 빛을 잃은 지 오래였다. 여름인데도 안뜰에는 쓸지 않은 낙엽이 수북했다.

이엔은 저택 현관에 선 채로 주위를 살폈다. 아직 사람이 온 기색은 없었다. 대리석 바닥의 먼지 속에는 자신이 낸 발자국뿐이었다. 현관문을 밀어보자 쉽사리 열렸다. 걸쇠가 망가진 모양이었다. 조심스레 안을 들여다보았다. 불기 하나 없는 을씨년스러운 응접실이 그녀를 오히려 들여다보는 듯해 이엔은 문을 놓고 도로 뜰로 나왔다.

흰 구름이 드문드문 낀 밤하늘이었다. 구름을 막 벗어난 달이 정원 구석구석을 은청빛으로 감쌌다. 나뒹구는 낙엽과 잡풀, 말라버린 연못, 싸늘한 문창살, 바람에 흔들거리는 덧문을.

란지에가 올까.

어제 즉각 연락을 취한 사람은 이엔 자신이었다. 답은 오지 않았지만 란즈미의 안전이 걸려 있는데 외면할 란지에가 아니었다. 그러나 이엔은 란지에에게 비법이 있길 바랐다. 자신이 모르는 신비로운 방법이 있어 까마득히 먼 퀠티카에 있는 란즈미를 무사히 빼냈길 바랐다. 하루 사이에 그럴 수 없다는 것을 뻔히 알면서도.

이엔 자신도 위협을 받은 셈이었다. 어쩌면 자신은 이 자리에 나타나지 않는 편이 나았을지도 몰랐다. 조금이라도 발뺌을 해볼 참이라면 그랬어야 했다. 그러나 이엔은 궁금해서 참을 수가 없었다. 이엔에게 실비엣은 어머니가 보낸 귀찮은 아가씨일 뿐이었다. 고위 귀족에게 환심을 사고 싶어 자존심도 굽히고 발품 파는 하급 귀족의 딸이라는 인상뿐이었다. 대화 내용도 너무나 속물적이었기 때문에 그렇게 여러 번 봤으면서도 진지한 이야기를 꺼내볼 엄두도 못 냈다. 하녀도 사람이라는 것조차 납득시키기 힘든 부류라고 생각했다.

그런 실비엣이 상상도 못 했던 편지를 보냈다. 대체 실비엣과 란지에는 무슨 관계일까? 조금도 어울릴 것 같지 않은, 신분이나 사상의 차이를 떠나 인간의 범주란 것이 있다고 할 때 가장 먼 곳에 자리해야 할 두 사람이 대체 어떻게 알게 됐을까? 또 실비엣은 란지에가 민중의 벗과 연결되었음을 어떻게 알아냈을까?

란지에에게 연락을 보낸 이상 이 자리에 오지 않았더라도 관련되었음을 부인하지는 못했을 거라고, 그렇게 자신의 행동을 합리화하며 현관 쪽으로 돌아선 참이었다. 이엔의 움직임이 멎었다.

"안녕하세요, 아마란스 양."

현관 옆 기둥을 등지고 서 있었다. 이런 곳에 오면서도 하늘거리는 검은 드레스 차림이었다. 뱀처럼 소리 없이 나타나, 생각을 거듭하는 이엔을 빤히 보고 있었다.

"……."

막상 만나자 무슨 말을 꺼내야 할지 쉽게 떠오르지 않았다. 자신은 저 여자에 대해 너무 몰랐다.

"아마란스 양을 자주 뵈었지만 오늘이 가장 저를 환영해 주시는 표정이네요."

이엔은 솔직히 고개를 끄덕였다.

"오늘만큼 당신한테 관심을 가져본 날이 없었어요."

"내가 아마란스 양에게 유일하게 호감을 가졌던 점이 있다면, 바로 오늘 같은 상황에 지금처럼 말한다는 거죠."

실비엣은 현관 쪽으로 걸음을 옮기더니 반쯤 열린 문을 당겼다.

"뭐 대단한 사람이 올 거라고, 귀족인 우리가 뜰에 서서 기다릴 필요는 없잖아요? 들어가실까요? 난 일행이 없어요."

그 말을 믿어도 좋을지는 모를 일이었다. 하지만 사실이든 아니든 결과가 달라질 건 없었다. 실비엣은 란즈미의 안전을 쥐고 있는 것이다.

이엔이 고개를 끄덕이자 실비엣이 먼저 문 안쪽으로 사라졌다. 그녀가 움직여가면서 몇 개인가의 촛대에 차례로 불이 밝혀지는 것이 보였다. 이엔도 안으로 들어갔다.

어두웠던 것뿐, 집안은 그리 많이 낡아 있지 않았다. 촛대를 든 실비엣을 뒤따라 2층에 올랐다. 2층에는 방이 세 개뿐이었다. 문이 반쯤 열린 욕실을 지나치자 몇 년 전에 유행했던 나무줄기 장식의 욕조가 푸르스름한 달빛에 잠겨 있는 것이 보였다. 표면은 하얗게 마르고 갈라져 있었다.

서재처럼 책꽂이를 갖춘 널찍한 거실에 책은 거의 없었다. 방 안쪽은 당구대가 차지하고 있었고 당구대 뒤에는 돌려놓은 긴 의자 하나뿐이었다. 남은 공간의 중앙을 차지한 브리지 테이블을 둘러싸고 큼직한 보랏빛 안락의자가 다섯 개 놓여 있었다. 실비엣은 남의 집인데도 여주인처럼 걸어 들어가 테이불 위에 초를 내려놓고 손짓했다.

"앉으세요."

실비엣은 문을 등진 의자에 앉았고, 이엔은 왼쪽에 앉았다. 이엔이 먼저 입을 열었다.

"아르장송 양, 당신은 그러니까 본래……."

실비엣이 눈을 몇 번 깜빡거렸다.

"나요? 난 당신이 보아온 것과 같은 보통 여자일 뿐이에요. 어떻게 알았느냐고 물으려고요? 다 우연이죠. 당신들이 부주의해서죠. 민중의 벗의 비밀이니 조직이니 하는 것들, 생각보다 별거 아니네요. 나 같은 여자한테도 걸리고."

이엔은 화를 내지 않고 실비엣을 똑바로 보았다.

"당신이 어떻게 눈치챘을지 생각해봤어요."

"그래서 알아냈어요?"

"자주 찾아온다고 내 방에 드나들도록 내버려둔 것이 실수였죠. 어머니의 이름을 빌린 건 진짜였더군요. 뒤늦은 깨달음이겠지만, 처음에 위험하지 않았던 자였다 해도 나중에 위험한 자로 변할 수 있다는 점을 깨닫게 됐어요."

실비엣은 박수 치는 시늉을 해 보였다.

"훌륭한 깨달음이네요. 다음에는 꼭 써먹으시길 바랄게요."

"지금 당신이 말하는 것을 듣고 있자니 한 가지를 더 알겠네요."

"뭐죠?"

"본성을 숨기기란 힘들잖아요? 그동안 내 앞에서 상냥한 체하느라 굉장히 고생스러웠겠어요."

실비엣이 입술을 오므리더니 짧게 콧김 소리를 냈다.

"날 비웃어서 화나게 만들면 좋은 일이 있을까요? 이제 난 당신 비위를 맞출 필요가 없다고요, 잘나신 백작 영애님. 점잖으신 아마란스 백작과 부인께서 이 소식을 듣고 쓰러지시지나 않길 빌겠어요."

이엔은 실비엣을 조용히 바라보다가 대답했다.

"이런 상황은 언제고 예상하고 있었어요. 계획했던 것보다 빨리 찾아온 것뿐."

"아하, 그래서 당신이 훌쩍 떠나버리고 난 뒤 백작 가문이 쑥대밭이 되는 건 아무 거리낌이 없고 말이죠?"

이엔은 오히려 측은한 눈빛으로 실비엣을 보았다.

"당신 같은 사람에게 말한들 이해할 것 같지 않군요. 언젠가 그런 얘기를 나눌 수 있는 날이 오길 진심으로 빌겠어요."

실비엣은 손에 부채가 없는데도 입을 가리고 웃음을 참는 시늉을 해 보였다.

"그런 날은 절대로 안 온다는 걸 잘 알고 있지 않나요?"

어둠 속에서 대답이 들렸다.

"당신의 머릿속에 든 세상은 그 속에서만 영원불멸할 거야."

실비엣이 의자에서 벌떡 일어나며 어둠 속을 쏘아보았다. 캄캄한 당구대 너머, 실루엣뿐이던 긴 의자에 누워 있던 한 사람이 천천히 일어났다.

"……."

검은 망토 차림의 란지에가 걸어나오는 동안 실비엣은 한 마디도 않고 그의 얼굴만 쳐다보았다. 사 년 만이었다. 란지에는 키가 훌쩍 자라 실비엣보다 훨씬 컸다. 앳된 기운이 가시자 열세 살 때 아리따운 소녀 같던 용모도 완연히 사내다워졌다. 기억은 좋은 빛으로 채색되게 마련이다. 그러나 달라진 그의 모습은 기억 속의 빛조차 뛰어넘었다. 촛불 세 자루의 광채로도 충분했다. 맞은편에 놓인 의자에 앉을 때까지도 눈이 떨어지지 않았다.

란지에는 형식적인 인사도 건네지 않았다. 이윽고 의자에 도로 앉은 실비엣이 말했다.

"와 있었으면서 기척도 내지 않다니, 네가 귀족을 대하는 예절조차 잊었구나. 그만하면 몸에 완전히 익었을 줄 알았더니."

란지에는 의자에 몸을 기대며 주위를 둘러보았다.

"남의 집에 무단 침입해서 예의를 논하다니."

실비엣이 입술을 앙다물더니 갑자기 날카로운 목소리를 쏟아냈다.

"아아, 무단 침입? 그런 일이야말로 너희 공화파 인간들의

176
—
데모닉 8

특기잖아? 기물 파손, 인명 상해, 가옥 점거, 새삼스럽게 물고 늘어질 일이 아니지. 안 그래?"

"그렇게 말하는 당신은 남의 누이를 인질로 잡고 협박으로 사람을 불러내고 말이지."

대꾸하는 란지에의 목소리는 낮았다. 이엔은 눈을 꾹 감았다가 떴다. 지금의 란지에는 평소답지 않았다. 누이를 건드린 일은 란지에의 가장 약하고 민감한 곳을 찔렀다. 나직한 목소리 밑에 사납게 뛰노는 분노가 느껴졌다.

"인질? 존귀, 존엄하신 국왕 폐하의 적은 노예보다도 못한 존재일 뿐이야. 내 행동은 상을 받으면 받았지 비난받을 일이 아니라고."

란지에가 손을 무릎에 얹으며 깍지를 꼈다. 몸을 앞으로 굽히자 시선이 가까워졌다.

"그렇다면 그 상을 받으러 가지 않고 왜 여기서 이러고 있지?"

"……."

실비엣은 선뜻 대답하지 않고 란지에를 쏘아보았다. 효과적인 말을 찾고 싶었으나 욕망이 시선을 흔들리게 했다. 실비엣은 눈을 내리깔았다가 다시 쳐들었다.

"너도 알고 있잖아? 난 왕국8군이 아니야. 포상금 같은 건 내게 의미가 없지. 그러니 협상을 요청해보라고. 혹시 될지 알아? 빌어보란 말이야. 살려달라고, 놓아달라고."

입가에 미소가 떠오른 것은 거의 동시였다. 둘 다 비웃음이었다.

"의미가 있을까?"

실비엣의 입가에서 웃음이 지워졌다. 그녀는 고개를 홱 돌려 이엔을 보았다.

"아아, 계신 것을 깜빡 잊고 있었네. 이런 실례가 있을까. 백작 영애께서는 무척 궁금하시겠지요? 과연 저자와 내가 무슨 관계인지. 들어보고 싶으시죠? 그의 과거를? 어쩌다 나 같은 사람을 만나게 됐을까?"

헛말만은 아니었다. 이엔은 궁금했다. 오래전부터. 그러나 실비엣의 어조로 미루어 볼 때 그녀가 하려는 이야기가 란지에에게 모욕을 줄 만한 내용임은 틀림없어 보였다. 이엔은 고개를 저었다.

"난 필요 없어요."

"거짓말하지 말아요. 얼굴에 궁금하다고 씌어 있는걸."

이엔은 자신이 오지 않았어야 했다고 생각했다. 란지에가 어린시절 이야기를 조금밖에 하지 않는다는 것을 알고 있었고, 일부러 캐묻지 않으려 해왔다. 부득이하게 꺼내더라도 항상 끊어져버리는 부분, 그걸 들으러 이곳에 오지 않았어야 했다.

"칠 년 전이죠, 내가 저자를 처음 봤던 때가. 그게 984년이었겠네요. 당신들이 그렇게 죽고 못 산다는 공화국이 무너지기 일 년 전."

실비엣은 란지에를 흘끗 보았다.

"그땐 요제프라고 불렀지, 아마? 이제 그 이름을 기억하는 사람도 몇 없겠지만. 영애께서도 아시겠지만 그땐 특별한 시절이었어요. 켈티카가 공화파 천지가 돼버리다 보니 사교계라 할 만한 곳이 없어져서 아주 난처했다니까요. 다들 여기저기로 흩어져 지냈죠. 중부에서는 로엔로반트 성의 살롱이 가장 유명했는데 그곳에 아미센 대공비께서 수시로 납셨단 말씀이죠. 그곳에서 란지에는 '아미센 대공비의 소년'이라는 별명으로 불렸어요. 그게 무슨 뜻인지 아시나요?"

란지에는 실비엣을 제지하려 하지 않았다. 가만히 어둠에 표정을 파묻고 있을 따름이었다.

"모르시겠다고요? 그 시절을 기억하기에는 영애께서 너무 어린가요? 하긴 로엔로반트 성에 모이던 귀족의 수가 그리 많지는 않았죠. 요즘 켈티카와 비교한다면야. 그래도 나름대로 멋은 있었어요. 특히 그땐 지체 높은 귀족이라면 어리고 예쁜 시동 하나쯤은 꼭 거느리고 다녔죠. 아미센 대공비께선 예순이 넘으시고도 참 기운이 넘치셨지 뭐겠어요. 돌아다니던 소문으로는 요제프를 손에 넣으려고 백지어음을 끊어주셨다니까."

캄캄한 거실에 열기 같은 것이 감돌았다. 누군가의 숨소리가 순간적으로 커졌다가 뚝 그쳤다.

"대공비께서 사 오시기 전의 사연은 내가 잘 모르지만, 그럭저럭 이야기가 돌긴 하던데. 뭐 다 믿을 순 없더라도. 하여튼 일찌감치 몸값은 높았나 보더군요. 저만한 시동이 흔하지는 않았으니까요. 굳이 따지자면 시작이 안 좋았다고 할 수 있겠죠. 하필 다말라 손에 걸렸으니. 아, 다말라는 유명한 상인이에요. 귀족들 사이에서 유명했던. 당시 귀족들이 원하는 건 보석이나 향료 같은 것에서부터 입 밖에 내기 어려운 각종 필수품들까지 다말라가 꽉 쥐고 있었죠. 무엇보다 제일 유명했던 건, 사람 장사."

실비엣이 낮게 웃음을 터뜨리더니 곧 그쳤다. 놀랄 만큼 고요해진 거실에서 움직이는 거라곤 약간 열린 창을 가린 커튼뿐이었다. 고요를 뚫고 이엔의 목소리가 울렸다.

"그만해요."

"왜요? 재미없어요? 이런 얘기가 재미없을 리가."

실비엣은 이엔이 한마디하자 오히려 흥이 오르는 얼굴이었다. 말없이 치욕을 견디는 란지에를 바라보는 이엔이 오히려 울 듯한 얼굴이었다. 어차피 두 사람은 실비엣의 입을 막을 수 없었다. 실비엣은 그런 상황을 즐기고 있었다.

"우리집은 가난하다 보니 시동 같은 것도 없었기 때문에 그들이 무슨 일을 했었는지는 잘 모르겠네요. 하지만 시중만 들 거라면 귀족들이 그렇게 큰돈을 지불할 일은 없지 않았겠나, 그런 생각 정도는 하고 있죠. 참, 또 있어요. 그때 유행. 시동을 바꿔 데리고 있기. 아미센 대공비의 소년을 단 며칠이라도 빌리고 싶어 하는 사람들이 줄을 섰었는데."

실비엣은 고개를 돌려 란지에에게 미소를 보냈다.

"나도 그러고 싶었지만 그땐 사정이 안 됐지."

란지에가 반응이 없자 목소리에 날이 섰다.

"그런데 그 사람들이 지금의 너를 본다면 그때의 두 배라도 기꺼이 지불하지 않을까 싶은데 말이야. 어때?"

실비엣은 자리에서 일어나더니 테이블을 지나 란지에가 앉은 의자 앞까지 와 섰다. 대담하게 손을 내밀어 그의 턱을 건드렸다.

"네가 대공비 곁에서 도망치기 직전에 있었다던 일을 나도 들었지."

손가락 끝이 턱선을 더듬으며 따라갔다.

"너한테 누이동생이 있어서 참 다행이야. 그 애 때문에 자살 안 했지? 그리고 또 그 애 때문에 이렇게 내 손에 들어오고."

그 순간 란지에의 손이 실비엣의 손을 쳐냈다. 비틀거리다가 바로 선 실비엣의 목소리가 일순 변했다.

"옛날에 내가 한 말 기억나? 내 앞에 엎드려서 발에 입맞추게 만들겠다고 했지. 지금 한번 해볼 테야? 목숨 같은 누이동생을 위한 일이라면 뭐든지 견디잖아. 아무것도 모르고 과자를 만들고 있을 동생을 생각해봐. 그 앨 감방에 처넣을 거라고. 군인들이 짓밟아버릴 거라고!"

실비엣은 한 발짝 물러나 섰다.

"자, 해봐. 내 마음을 바꿔야 할 것 아냐? 지금 같은 태도 갖고 되겠어? 해봐, 어서!"

"당신은."

실비엣의 흥분한 목소리가 남긴 잔상을 뚫고 란지에의 목소리가 울렸다.

"만족하지 못할 거야."

실비엣이 피식 웃음을 터뜨렸다.

"그럼. 그 정도로는 만족 못 하지. 난 많은 걸 원하니까. 게다가 널 다시 만나보니 갖고 싶은 게 더 많아졌어."

"그런 건 끝이 없지."

란지에가 고개를 들자 줄곧 그를 보고 있던 실비엣과 눈이 마주쳤다. 삼킬 듯 탐욕스러운 눈동자가 반들거렸다.

"잘 아는구나? 그럼 영원히 내 것이 되면 되잖아. 안 그래?"

"당신이 모르는 것을 알려줄 테니 잘 들어."

란지에의 목소리가 조금 갈라져 있었다.

"나를 안다는 건 당신의 상상보다 훨씬 위험한 일이지. 왕국 8군은 오래전부터 나를 뒤쫓아왔어. 단순히 내가 지목하는 것만으로도 그들에게는 충분한 이유가 될 거야."

실비엣은 코웃음을 쳤다.

"아하, 날 협박해보려고? 내가 네 동생을 끌어넣으면 나도 네 동료라고 떠들어보겠다, 그런 말이지? 웃기지 마. 난 귀족이야. 내가 아니라고 하는데 누가 네 말을 믿겠어? 증거도 없는 그따위 말장난에 겁먹을 것 같았으면 처음부터 여길 왔을까? 장난은 그만두고 순순히 내 밑으로 들어오란 말이야. 그러면 모든 걸 덮어줄 테니까."

"당신이 정말로 란즈미와 이엔을 지켜줄 수 있다면 당신이 원하는 걸 다 줬을지도 모르지."

이엔은 그 속에 자신조차 포함되는 것을 들으며 입술을 깨물었다. 주먹을 꽉 쥐었다. 유용한 귀족 회원을 우선 보호하는 것은 망명의회가 요구하는 행동 지침이었다. 이엔이 친구가 아니라 해도 란지에는 그 요구를 지켰을 사람이었다. 민중의 벗 전체를 위해서.

"난 그럴 수 있어. 내가 거짓말을 할 것처럼 보여?"

"아니, 당신은 자신에게만은 거짓말을 못 해. 그래서 약속을 지킬 수도 없고. 약속보다 더 큰 욕망이 생기면 바로 약속을 버리겠지."

"아, 그래서 포기하려고? 정말로?"

실비엣의 손끝이 약간 떨렸다.

"포기하지 못할걸? 네가 누군데 네 동생을 포기하겠어?"

"내가 당신을 믿을 수 있었다면 차라리 좋았을 텐데."

"너 따위가 날 못 믿겠다고? 조금 컸다고 오만하게 굴지 마. 넌 내게 언제까지나 아무렇게나 할 수 있는 어린 시동일 뿐이야. 그런 태도가 내게도 통할 줄 알아?"

란지에가 일어섰다. 실비엣은 저도 모르게 움찔했다. 둘은 고작 몇 뼘 간격을 두고 마주서 있었다. 내쉬는 숨이 닿을 정도의 거리였다. 란지에의 입술이 움직였다.

"당신은 스스로를 믿나?"

실비엣은 바로 말을 잇지 못했다. 그러나 잠시 후 이를 갈며 대꾸했다.

"너 따위가…… 천민 따위가 기품이 있다는 것이 밉살스러워. 시궁창에서 장미가 핀다는 것을 믿을 수가 없어. 내가 꺾어버릴 거야. 네 출신이 어디인지 똑똑히 깨닫게 해줄 거야."

란지에가 한 발짝 다가왔다. 목소리는 귓가에서 들렸다.

"만족은 순간이지."

다음 순간, 란지에는 손을 뻗어 실비엣의 얼굴을 끌어당겼다. 눈을 크게 떴다고 생각했다. 그러나 아무것도 보지 못했다. 감각뿐이었다. 처음엔 찼고, 바로 뜨거워졌다. 충격은 곧 관능에 삼켜져버렸다. 미묘한 향기와 촉감에 오감이 빨려 들어갔다. 자신의 손이 올라가 상대의 목을 감싸 안으며 열렬히 반응한 것조차 깨닫지 못했다. 곁에서 무슨 소리인가 들렸으나 아득한 소음일 뿐이었다.

왜 따위는 없었다. 알고 싶지도 않았다. 백 년 동안 참아온 갈증에 건네진 차디찬 물 한 잔의 이유 같은 것은.

조금만 더.

떨어지는 입술을 도로 끌어당기려는 순간 차가운 속삭임이 들려왔다. 그녀의 귓가에만 닿을 목소리로.

"그럼 잘 해명해보라고."

달아오른 뺨에 차가운 공기가 닿았다. 문이 열려 있었던가? 실비엣의 눈이 겨우 앞을 보게 되자 우뚝 서 있는 이엔의 모습이 들어왔다. 어딘가를 보고 있었다. 뒤? 돌아보자 십여 명의 사내들…… 군인들이었다. 어떻게 된 일일까? 아무것도 모르겠다. 머리가 제대로 돌아가지 않는다. 한 명의 얼굴을 가까스로 알아봤다. 소령 호웰 제나스. 그자가 입을 열었다.

"켈티카에서부터 열심히 추적해온 보람이 있는 아가씨군요. 이렇게 그럴듯한 수확도 안겨주고."

비웃음 섞인 목소리였다. 이어 제나스 소령이 부하들에게 손짓하자 군인들이 흩어지며 세 사람을 둘러쌌다.

"존귀, 존엄하오신 국왕 폐하의 이름으로 모두 체포하겠다. 연인들의 재회 장소는 고문실이 제격 아닐까?"

군인들이 팔을 움켜잡기 직전에 란지에는 이엔에게 눈짓을 보냈다. 이엔은 아무 반응도 보이지 않았지만 란지에의 지시를 알아차렸다. 옛날부터 몇 번이나 맞춰두었던 대로 행동해야 했다. 늘 대비했지만 결코 오지 않길 바랐던, 지금 같은 상황을 위해서.

이엔은 군인들을 향해 홱 돌아섰다.

"감히 날 체포하겠다고? 내가 누구인지 알고서 하는 말인가? 너흰 대체 누구지? 무슨 일로 몰려와 무례하게 소란을 피우는 것인지 당장 고해라."

"당신이 아마란스 백작가의 영애이신 이엔나 다 아마란스 양이라는 것은 잘 알고 있습니다. 저희는 왕국 8군 켈티카 중부지구 위병대이고, 저는 소령 호웰 제나스입니다."

제나스는 형식적으로 경례를 했다. 그는 당당했지만 그제야 이엔이 누구인지 알게 된 다른 군인들은 섣불리 다가가지 못했다. 이엔은 팔짱을 끼더니 제나스를 노려봤다. 그녀가 평소 고용인들에게도 내지 않는 목소리가 필요한 순간이었다.

"켈티카에서부터 여기까지 무슨 볼일이지? 왕국 8군이라고? 너희는 공화파 놈들이나 잡으러 다니는 것 아니었나?"

이엔의 말에 제나스는 순간 미간을 찡그렸다. 그러나 곧 말했다.

"말씀하신 대롭니다. 아가씨와 함께 있는 저자들은 민중의 벗 조직원들입니다. 지금은 협조해주십시오. 일단 가신 후에 모든 것을 밝혀드리겠습니다."

제나스도 이엔에게는 당신도 민중의 벗이지 않느냐고 선뜻 말하지 못했다. 귀족의 비위를 거스르는 것은 본능적으로 껄끄러웠다. 더구나 상대는 증거 없이 함부로 대했다가 잘못되는 날에는 그의 목도 날려버릴 수 있는 아가씨였다. 일단 연행해 취조하면 다 밝혀질 일이었다.

이엔도 그 사실을 잘 알고 있었다.

"말도 안 되는 소리! 란지에는 내 학교 친구이고 실비엣은 아르장송 자작의 따님인데 그럴 리가 있어? 너희는 무슨 조사를 이따위로 하지? 이런 무례는 반드시 아버지께 고하겠어! 내 눈앞에서 내 친구들을 데려가겠다고? 내가 너희를 데리고 성으로 가겠다. 공명정대하신 아버지께서 모든 일을 다 밝혀주실 테니까!"

말하는 과정에서 이미 이엔은 함께 가지 않는 것으로 변해 있었다. 제나스도 그 사실을 알았지만 어쩔 도리가 없었다.

"그럼 증거가 확실한 저 두 사람만 먼저 데려가겠습니다. 아가씨께서는 나중에 조사에 협조해주십시오."

실비엣은 부들부들 떨었다. 앞으로 일어날 일이 비현실적인 심연처럼 보였다. 군인들의 손에 팔이 붙들려 계단을 내려가는 동안 몽롱한 상태가 가시면서 자신에게 벌어진 사건의 조각들이 느리게 맞추어져갔다. 그러는 동안에도 조금 전 한껏 마신 미묘한 향이 코끝을 감돌고 있었다. 수년간 지켜보는 것만으로는 결코 맡을 수 없었던 향이었다.

새벽이 밝아왔다.

무슨 정신으로 성에 돌아왔는지도 몰랐다. 이엔은 자신의 방 침대에 앉자마자 쓰러질 듯 한 손을 짚었다. 목구멍 밖으로 튀어나올 듯 쿵쿵거리는 심장 때문에 온몸이 뒤흔들렸다.

침착하게 생각해야 한다. 빨리 움직여야 한다. 저들이 손을 쓰기 전에 말이 새어 나갈 곳을 막고, 켈티카에도 연락을 취해야 한다. 란지에가 벌어준 시간을 헛되이 써서는 안 된다.

그러나 눈물이 쏟아져 나왔다.

이엔은 자신이 언제 마지막으로 울었는지 기억할 수가 없었다. 지금처럼 몸을 가누지 못할 울음은 유모가 죽은 날 후로 처음일까? 어지러운 머릿속에서 지난 일들이 소용돌이쳤다. 란지에에 대한 것도, 그와 관계없는 것들도 다 쏟아져 나왔다. 안전한 성에서, 사랑하는 부모가 지켜주는 곳에서, 침입자를 막아줄 수많은 사람들이 있는 곳에서, 이엔은 혼자였다. 몇 년 만에 처음으로 마음이 텅 비었다.

란지에의 마지막 표정이 떠오르자 입술이 떨렸다. 친구 앞에서 치부가 샅샅이 헤쳐지고도 그는 끝내 판단력을 잃지 않았다. 란지에의 한마디에 운명이 달리게 된 실비엣은 결코 란즈미에 대해 왕국 8군에게 말하지 못할 것이다. 이엔을 고발하지도 못할 것이다. 제나스가 뒤쫓아온 사람은 그들이 아닌 실비엣이었다. 이유는 모르지만 아마 실비엣이 란지에를 찾아다니다가 의심을 받았으리라. 그런 상황에서 실비엣에게 키스한 란지에의 모습은 부인할 수 없는 증거가 되었을 테고……

두 손이 꼭 움켜쥐어졌다. 그 장면을 떠올리자 진정할 수가 없었다.

"아마란스 님."

짧은 순간이 흐르고서야 아는 사람의 목소리임을 깨달았다. 이엔은 재빨리 도사렸다가 곧 한숨을 토해냈다.

"토르조프군요."

"이런 곳까지 들어와서 죄송합니다. 워낙 긴급한 상황이어서."

창문 너머에서 나타난 자는 이엔이 성의 하인으로 일하게 해놓았던 나이트워커였다. 마흔이 다 되어가는 남자였고 평소에는 유순한 인상이었지만 지금은 그렇지 않았다. 눈물범벅이 된 이엔의 얼굴을 보자 그의 얼굴이 더욱 어두워졌다.

이엔은 침대에서 일어섰다.

"잘 왔어요. 그렇지 않아도 당신이 필요했어요."

침착하게 말하려 애썼지만 잘되지 않았다. 목소리가 떨리다 못해 비틀거렸다. 토르조프가 고개를 숙였다.

"저희의 불찰이었습니다. 켈티카 주둔 왕국 8군이 근방으로 내려왔다는 사실은 전해 듣고 있었습니다. 하지만 그 여자를 쫓고 있을 줄은 몰랐습니다. 정말 드릴 말씀이 없습니다."

"아니에요. 내 잘못이에요. 제일 먼저 실비엣을 의심해야 했던 사람은 나였으니까."

이제 와서 누구 탓을 하는 것은 의미가 없었다. 상상이나 해보았을까. 새침하게 이엔의 기숙사 방을 드나들던 실비엣이 그런 모습을 숨기고 있었을 줄은.

란지에도 이엔이 몰랐던 모습을 보여주었다. 평소 그 결벽한 성미로 타협도 술수도 용납하지 못할 것처럼 여겼었다. 그런 그가 자신을 이용해 실비엣을 속였다. 동생과 친구를 지키기 위해서. 그의 입에서 비꼬는 말을 들은 것도 처음이었다. 그런 식으로 상대의 조심성을 흐트러뜨리며 왕국 8군이 들이닥칠 순간을 재고 있었으리라.

몇 년간 함께 지내며 둘도 없는 친구이자 동료로서 좋아한 그였다. 그러나 오늘 되새기는 란지에는 달랐다. 밤새 있었던 일을 생각할 때마다 가슴에 화끈거리는 듯한 통증이 느껴졌다. 답답하기도 하고, 화가 나면서도 동시에 두근거렸다. 한 번도 느껴보지 못한 감정이었다.

"로젠크란츠 님은 아모치아 근방에 임시로 주둔하고 있는 티아 반란 진압군 군영으로 끌려가셨습니다. 방금 확인하고 오는 길입니다."

아모치아는 멀지 않은 곳에 있는 소도시였다. 이엔이 다그쳐 물었다.

"거긴 어떻게 가죠? 구할 가능성이 있을까요?"

토르조프는 얼른 대답하지 않았다. 이엔의 뺨이 다시 떨리기 시작했다.

"계속 살펴보겠습니다만…… 사실상 어렵습니다. 진압군 특별 편제인지라 대략 천 명 가까이 됩니다. 켈티카나 다른 큰 도시로 호송하기 위해 별대를 짜더라도 상당한 숫자가 차출될 겁니다."

"호송하는 동안 방법을 찾아봐야 하는데……."

"나이트워크를 통해 계속 긴급 연락이 넘어가고 있습니다. 일단은 기다려주십시오. 그리고……."

토르조프가 조금 머뭇거리다가 말을 이었다.

"정보 누출 가능성이 생겼으니 저는 이곳을 떠나겠습니다. 켈티카에는 제가 연락을 취하겠습니다. 그동안 돌봐주셔서 고맙습니다. 기다리고 계시면 다른 나이트워커가 연락을 취해 올 것입니다. 아마란스 님께서도 정체가 밝혀질 수 있다는 점을 염두에 두고 행동하도록 하십시오."

"란지에한테서…… 정보가 샐 거라고 생각하는 건가요?"

그렇지 않아도 달아올랐던 이엔의 얼굴이 더욱 붉어졌다.

"저도 그런 상상은 하고 싶지 않습니다. 로젠크란츠 님은 오랫동안 조직에 몸담아온 저로서도 쉽게 뵐 수 없는 강한 분이셨습니다. 하지만 아직껏 붙잡혀가서 입을 열지 않고 버텼던 사람은 드물었습니다. 왕국8군의 고문은 시체도 되살아나게 할 지경이라 하더군요."

이엔은 홱 돌아섰다. 토르조프는 고개를 깊이 숙여 인사를 하더니 왔던 대로 창밖으로 사라졌다. 혼자 남겨진 이엔은 입술을 깨물며 바들바들 떨었다. 참을 수 없는 상상에 숨이 막혔다.

비취빛 숲으로 둘러싸인 성에 잠자는 소년이 있었다. 긴 잠이었다. 사람들은 궁금해했다. 그가 깨어날지, 그러지 못할지.

누군가는 저대로 영영 깨어나지 않을 거라고 했다. 깨어나지 않아도 살아 있는 걸까? 그렇다고 했지만 언제까지나 그럴지는 모를 일이었다. 하지만 한 사람이 일어났으니 다른 하나도 언젠가는 눈을 뜨지 않을까? 어떤 하녀가 묻자 하녀장은 고개를 저었다. 둘은 모습이 같아 보여도 실은 전혀 다르단다. 한쪽은 사람이 아니지. 그렇다면 저대로 자고 또 자다가 어느 날, 제 계절을 놓친 번데기처럼 바스라져버리는 걸까?

새가 지저귀었다. 아침이 왔다. 잠들었던 사람들이 깨어나 솥을 데우고 물을 긷고 갈퀴를 들고 뜰로 나간다. 죽은 듯 고요하던 성은 때가 되자 어김없이 되살아난다. 그게 백 년 만이든 하룻밤 만이든.

옛날이야기가 그렇듯, 마지막 방에서 긴 잠을 자던 소년이 눈을 떴다.

16

막

LONG

맞춰지는 조각들

조각 하나는 밀가루 속에

조각 하나는 설탕통 속에

조각 하나는 건포도 속에

다 모아 맞추면 과자 인간이 도망간다.

조각 하나는 장작들 속에

조각 하나는 화덕불 속에

조각 하나는 굴뚝재 속에

다 모아 맞추면 재투성이가 도망간다.

조각 하나는 베갯잇 속에

조각 하나는 속치마 속에

조각 하나는 털양말 속에

다 모아 맞추면 요정 아가가 도망간다.

❧

　남쪽 섬에 종일 내리던 비가 그칠 무렵 거리는 이미 어두웠다. 야경꾼이 가로등을 하나씩 켜며 지나가자 길바닥은 금속 빛을 띠었다.

　두 시간을 채 가지 못할 빛이었다. 저들이 섬기는 자들, 다시 말해 비탈진 구릉지를 별장의 흰 지붕들로 채운 자들이 자기 저택에 들어설 시각이 되면 하나둘씩 잦아들다가 꺼져버린다. 정작 캄캄한 밤은 자연이 켠 흰 등불 하나에 맡겨두었다. 그즈음이 되면 이 거리에서 처음 가보는 집을 찾아내기란 불가능에 가까워졌다.

　그 점을 아는 듯, 빠른 걸음으로 걷는 남자가 있었다.

　거무죽죽한 코트, 얼굴 절반을 가리는 중절모, 그 아래로 꾹 다문 입술, 이렇듯 자못 엄숙한 그의 모습을 망치는 것은 흠뻑 젖어 아직도 물이 떨어지는 코트 자락이었다. 후들후들한 싸구려 옷감이 다리에 둘둘 말리다 못해 발을 내딛지 못할 지경이 될 때마다 멈춰 서서 떼어내야 했다. 구두는 흠뻑 젖어 걸을 때마다 질퍽거리는 소리가 났다.

그가 걷는 길 좌우로 구부러진 골목이 끊임없이 나타났다. 어디든 조그마한 집들이 오밀조밀했다. 이런 데서 해지는 서쪽, 별나게 비뚜름한 나무, 어느 집의 빨간 문설주, 짖어대는 개 따위를 의지해서 길을 찾아야 했다. 물론 동네 사람에게 묻는 것이 가장 빠를 테지만, 을씨년스러운 날씨가 다 물어가 버렸는지 거리는 휑했다.

마침내 남자는 한 골목을 찾아내어 들어섰다. 지금껏 지나친 십여 곳의 골목들과 어디가 다르다고 집어 말하기 어려운, 그저 그런 모퉁이였다. 두 사람도 나란히 지나기 힘든 돌담길을 통과하자 처마가 유난히 튀어나온 집이 나타났다. 댓돌 맞은편에 밑이 빠진 나무 술통 몇 개가 굴러다니고 있었다.

남자는 문을 두드렸다.

"누구신지?"

"에블린 테니튼에게 편지 보낸 사람."

문이 열리며 댓돌에 오렌지색 불빛이 쏟아졌다. 마주선 두 사람의 그림자가 얽힌 것은 잠깐이었다. 남자가 안으로 들어가자 빛은 곧 구두 굽을 뒤쫓으며 자취를 감췄다. 이어 덧문을 닫고 빗장을 내리는 손들이 부산했다.

그을음이 가득한 벽이었지만 개의치 않고 기대며 남자는 주위를 휘둘러봤다. 남자 하나, 여자 셋. 남자와 여자 하나는 노인이고 젊은 여자 하나는 다리를 절었다. 비좁은 거실을 사람이 다 메웠다. 코끝으로 눅진한 습기가 끼쳐왔다. 체열로 미지근하게 데워져 바깥보다 불쾌한 공기였다. 방문객의 첫 마디답지는 않았지만, 남자가 말했다.

"난로에 불이라도 좀 때시지."

다리를 저는 여자가 대꾸했다.

"장작 살 돈이 없어요."

참, 여기 사람들은 장작을 사서 때지, 하고 생각하며 남자는 한쪽 입꼬리를 내렸다. 벽난로에는 불기는커녕 재조차 남아 있지 않았다.

남자가 다시 말했다.

"앉지."

이번에도 손님이 할 만한 말은 아니었다.

"가뜩이나 천장도 낮구만."

그제야 서 있던 자들이 시선을 피하며 자리들을 찾아갔다. 다만 한 사람만은 처음부터 앉아 있었다. 고개를 수그린 채 방문객을 쳐다보지도 않았다. 젊은 두 여자 중 하나였다.

젊다고 했지만 노파에 비해 그렇다는 것이고 사실상 곧 마흔을 바라보지 않을까 싶었다. 두드러진 광대뼈, 도중에 융기한 콧날, 뼈에 거죽을 씌워놓은 듯 늘어진 뺨, 풍파를 많이 겪은 얼굴이었다. 그녀가 에블린 테니튼이었다.

남자는 에블린을 흘끗 보더니 인사하듯 모자챙을 들어 보였다. 그러나 모자를 벗지는 않았다. 그늘 속 남자의 눈이 에블린과 마주쳤다.

에블린이 불쑥 말했다.

"먼저 한 가지만 말씀드릴게요. 저 그 편지 받고부터 밤잠도 자지 못했어요."

남자는 어깨를 으쓱했다.

"잠이 올 만한 이야기는 아니지."

에블린이 고개를 쳐들었다. 그러나 말을 잇지는 않았다. 상자 귀퉁이에 엉성하게 걸터앉았던 노파가 입을 열었다.

"숨긴 건 맞지만…… 잘했다는 건 아니라오. 하지만 우린 그 애를 해코지하지도 않았고, 에블린은 친어미처럼……."

"그 얘긴 충분히 들었소. 그다음 얘길 하면 좋겠는데."

에블린의 등이 움찔 경련했다.

"뭘 더 들어야 하지요? 다 알고 있으면서."

"어, 그 말 잘했어. 내가 정말 다 아는지 확인 좀 해보자고."

에블린이 코웃음 쳤다.

"새삼 따져서 어쩌려고요? 잡아갈 테면 잡아가시고, 죽일 테면 죽이시면 될 텐데. 아노마라드에서 내로라하는 권세가라면서, 그깟 일쯤이야 식은 죽 먹기지."

"아, 꼭 그렇게 결론을 내고 싶은가 보지? 이 노인네들을 몰고 감옥에 들어갔다가 형틀에 올라갔다가, 그게 그렇게 하고 싶어? 나라면 절대 사양인데."

에블린이 두 노인을 돌아보더니 표정이 변했다.

"위협하려고 하는 소리일 게 뻔해. 부모님은 아무 상관없다는 거 알고 있으면서."

남자는 빈손을 펼쳐 보였다.

"난 아무것도 모르거든? 당신이 아무것도 확인을 안 해줬잖아. 다만 고집 부리면 결과가 나쁘다고 말해준 거야. 당신 입으로 방금 말했다시피 귀족들은 원래 인내심도 없고, 당신이나 나 같은 사람들 상대로는 동정심도 없지."

잠시 침묵이 흘렀다.

에블린이 자리에서 일어났다. 돌아서서 벽난로 뒤에 있는 벽장의 문을 열었다. 이불 몇 채를 치우고 안쪽에서 주섬주섬 물건들을 꺼내놓았다. 바구니 속에 차곡차곡 개어놓은 작은 옷가지와 손뜨개 모자, 둥글게 말아 묶은 홑이불과 담요, 때 묻은 헝겊 인형들, 나무로 정교하게 짜 맞춘 드물게 훌륭한 요람.

"이게 전부예요."

남자의 시선이 물건들을 느리게 훑고 지나갔다. 에블린은 입술을 꼭 다물었다가 다음 말을 해치웠다.

"내게 남은 것."

잠시 후 남자가 중얼거렸다.

"주인 없는 살림살이라 그건가."

주인은 없었다. 물건들은 식어 있었다. 옷가지의 나이는 네 살을 넘기지 못했다. 에블린은 물건들을 보며 눈을 빠르게 깜빡거렸다. 꼭 감았다가 고개를 흔들어버리고는 도로 떴다.

"어차피 난 자세한 사정은 전혀 몰라요. 아노마라드도, 귀족도, 다 몰랐어요. 당신이 말해주기 전에는. 부잣집인가 보다 짐작만 했죠. 귀족일 수도 있었겠고. 이 동네에선 워낙 흔하니까. 어린아이를 숨겨야 하는 사연 같은 거. 양육비만 넉넉하게 준다면 알 거 없었다고요. 그 애 돈으로 우리 식구가 먹고살았어요. 보다시피 이 집에서 밖에 나가 막일이라도 할 만한 사람은 나밖에 없어요. 여자 혼자 막일로 벌어서 이 많은 입이 다 먹고야 못 살죠."

에블린은 두 팔을 벌려 보였다. 손이 몹시 거칠었다.

"다 좋았어요. 평생 못 될 줄 알았던 엄마가 됐고, 어린애가 생기니 집안에 웃음도 나고. 우린 그 애한테 잘해줬어요. 나름대로 정성을 다했어요. 처음에는 고마워서, 나중엔 어차피 가짜 엄마지만…… 좋아했다고요, 그 애를. 그 문제만 없었더라면……"

"그 문제?"

남자가 묻자 에블린의 표정이 변했다.

"왜 모르는 체해요? 알고 있으면서."

"말을 해야 알지."

"거짓말 말아요."

"난 몰라."

"부모가 그 앨 왜 버렸는지 모른다고요?"

남자가 대꾸하지 않자 에블린은 두 손을 모아 쥐고 부르르 떨었다. 이윽고 눈을 치떴다.

"그 애, 귀신 들려서 버린 거잖아요? 아니에요?"

남자의 입술이 꾹 다물어졌다. 오히려 고성이 터진 곳은 다른 쪽이었다.

"무슨 소리! 엘라는 아무렇지도 않다!"

줄곧 잠자코만 있던 노인의 턱수염이 떨렸다. 에블린은 입술을 깨물며 마주 소리치려 했다. 그러나 두 마디도 잇기 전에 잦아들었다.

"아무렇지도 않은 애가…… 그렇게……."

노파가 훌쩍거리기 시작했다. 에블린은 입을 다물고 요람 쪽으로 돌아섰다. 좁은 거실이 한층 더워졌다.

"엘라노어…… 테니튼이에요. 할머니 이름을 붙였어요. 엘라를 넘겨준 사람이 애 이름도 없다고 해서. 이름도 안 지어주다니, 난 정말로 그 사람들이 다시는 엘라를 찾지 않을 작정인가 보다 했어요."

"그래서 정말로 찾지 않았나?"

"아뇨."

요람에서 돌아선 에블린의 눈가가 붉었다.

"난 갈 데 없이 어리석은 천민이라서 피가 파랗다는 나리 님들의 생각은 죽었다 깨어나도 이해할 수가 없네요. 천사 같은 따님을 맡겨놨으면서 한번 보고 싶어 하지도 않았어요. 우리가 애를 예뻐하는지 구박하는지 궁금해하지도 않았다고요. 오직 심부름꾼을 시켜서 돈만, 돈만 보내주면 된다고 생각하는 사람들이 어째서……."

눈물은 흐르지 않았다. 에블린이 갈라진 목소리로 속삭였다.

"어째서 관은 가져가고 싶어 하는 거죠? 산 애는 필요 없어도 죽은 애는 필요하다는 건가요?"

"……."

남자는 말없이 마룻바닥을 내려다보고 있었다. 끊겼던 에블린의 말이 이어지도록 듣고만 있었다.

"그 사람들이 관을 열고서…… 우리 엘라 얼굴을 한 번이라도 봤을까요? 그 애가 얼마나 예쁜 금발을 하고 있는지, 속눈썹이 얼마나 긴지…… 죽은 뒤에라도 알았을까요?"

말은 다시 끊겨졌다. 에블린은 눈물을 흘리지도 않고 붉어진 눈으로 요람을 바라보고 있었다. 이윽고 남자가 대답했다.

"물론이지. 아주 자세히 알았을걸. 유감스러운 일이지. 나라면 그놈들이 관 뚜껑도 건드리지 않았길 빌었을 텐데."

오랜만에 조슈아는 자신 속 세계에 있었다. 꿈이었을까?
예전에는 이곳에 오면 쉽사리 나갈 길을 찾지 못했다. 누군가
의 도움이 필요했다.

그러나 이제는 그렇지 않은 것 같았다. 왜인지는 몰랐다.
잠들었던 반년간 여기에서 머물렀을까? 그것도 알 수 없었
다. 그 반년은 그에게 완전한 암흑이었다.

오랜만에 와서인지 풍경도 달라져 있었다. 높이 솟은 산꼭
대기였던 곳이 이제는 어디론가 연결된 벼랑이었다. 예전에
앉아 있던 자리도 사라졌다. 발밑은 물기로 반짝이는 푸른 풀
밭이었다. 안개는 여전해서 열 걸음 너머는 잘 보이지 않았다.

등뒤에서 누군가가 손을 얹었다. 돌아보았다.

"켈스! 지금까지 어디 있었어?"

전 같으면 미소로 답했을 텐데 켈스니티는 웃지 않았다. 대
신 조슈아를 조용히 바라보았다. 놀란 것 같기도 하고 슬픈
것 같기도 한 이상한 표정으로.

"왜 그래요?"

"다시 만날 수 있어서……."

이상한 말을 하며 켈스니티는 조슈아를 지나쳐갔다. 벼랑
쪽으로 가더니 아래를 내려다보았다. 조슈아가 뒤따라가며

물었다.

"여기 좀 달라진 것 같지 않아?"

"달라졌겠지."

"왜인지 아는 것 같은 말투네."

켈스니티는 벼랑 끝에서 돌아서서 조슈아를 보았다. 조슈아는 문득 이상한 점을 눈치챘다. 고작 한 발짝 앞에 서 있는데도 켈스니티의 모습은 안개에 가린 듯 희미했다.

"왜 지금까지 안 왔어? 무슨 일이라도 생겼어? 이상하네, 오늘 당신 태도. 뭔가 있죠?"

켈스니티가 걸으며 따라오라고 손짓했다. 벼랑을 등지고 걷다 보니 어느새 안개가 걷혔다. 푸른 목초지가 비탈 아래로 뻗어 있었다. 조슈아는 두리번거리다가 흠칫 놀랐다. 저만치 다른 사람이 보인 까닭이었다. 집도 있었다. 한두 곳이 아니었다. 골짜기 곳곳에 조약돌처럼 흩어져 있었다.

"어떻게 된 거야? 저 사람은 약속의 사람들 중 하나야?"

"아니."

"그럼 누군데?"

"네가 모르는 사람."

더 걸어가자 이상하게 생긴 돌이 나타났다. 돌은 비탈에 튀어나온 바위 같기도 했지만, 모양이 어쩐지 인공적이었다. 마치 길쭉한 받침대 같은 모양으로 희끄무레하게 닳아 있었다.

맞춰지는 조각들

켈스니티는 그 앞에 서더니 조슈아에게 다가오라고 손짓했다.

"이 돌을 봐. 무엇일 것 같니?"

"음…… 주춧돌?"

"그래. 이건 옛날 거울을 받치던 주춧돌이야."

"거울이라면, 가나폴리의 이동 수단이었다던 그것?"

켈스니티가 고개를 끄덕이자 조슈아는 더욱 의아해졌다.

"그런 게 왜 내 세계 안에 들어왔지?"

켈스니티는 주춧돌 위에 걸터앉았다. 몇 걸음 멀어진 것만으로도 켈스니티의 모습은 거의 반투명하게 보였다.

"켈스, 어쩐지 이상해요. 무슨 일이 생긴 거죠?"

켈스는 조슈아의 말을 듣지 못한 기색이었다.

"네가 지금 보는 이곳은 옛날 페리윙클섬의 풍경이야. 넌 실제로 본 일이 없을 테고, 지금의 모습과도 많이 다르지. 저 돌도 그곳에 있었어."

"얘기했던 것 기억나요. 어린시절의 놀이터였다고."

"그래."

"그런데 왜 나는 모르고 켈스는 아는 풍경이 내 세계에 나타난 거죠?"

그렇게 말했을 때 눈앞의 풍경이 일순 흔들렸다. 조슈아는 정신을 차리려 했다. 정확히는 꿈에서 깨어나지 않으려 했다. 그러나 어려운 일이었다. 페리윙클섬의 풍경은 점차 이지러졌다. 전에는 나오려 해도 쉽지 않았던 이 세계가 간단히 깨어져 나갔다.

켈스니티는 어디로 갔을까? 조슈아는 다급하게 두리번대며 불렀다.

"켈스! 가지 말아요! 그동안은 어디에 있었어? 왜 대답도 안 하고, 왜 꿈에만 나타나는 거야? 현실에서 얘기 좀 해봐. 난 지금⋯⋯."

눈앞에 네모진 문짝이 나타났다. 천장에 뚫린 문이었다. 거기서 빛이 쏟아져 들어왔다. 조슈아는 손으로 눈가를 가렸다.

"조슈아."

티치엘의 목소리였다.

"아빠한테서 연락이 왔어. 우리 당장 성으로 돌아가야 할 것 같아."

조슈아는 몸을 일으키려다가 인상을 찌푸렸다. 꿈의 잔상 때문일까, 머리가 무겁고 가슴이 답답했다.

"무슨 일이라도 생겼어?"

겨우 제대로 앞을 보니 티치엘은 옷을 갈아입고 모자까지 손에 든 모습이었다.

"비취반지 성에 있는 네 인형 말이야."

조슈아는 순간 긴장하며 티치엘을 올려다보았다. 오래 기다리기도 했고 그렇지 않기도 했던 말이 들려왔다.

"깨어났대."

켈티카 서쪽에 '용의 입'이라고 불리는 커다란 만灣이 있었다. 대륙을 관통해 온 두 강이 쏟아져 나간 자리였다. 불규칙한 해안선이 크고 작은 만과 반도, 육계도, 섬들을 토해내는 모양이 흡사 전설 속의 용의 입 같다 하여 붙은 이름이었다. 용의 입은 너무 컸기에 셋으로 나누어 북北만과 켈티카 만, 그리고 질베르 만으로 불렀다.

북부에서 달려 내려와 켈티카를 관통하며 켈티카 만으로 터져 나오는 젊고 거친 강이 블루엣이라면, 남부의 수많은 강이 합쳐지며 질베르 만으로 나오는 느리고 큰 강이 노아질베르였다. 노아질베르는 옛날 아노마라드가 대륙 서부를 제패할 무렵 공물을 운반하는 흰 배들이 용의 입을 하얗게 채워 '백白강'이라는 별명도 얻었을 정도로 일찍이 수운이 발달했다. 지금도 지류에 작은 배를 띄우거나 짐마차 등을 이용해 노아질베르 강까지 가고, 거기서 큰 배로 짐을 옮겨 켈티카로 가는 방식이 남부 물류 수송의 큰 부분을 차지했다. 본류와 지류가 만나는 곳들은 웬만한 항구 못지않게 붐볐고, 대부분 도시로 발달했다.

질베르 만으로 나온 조공선들은 키를 시계 방향으로 돌리며 켈티카 만으로 들어가 '위대한 왕의 둑'을 넘었다. 그리고 블루엣 강 하구에 발달한 여러 부두 중 하나를 택해 짐을 내려놓았다. 하구에서 더 거슬러 올라가는 배는 드물었고, 그런만큼 특별한 임무가 있기 마련이었다. 무엇보다 검문을 거치지 않고는 갈 수도 없었다.

여름의 기운이 덜 가신 9월 초, 조공선의 색깔인 백색을 칠한 배 한 척이 검문을 거쳐 블루엣 강을 거슬렀다. 많던 부두들이 하나둘 사라지고 한동안 강둑만 이어지다가 마침내 작은 부두가 하나 나타났다. 그곳에 수십 명의 병사가 검은 포장을 씌운 마차와 함께 대기하고 있었다.

배가 부두에 닿았다. 무장한 병사들이 먼저 나와 배다리를 놓는 동안 장교 둘이 그들을 지휘했다. 이윽고 배 안에서 특별한 짐이 운반되어 나왔다. 공물을 운반할 때 쓰는 상자처럼 보였지만 쇠사슬이 몇 겹으로 둘러졌고, 모서리에는 철판이 덧대어져 쉽사리 부술 수도 없어 보였다.

짐을 옮겨 실은 마차가 부둣가를 벗어날 무렵, 그 광경을 멀리서 지켜보던 사람 하나가 숨어 있던 풀숲에서 일어났다. 큼직한 모자로 이국적인 황갈색 얼굴을 가린 장신의 남자였다. 숲으로 들어간 남자는 묶어놓았던 말을 풀어 올라타더니 도심 쪽으로 달려갔다.

히스파니에가 요란한 소리를 내며 닫힌 문짝을 향해 말했다.

"언제 와도 마음에 드는 서비스로구만."

프리실라는 다리가 덜렁거리는 의자에 앉아 바닥에 튀어나온 판자를 이용해서 균형을 잡으려 애썼지만 실패했다. 그녀는 포기하고 삐딱하게 앉으면서 대꾸했다.

"이 집이 보통내기들이 오는 데가 아닌데. 공화주의자가 되면 별걸 다 잘하게 되는 모양이네요."

히스파니에는 자기 의자 다리를 얼마간 시험하고 있다가 불쑥 내뱉었다.

"어린놈이."

아래층에서 연주하는 음악 소리가 희미하게 벽을 울렸다. 잠시 후 누군가가 고래고래 노래하는 소리가 겹쳐졌다. 곧 시끄럽다고 소리치는 자들 몇이 가세했고, 노래하던 자는 목청을 십분 활용하여 더욱 크게 외치기 시작했다. 조금 더 지나자 우당탕거리는 소리가 한바탕 들리고 노래는 멎었다. 잠시 후, 다시 멈칫대는 건반 음과 현악만이 벽을 타고 흘러들었다.

벽이며 기둥마다 구질구질한 얼룩과 검댕, 낙서가 묻은 막술집일 뿐이었지만 카잘스의 주인은 옛날 2층이 댄스홀이던 시절에 악사들을 쓰던 버릇이 남아 떠돌이 음악가들을 종종 불렀다. 옛날 노래들을 한 바퀴 돌리고 나면 추억에 젖어 테이블에 엎드려 자는 사람들이 늘어났다. 그러다가 저렇게 잠을 방해하는 사람이 나타나면 일제히 깨어나 두드려 패곤 했고, 의자 몇 개가 부서지고 나면 잠시 쉬던 악사들이 다시 연주를 시작했다. 카잘스에는 다리가 망가진 의자가 유난히 많았다.

의자 다리로 가락을 맞추던 프리실라가 대꾸했다.

"어린 정도가 아니죠. 아예 요람에 재워야겠던데? 이런 데 드나들게 시키느니 요람이 백번 낫지. 나라면 이런 데로는 담배 심부름도 안 시켜요. 이럴 때 보면 그 인간들은 확실히 미쳤어요."

히스파니에는 어깨를 으쓱할 뿐이었다. 프리실라가 말끝에 떠올랐는지 담배쌈지를 꺼내 파이프를 채우기 시작하자 히스파니에가 손끝으로 절반을 집어서 윗주머니에 슥 넣으며 말했다.

"담배 줄여."

"아니, 그게 얼마짜린데 주머니 먼지로 만들려고 그러세요, 글쎄. 얼른 도로 줘요."

"이미 먼지 됐다."

프리실라가 일어나 테이블 위로 몸을 굽히며 두 손을 뻗었다.

"그러지 말고 절반만."

히스파니에는 팔짱을 낀 채 눈을 감았다.

"네가 그럴 줄 알고 주머니에 마루 밑 먼지를 한 숟가락 넣어놨다."

"……불이나 빌려 와야겠네."

프리실라가 입을 비죽이며 일어나 문고리에 손을 댔을 때 누군가가 문을 두드렸다.

"누구세요."

대답 대신 다시 다섯 번 두드리는 소리가 났다. 프리실라는 지체 없이 문을 열었다.

"어서 와."

빌 오리스와 또 한 사내가 눈이 가려진 남자 한 명을 가운데 두고 양쪽에서 팔짱을 낀 채 들어섰다. 오리스는 고개만 꾸벅 숙였고, 다른 사내가 경쾌하게 소리쳤다.

"선장님, 저 왔습니다!"

켈티카 앞바다에서 백발백중으로 대포를 쏘던 포대장 노스트였다. 그는 이어 프리실라에게 고개를 돌렸다.

"누님도 간만이구려."

프리실라는 불도 없는 파이프를 무심코 빨려다 내려놓으며 불퉁하게 내뱉었다.

"2순위 인사 따위 필요 없어."

"누님, 안 보는 새 또 살이 쪘소?"

"그러는 넌 그 모양으로 점점 줄다가 내년쯤엔 아예 없어지겠다?"

주고받는 말과 달리 프리실라는 깡말랐고 노스트는 건장했다. 노스트가 이윽고 싱글거리며 말했다.

"누님, 난 양초요. 다 타면 없어지는 게요. 원래 모든 인생이 그런 게지만."

"다 타기 전에 그 불 내가 확 꺼버릴라."

프리실라가 촛불을 끄는 시늉을 하자 곁에 섰던 빌이 소리 없이 웃음을 터뜨렸다.

"얼른 시작합시다. 앞이 안 보여서 답답해죽겠소."

남자가 웅얼거리자 사람들이 그를 문을 등지고 놓은 의자에 앉혀주며 슬슬 자세를 고쳤다. 정면에 앉아 있던 히스파니에가 입을 열었다.

"잘 왔네, 모리나크. 고생이 많군."

모리나크는 왕국 8군 소속 중위로 몇 년간 히스파니에의 정보통 역할을 해왔다. 그러나 그는 히스파니에의 얼굴을 한 번도 본 일이 없었다. 히스파니에의 이름도, 그가 아르님 공작의 숙부라는 사실도 몰랐다. 그가 얼굴을 아는 사람은 프리실라와 빌뿐이었다. 오늘 노스트를 새로 알게 되긴 했지만.

모리나크는 목소리가 들려오는 쪽을 향해 고개를 꾸벅 숙였다.

"오랜만에 뵙습니다, 어르신."

모리나크는 몇 번이나 눈을 가린 채 만났던 '어르신'을 암상인, 또는 부하들이 선장님이라고 부르는 것으로 보아 은퇴

맞춰지는 조각들

한 해적 정도로 생각하고 있었다. 어느 쪽이든 막대한 재산과 숨겨진 조직을 갖고 있는 지하 세계의 거물임이 틀림없었다. 그는 지금까지 몇 번이나 어르신에게 결정적인 도움을 받았다. 부모가 죽고 나서 남은 빚을 정리할 때, 돈 한 푼 없이 군사학교에 입학하여 졸업할 때까지, 누이동생이 결혼할 때.

"정확히 말해 뵙는 건 아니지만 말입니다."

이어진 모리나크의 말에 히스파니에가 웃음을 터뜨렸다.

"그건 그렇지. 늘 미안하게 생각하고 있네."

"언젠가 어르신을 진짜로 뵐 날을 고대하고 있습니다."

모리나크는 진지한 태도였다. 히스파니에도 웃음을 그치고 말했다.

"그런 날이 곧 올 걸세."

아래층에서는 여전히 희미한 음악 소리가 쿵쿵거렸다. 모리나크의 입가에 미소가 어렸다.

"저도 그러리라 생각합니다."

어르신은 자신에게 아직 알려줄 수 없는 비밀스럽고 중대한 일을 추진하고 있다. 모리나크는 그렇게 생각해왔다. 그가 가져오는 건 정보 약간뿐이지만 어르신의 일에 도움이 된다면 언제까지나 기꺼이 해낼 생각이었다. 이름조차 모르는 어르신은 어린시절부터 그의 은인이었다.

"최근에 공화파 간부가 하나 붙잡혔다지?"

히스파니에가 한 말에 모리나크는 놀란 표정을 했다.

"알고 계셨군요. 지금 본부에서도 그 일로 난리가 났습니다. 엊그제 남부에서 호송해 왔는데, 본부에서 노아질베르의 공물선을 이용하도록 허가를 따줬을 정돕니다. 덕택에 민중의 벗 녀석들의 추적도 깨끗이 따돌렸고요. 이번 일을 만든 소령, 아주 머리가 비상해요."

"그래, 그 소령 말인데. 제나스라고 하던가?"

모리나크는 신기해하며 머리를 갸웃거렸다.

"어찌 그리 잘 아십니까?"

"좀 알아볼 일이 있었다네. 오늘 자네와 조각을 맞춰볼 참이지. 제나스 소령이 자네와 같은 부대의 상관이라고 하던데, 그자에 대해 좀 말해보겠나?"

"한마디로 인기가 없죠."

모리나크의 표정을 보건대 누구보다도 스스로가 그렇게 생각하는 것 같았다.

"귀족 출신은 아니고, 고모가 귀족하고 결혼을 했답니다. 문제의 고모부가 현재 근위대 준장인 에크루 자작인데, 하긴 그 사람도 신왕국 세워질 때 공을 세워서 귀족이 됐으니까 정통파는 아니군요. 어쨌든 원래는 고모가 켈티카로 불러다가 공부나 시켜주려 했다던데 스리슬쩍 고모부 병영에 드나들더니 그해가 저물기도 전에 대뜸 소위가 됐다더군요. 왕국 초기에 그런 일이 흔했다고는 하지만 준장 뒷배 업고 승진까지 빠르니 좋은 평 듣긴 애초에 무리인 거죠. 게다가 성질머리도 여간 딱딱하지가 않아요. 욕을 먹어도 신경쓰지 않는 배포만은 따라 하고 싶다고 생각하는 정돕니다."

신왕국 3년에 세워진 왕립 군사학교가 정착된 지금에는 귀족 출신이더라도 그곳을 졸업하지 않고 장교가 되기는 어려워졌다. 하지만 신왕국 초기에는 사람이 모자라다 보니 온갖 인간들을 다 받아들였기 때문에 군인이 되면 출신이며 신분, 심지어 범죄 이력마저 세탁하기가 아주 좋았다. 군사학교 출신 장교들은 자기들과 또래에 불과한데다 교육마저 부족한 자들이 일찍 들어왔다는 이유만으로 윗자리를 차지한 것을 불만스러워했다. 모리나크 또한 군사학교 출신이었다.

"그렇다면 그자가 다른 사람들의 협력을 얻기는 힘들었을 텐데, 혼자서 그만한 일을 다 해냈나?"

모리나크는 고개를 끄덕이며 쓴웃음을 지었다.

"제나스 소령이 좀 여러 사람 몫을 합니다. 성실한 것만은 당할 사람이 없죠. 보고서를 읽어봐야겠다, 하고 마음먹으면 그럴듯한 걸 찾을 때까지 몇 날 며칠이고 책상 앞에서 꿈쩍도 안 합니다. 좀 중요하다 싶으면 아랫사람한테 넘기는 일도 없어요. 하기야 그런 근성이 없었으면 짚더미에서 바늘 찾겠다고 뒤지고 있지는 않죠. 그런데 그 바늘이 뜻밖에 제대로 걸렸던 겁니다. 남들이 귀찮아서라도 건드리지 않을 데를 쑤셔서 대어를 건졌죠."

왕립 그로메 학교에 공화주의자 무리가 숨어든 것 같다는 정보는 그쪽 일을 담당하는 장교들 사이에서 예전부터 신빙성 있게 퍼져 있었다고 했다. 그러나 뚜렷한 증거가 나오지 않았다. 그렇게 방치된 건을 놓고 제나스는 학교를 중퇴한 학생들의 명부를 조사한다는 생각을 해냈다. 란지에, 하일저 등의 이름이 포착되었을 때까지만 해도 깊은 의심은 없었다. 학생들의 나이가 생각보다 어렸던 까닭이었다.

"그런 걸 뒤져볼 마음을 먹은 게, 아마 슬슬 한 건 보여주어서 소문을 잠재우고 싶었지 싶습니다. 사람이라면 당연히 품을 법한 생각이긴 하죠. 그래서 제나스 소령은 무려 그 학생들이 남기고 간 물품들을 일일이 뒤질 생각을 했어요. 보통은 상관이 시켜도 안 할 것 같은 일인데 말입니다. 그 과정에서 학교에 얼씬거리는 웬 여자를 봤는데, 딱 수상하더라는군요. 왕국8군에 보면 그렇게 직감이 발달한 장교들이 좀 있습니다. 추적을 해봤더니 아니나 다를까 숨어 있는 민중의 벗이었던 거죠. 근데 아직 아무 일도 안 한 잔챙이, 지망생이랄까. 하여간 당장 붙들어 간다고 뭐 나올 게 없어 보이더란 거죠."

"그래서 미끼 삼아 놔둔 게군?"

"네, 잘 참았지요. 뒷조사를 해보니 정보가 꽤 쉽게 나옵니다. 애나라는 그 여자가 학교에서 잡일을 도왔다고 하는데, 그 여자를 학교로 데려온 사람의 이름이 사라진 학생 명부 속의 이름과 딱 겹쳤습니다. 어찌 보면 민중의 벗에서 저들 회원을 어찌 그렇게 허술하게 놔뒀나 싶기도 한데, 아마 아직 별일을 안 했기 때문에 숨길 필요를 느끼지 못한 모양이죠? 아시다시피 민중의 벗에서 사람 하나 제대로 숨겨야겠다 싶으면 꼬리도 못 찾게 해버리잖습니까."

노스트가 거들었다.

"그 여자가 명령을 어기고 단독행동을 했다든가."

"그럴 수도 있겠죠. 그랬던 거라면 붙잡힌 놈만 불쌍하게 된 겁니다. 그 여자는 못 잡았어요. 사라져버렸거든요."

노스트가 혀를 찼다.

"소식 거참 빠르군그래."

"누군가가 일찌감치 귀띔을 했지 싶습니다. 호송단보다도 소식이 빨랐으니까요. 예의 나이트워커겠죠. 바퀴벌레 같은 놈들."

모리나크는 히스파니에에게 무슨 정보든 다 전달했지만 그래도 여전히 왕국8군의 군인이었다. 민중의 벗과 나이트워커는 그의 적이었다. 그는 어르신이 정보를 다 그럴 법한 일에 쓸 것이고, 자신을 곤란하게 만들 일은 없을 거라고 믿고 있었다.

"하여튼 그래봤자 문제의 학생은 이미 사라진 터라서, 거기까지였다면 몇 년이고 기다리기만 하다가 성과도 없었을지 모릅니다. 그런데 제나스 앞에 한 놈이 나타났죠. 이걸 나타났다고 말해도 좋을지 모르겠지만 어쨌든 상황만 놓고 보자면 기가 막힌 우연, 아니 필연의 일치였습니다."

"그자의 이름이 브리앙?"

"어, 어떻게 아셨습니까?"

노스트가 피식 웃었다.

"우리 어르신은 모르는 것 빼고는 다 알잖나."

"물론 그렇긴 하지만……. 그자의 존재는 왕국8군 내에서도 몇 명만 아는 극비였단 말입니다. 저도 이번 일이 없었으면 영영 몰랐지 싶습니다. 워낙 거물에게 붙였던 첩자라 상대 측의 정보망에 노출이 되면 끝장이었으니까요."

히스파니에가 인상을 찌푸렸다.

"거물이라고?"

"예, 오를란느 공국, 로사 알브의 대영주, 지스카르 드 나탕송 백작."

히스파니에가 프리실라를 돌아보았다. 프리실라도 고개를 저었다. 몰랐다는 의미였다. 선뜻 믿기 힘든 이야기였다. 로사 알브의 대영주가 민중의 벗이라고?

히스파니에는 왕국8군에 모리나크 외에도 정보원을 몇 명

더 두고 있었다. 남부에서 속속 올라오는 보고를 가로채어 감시할 수 있었던 것도 그 덕택이었다. 그러나 아직껏 나이트워크에는 손대지 못했다. 똑같이 비밀스러운 조직이라 해도 왕국 8군처럼 위계와 보고선이 뚜렷한 조직에 침투하는 것은 상대적으로 쉬웠다. 그러나 나이트워크는 나이트워커 한 명을 포섭한다 해도 그자가 아는 조직과 정보의 범위가 매우 좁기 때문에 원하는 정보를 얻기 위해서는 그걸 다루는 자를 직접 찾아내는 수밖에 없었다.

몇 달 동안 히스파니에는 테오와 손을 잡았던 민중의 벗 간부를 뒤쫓았다. 지하 세계라고 흔히 부르는 뒷골목과 부랑자들의 정보를 취합해서 지구 위원장들의 정체를 어느 정도 파악했지만 마지막 단계의 추리는 쉽게 나오지 않았다. 몇은 자취를 감춰버렸다. 그때 왕국 8군 쪽에서 간부 하나가 체포됐다는 소식이 왔다. 그런데 그자의 조건이 지금껏 찾던 자의 윤곽과 상당히 일치했다. 특히 나이가.

그때부터 역추적이 시작되었다. 이번 일의 수훈자인 제나스, 제나스에게 결정적 정보를 제공했다는 브리앙의 이름을 뽑아냈지만 그자가 어째서 정보를 갖고 있었는지는 분명하지 않았다. 그리고 모리나크의 입에서 로사 알브의 대영주가 튀어나온 것이다.

"확실한 일인가?"

"네, 왕국 8군에서는 이미 몇 년 전부터 알고 있었습니다. 말끔한 증거가 없었을 뿐이죠. 증거 없이 함부로 건드렸다가 역풍을 맞으면 여러 사람 목 날아가는 건 둘째 치고, 외교 문제로까지 비화될 상대가 아니겠습니까? 어쨌든 간에 나탕송 백작의 별장은 민중의 벗의 젊은 지도자들을 길러내는 요람 같은 데랍니다. 위험한 자들을 여럿 교육시켜서 내보냈죠. 거기에 착안을 하고서, 젊은 녀석 하나를 교육을 잘 시켜서 들이밀었죠. 그게 브리앙 마텔로입니다. 우리로서도 대단히 투자한 계략이었습니다."

지스카르를 속일 정도로 치밀한 계략을 짜려면 왕국 8군 중추부의 포괄적인 뒷받침이 필수적이었다. 지스카르와 민중의 벗의 밀월을 증명할 구체적인 증거를 가져오는 것이 브리앙의 임무였다. 그것을 해낸다면 로사 알브의 대영주를 켈티카로 소환할 근거를 쥐게 되는 것이다. 최근 체첼 국왕과 마찰을 빚고 있는 오를란느 대공을 압박하기에도 더없이 좋은 카드가 되어줄 예정이었다.

"그래서 그자가 간부급의 신원을 알아낸 건가?"

"그게 실은 그렇지 못했죠. 브리앙은 몇 달이나 잘 지내다가 어느 날 뒤통수를 맞았습니다. 나탕송 백작의 제자였다는 누군가가 왔다가 가면서 브리앙의 정체를 꿰뚫어 봤던 거죠. 어떻게 그럴 수가 있었는지, 거참. 민중의 벗에서 예전부터 브리앙을 의심했던 건지는 잘 모르겠습니다. 어쨌든 브리앙은 실패하고 도망쳐 올 수밖에 없었습니다. 그리고 이를 갈았죠. 제 정체를 밝혀낸 그자에게 보복을 하겠다고 말입니다."

브리앙은 놀랍게도 당시 그자와 얼굴 한번 대면하지 못했다고 했다. 그런 식이었으니 마술사한테 당한 것 같다고 줄곧 뇌까렸을 정도였다. 왕국 8군에서도 찾아내고 싶어 했지만 조금 파고들자 비슷비슷한 사람들 여럿 속으로 빠져들면서 오리무중이 되어버렸다. 간부급에게 지원되는 위장술이 틀림없다고 직감한 중추부는 이자를 요주의 조사 목록에 올려놓았다.

"그래서 브리앙은 독자적으로 그자를 찾아내려고 애를 썼답니다. 복수도 하고 공도 세우고 싶었겠죠. 열쇠는 브리앙과 함께 공부하던 여학생이었습니다. 그자가 그 여학생을 데려갔거든요. 하지만 어딘지도 모를 곳으로 가버린 그자와 여학생을 무슨 수로 찾는답니까? 도저히 안 되겠으니까 정보부에 보고서를 내놓고 이러이러한 여학생과 관계된 정보가 있는지 문의를 했지만, 큰 기대는 안 했던가 봅니다. 브리앙은 고급 정보를 접할 지위가 못 되거든요. 지난번 첩자 업무를 수행하느라 임시로 받았다는 직책이 고작 하사관이니까요. 우린 그런 자들을 액터Actor가 아니라 팩트Fact라고 하죠. 그런데 말입니다, 그 보고서가, 똑같이 짚더미에서 바늘 찾고 있던 제나스한테 딱 걸린 겁니다."

흥분한 모리나크는 주먹으로 제 손바닥을 한 대 딱 쳤다. 히스파니에가 물었다.

"그럼 브리앙이 찾던 그 여학생이, 제나스가 조사하고 있던 애나라는 여자였단 말인가?"

"바로 그겁니다. 연극 같은 일이지만 진짜로 벌어진 걸 어쩝니까? 둘 중 하나라도 그 여자를 신경쓰지 않았거나, 중도에 포기하고 손놨더라면 그 민중의 벗 간부 놈은 문제없이 빠져나갔을 텐데 말이죠. 고양이 쥐 생각인지 모르겠지만 그렇게 생각해보니 그치도 안됐네요."

모리나크는 이어 브리앙이 제나스가 알려준 은신처로 애나를 찾아가고, 애나를 속여 브리앙이 찾던 자이자 제나스가 찾던 자, 즉 그로메 학교에 숨어 있던 간부의 거처를 찾아내도록 만들었다고 설명했다. 그런데 그자가 있던 곳이 또한 뜻밖이었다.

"전 귀족들이 저들을 타도하자고 떠드는 민중의 벗 놈들한테 빠지는 이유를 알 수가 없는데요, 이게 드문 일만은 또 아니어서 참 어이가 없는 노릇이에요. 나탕송 백작도 그렇지만 이번엔 무려 아마란스 백작가의 아가씨가 개입되어 있어서 참 난감한 것이, 아가씨가 그치를 가문의 여름 별장에 숨겨주고 있었는데, 거기가 또 뚜렷한 증거도 없이 쳐들어갈 순 없

맞춰지는 조각들

는 곳 아니겠습니까?"

들을수록 믿기 힘든 이야기들이 이어졌다.

"물론 브리앙이 증언을 하겠지만, 애나라는 여자가 그 둘이 같은 사람이 아니라고 잡아떼게 만들면 그만 아닙니까? 아마란스 가문이 그 정도야 우습게 하고도 남죠. 또 어떻게 해서 그자가 나탕송 백작을 찾아갔다는 사실을 증명할 수 있다 해도 그것만으로는 죄가 안 되죠. 나탕송 백작이 평민 젊은이들을 모아 공부 좀 가르쳤다고, 그리고 한두 마디 불온한 말을 했다고 남의 나라 대영주를 붙잡아 올 수는 없는 노릇이 잖습니까? 그래서 물증을 찾아오라고 브리앙을 보낸 것인데 그것도 실패했고, 자칫하다가는 첩자를 보낸 것 때문에 거꾸로 추궁당할 수도 있는 거고요."

히스파니에는 혀를 차다가 말했다.

"그래서 우회 전략을 택했군그래."

"네, 아마란스 가문 아가씨가 그 간부 놈과 그로메 학교에 같이 다녔다는데, 그 시절에 아가씨의 방에 자주 드나들었다는 여자가 있어서 조사해봤더니, 그쪽도 또 귀족이어서 그것 참……. 보통 놈이 아니에요. 아니, 진짜 여자들 후리게 생기긴 했는데 그렇다고 혈통도 좋은 아가씨들이 줄줄이 쫓아다닐 건 또 뭐랍니까?"

"그 나중 여자가 이번에 같이 잡혀왔다는 아르장송 자작의 딸이군?"

"네, 아실 것 같았지만. 처음에 그 여자를 데려다가 슬슬 정보를 흘렸더니 잽싸게 아마란스 별장으로 쫓아 내려가더랍니다. 제나스는 영리하게 여자를 뒤쫓았고, 결국 그 여자가 전부 불러냈다더군요. 깨끗하게 끝났습니다."

프리실라가 씩 웃었다.

"어차피 아마란스 가문 따님은 별일 없었을 거 아냐?"

"현장에서 걸렸는데도 워낙 당당하셔서 뭐, 쉽지 않더랍니다. 일단 저택으로 돌아가게 하고 나중에 다시 찾아갔더니 아주 솔직하게 말하더래요. 자기가 학교를 같이 다니다가 그 남자한테 빠져서 그만 해달라는 대로 다 해줬다고. 그런데 그자가 민중의 벗인 건 결단코 몰랐대요. 부모를 위해서 비밀 꼭 지켜달라고 신신당부를 하더라는데, 일단은 두고 보기로 했답니다. 원래 중앙 귀족들보다 그런 변경백들이 건드리기 더 힘들잖습니까."

히스파니에가 고개를 끄덕였다.

"좋아, 많은 도움이 되었다. 모리나크, 조만간 또 연락하마."

모리나크는 고개를 숙여 보였다.

"네, 언제라도 도움드릴 일이 있으면 연락 주십시오."

빌과 노스트가 일어나 모리나크를 일으켰다. 프리실라가 빌의 손에 파이프를 건네며 말했다.

"오는 길에 불 좀 붙여 와라."

세 사람이 나가고 문이 닫혔다. 어렴풋이 모리나크의 목소리가 들려왔다. 휴, 앞이 보이니 살 것 같군요, 하고.

"프리실라."

히스파니에가 부르자 프리실라가 고개를 끄덕였다.

"상황이 생각보다 공교롭군요."

히스파니에는 대답 없이 생각에 잠겼다. 프리실라는 얼마 동안 혼자 의자 다리를 덜컥거리고 있다가 물었다.

"그자를 어쩌실 작정이세요?"

"……."

"어차피 벌하려던 자가 왕국 8군 손에 걸렸으니 손도 더럽힐 일 없이 잘됐다? 아니면 어떻게든 빼내 와서 우리 손으로 끝장을 내야겠다?"

히스파니에가 한참 만에 대꾸했다.

"그렇게 간단한 문제가 아니지 않느냐."

"그럼 그 둘 말고 다른 선택지라도 있다는 말씀이세요?"

"많지."

"많더라도 오래 고민할 시간은 없을걸요. 한 십여 일 더 놔두면 송장이 돼서 나올 테니까. 그러면 선택이고 뭐고……."

"프리실라."

히스파니에의 목소리가 무거워졌다. 프리실라는 저절로 자세를 바르게 하며 대답했다.

"네."

"방금 들은 그자에 대한 얘기, 어떻게 생각하나?"

"똑똑한 자인데 부주의한 사람 때문에 운 나쁘게 걸린 거죠."

히스파니에는 고개를 저었다.

"그거 말고. 이야기의 허점. 빈 곳."

프리실라는 한참 생각하다가 말했다.

"그러네요. 만일 왕국8군이 생각한 대로 아마란스 양이 민중의 벗이 아니라면, 그녀를 찾아갔다는 이유로 추적당한 아르장송 양이 민중의 벗일 수는 없는 거죠. 굳이 따지자면 그자를 별장에 숨겨준 아마란스 양 쪽에 혐의가 더 가는군요."

히스파니에가 고개를 끄덕이며 두 손을 모아 깍지를 꼈다.

"난 아마란스 양은 민중의 벗이고, 아르장송 양은 아니라고 본다. 알다시피 그날 이 모퉁이집의 협상 자리에는 세 사람이 나왔다. 돈 크레아라는 협상자, 이지안 디, 그리고 이름을 밝히지 않은 여자 회원. 이 여자는 얼굴을 가렸지만 여러 정황으로 보아 아마란스 양에 가깝지."

"네, 협상이 있던 날짜에 아르장송 양은 남부에 있었죠."

"그래. 하지만 문제의 여자가 둘 중 누구도 아닐 가능성을 배제할 순 없겠지. 여기서 또 하나 의문이 생기는 것은 제나스는 그자와 아르장송 양이 연인 관계라고 보고했다는 걸 우린 이미 알고 있지 않은가? 그렇다면 아마란스 양은 단지 짝사랑을 하고 있었을 뿐이란 말인가? 게다가 이들이 붙잡힌 날 밤, 연인들의 재회 자리에 아마란스 양은 왜 같이 있었단 말인가? 제나스가 연인이라고 판단한 것을 보면 그날 그들은 실제로 연인처럼 보였던 게야."

"확실히 어색한 점이 있군요. 하지만 그것만으로는 확신하기 힘들죠. 그런데 어르신의 목적이 민중의 벗 조직을 고발하는 것은 아니잖아요? 어르신, 뭔가 다른 생각이 있으신 것 같은데."

히스파니에는 의자에 깊이 몸을 묻으며 대답했다.

"그래."

문 두드리는 소리가 났다. 들어온 빌은 프리실라에게 연기 오르는 파이프를 건네주고 뒤따라온 사람을 가리켜 보이며 입구에서 비켜섰다.

얼굴이 거무죽죽한 젊은 남자였다. 눌러쓴 모자로 가렸지만 한눈에 레코르다블 사람을 연상시키는 외모였다. 남자가 절을 하자 히스파니에가 말했다.

"잘 왔다, 칸카. 그럼 마지막 조각을 맞춰볼까."

비밀의 말의 거처

그믐의 아이야, 잠들지 말렴.

밤이고 낮이고 계속 달리렴.

네 뒤를 쫓아오는 맨발의 아이가

너를 지나쳐 달려가기 전에

더 멀리 달리렴, 힘을 다해서

품안의 비수를 꼭 쥐고 달리렴.

마침내 맨발의 아이가 다가오면

단 한 번의 기회를 놓치지 말렴.

그로부터 팔 일 뒤.

노아질베르 강을 타고 '용의 입'을 거쳐 켈티카로 들어간 또 다른 배가 있었다. 노아질베르 수운은 중남부 지방에서 켈티카로 올라오는 가장 빠른 길이었다. 누구나 이용할 수는 없는 길이었지만.

떠날 때는 셋이었으나 돌아온 사람은 둘뿐이었다. 하이아칸에 간 막시민이 돌아오도록 기다릴 수 없을 정도로 급했다. 가장 빠른 배를 차례로 찾아내고, 자리가 있든 없든 지체 없이 갈아타기 위해 지난번 여행과 사뭇 비교되는 귀족다운 수단이 모조리 동원되었다. 최근 수일 동안 노아질베르 수운을 이용한 사람들 거의 전부가 아르님 소공작이 켈티카로 달려간 것을 알았을 정도였다.

그러나 저택 입구에서 조슈아는 부모님께 인사드릴 사이도 없이, 그리고 이렇듯 달려온 목표와 마주칠 겨를도 없이 다른 사람에게 붙잡혔다. 쥬스피앙이었다.

"너! 내 방으로 따라와! 지금 당장!"

명령은 명령대로 해놓고 팔까지 잡아끌며 성큼성큼 걸었다. 조슈아는 순순히 끌려가는 대신 쥬스피앙의 팔을 붙들었다.

"잠시만⋯⋯."

"잠시는 개뿔 잠시냐! 내 말 안 듣고 그놈 보러 갈 생각은 하지도 마라!"

마차에서 짐을 꺼내느라 뒤늦게 뛰어온 티치엘은 그 모양을 보더니 즉각 이유도 묻지 않고 조슈아의 나머지 한쪽 팔을 잡았다.

"아빠가 가자고 하면 다 이유가 있는 거야. 일단 가봐."

그렇게 현장에서 체포된 범인 같은 모양새로 쥬스피앙의 방까지 끌려간 조슈아는 문을 닫자마자 앉을 사이도 없이 방구석으로 밀어붙여졌다.

"너, 오늘 당장 도로 네냐플로 가라."

조슈아는 아연해졌다.

"내게 연락한 사람도 당신이고 그래서 이렇게 급히 뛰어왔는데, 돌아가라니요?"

"너 혼자 가라는 거 아니다. 네 인형도 함께다."

쥬스피앙은 곁에 선 티치엘에게 테이블 위에 놓은 것을 살펴보라고 손짓했다. 테이블 쪽으로 돌아선 티치엘이 눈을 동그랗게 떴다.

"아빠, 이건……."

커다란 수정구였다. 아니, 수정구이긴 했지만 투명한 기운은 없었고 금록석이나 오팔처럼 붉고 검은 기운 속에 번쩍이는 호박색 선들이 뒤엉키며 번져 있었다. 잠시 후 티치엘이 긴장된 표정으로 쥬스피앙을 돌아보았다.

"아빠!"

"그래, 네 눈엔 어떻게 보이느냐?"

"무서운 게 가까이 온 거죠? 저 이런 건 처음 봐요."

티치엘은 조슈아를 보았다.

"저건 아빠가 '힘의 천구의'라고 부르시는 것인데 주변 공간의 마력의 흐름을 반영하는 영상을 보여줘. 힘이 가까울수록 잘 반영되고."

기괴해 보이는 구의 색깔을 보자니 좋은 예감이 들지 않았다. 조슈아가 구를 쏘아보며 물었다.

"무슨 일이 벌어진 건데?"

"천구의의 흐름은 아빠도 오랜 경험을 통해 이해하시는 것이기 때문에 난 아직 잘 읽지 못해. 하지만 검고 붉은 기운이 겹쳐질 때 마력 충돌이 크다는 건 알아. 위험한 마법이라는 거야."

조슈아는 눈을 약간 찌푸리며 말했다.

"강한 마법이라고 다 위험한 건 아닐 텐데?"

"물론이지. 우리가 단순히 마법, 또는 마력이라고 부르는 것들에는 다양한 속성이 있지만, 분류하긴 어려워서 우린 그걸 경계가 없는 변화로 이해하고 있어. 그래봤자 예외도 많지만. 위험하다는 말 대신 이렇게 말할 수도 있을 거야. 급격함,

강화, 압축, 광기, 탐욕.”

조슈아의 눈이 쥬스피앙을 향했다. 쥬스피앙이 고개를 끄덕였다.

“인형사가 가까이 왔다. 그자가 본체의 영향력을 회복했어.”

“그래서 인형이 눈을 떴단 말입니까?”

“물론이다.”

쥬스피앙이 천구의로 다가갔다. 수정구 속에 어지럽게 번진 흐름은 처음과 엇비슷해 보였으나 조슈아의 눈에는 미묘한 변화가 보였다. 붉은 기운이 늘어났고, 호박색이 더 어둡게 변했다.

“실은 그건 불가능한 일이야. 본체와의 거리가 멀어지면서 인형을 장악하지 못하게 된 건 인형사의 마력이 약했기 때문인데, 그걸 단시일에 이렇게까지 강화한다는 것은 있을 수 없는 일이야.”

쥬스피앙은 갑자기 주먹으로 테이블을 내리쳤다.

“어떤 천재라도 불가능해! 그자는 고작 한 해도 안 걸려서 자신의 마력을 수십 배나 강화했단 말이다! 빌어먹을 창 조각!”

조슈아는 눈을 내리깐 채 대답하지 않았다. 쥬스피앙은 초조한 듯 손끝으로 천구의를 두드렸다.

“인형사 놈이 인형을 건드리지 못할 곳으로 가야 해. 네냐플이 제일 좋다. 그곳에는 ‘안고니나의 커튼’이 쳐져 있어. 비록 인형사가 수십 배나 강해진 마력으로 인형을 부른다 해도 안고니나의 커튼을 뚫고 명령을 내리진 못할 거다. 가나폴리의 마지막 대마법사 다섯 명 중 하나가 만든 마력 장벽이니까. 현재 그걸 뚫을 수 있는 마법은 없어."

"도망치란 말입니까?"

"그럼 다른 수가 있다고 생각하는 거냐? 인형은 말이다, 네 것이 아니야. 인형사 거야. 그놈한테 속해 있다고! 네 인형이 무슨 생각을 하든, 너와 화해를 하든 결심을 하든 말든, 인형사가 부르기 시작하면 아무 소용이 없어. 인형사가 내린 명령에 저항하지 못하는 존재야. 내일이라도, 아니 지금이라도 인형사의 지배가 다가와 그놈의 머리를 마비시키면 마주치자마자 네 목을 졸라버릴 수도 있는 거다."

"알고 있지만……."

조슈아는 다시 천구의를 내려다보았다. 그림은 또다시 바뀌어 있었다. 마구잡이로 그은 듯한 선일지라도 변화는 계속되고 있었다.

"알고 있으면 짐도 풀 것 없이 바로 가라. 지금은 인형사가 연결을 회복한 정도지만 조금 있으면 명령을 내리려 할 거야. 지체할 시간이 없다."

"그렇게 했다가 그가 도로 의식을 잃어버리면?"

"그건 몰라. 아니, 그럴지도 모르지만 그 상태가 차라리 덜 위험해."

고개를 든 조슈아가 눈을 잠시 감았다가 떴다.

"그가 이런 이야기를 납득할 것 같습니까?"

"지금 인형의 의견 따위가 중요해 보이냐!"

쥬스피앙은 소리를 질렀지만 곧 고개를 흔들며 이마를 문질렀다.

"아니, 그래, 중요할 수도 있겠지만 그쪽에서 쉽게 납득할 거라는 장담은 못 하지. 물론 반대한다고 해도 넌 그놈을 데려가야 해. 무슨 수를 쓰든, 기절시켜서 관에 처넣어 끌고 가더라도."

"하지만 그가 당신을 죽일 가능성은 없죠. 죽이더라도 나겠죠. 당신은 인형을 가까이 두고 연구하고 싶어 하는 사람인데, 당신에게서 멀리 떨어뜨려놓으라고 하다니."

쥬스피앙이 팔짱을 꼈다.

"지금 내 말을 의심한다는 거냐?"

"아뇨, 왜 그리 쉽게 도망가라고 조언하는지 이해할 수가 없어서 그래요. 인형사는 우리가 찾던 자란 말입니다. 그자를 찾아내어 결판을 내고 싶어서 나도, 내 가문도 갖은 노력을 기울여왔죠. 그런 그가 제 발로 온다는데 도망쳐야만 합니까?"

쥬스피앙의 자존심을 건드리고도 남을 말을 서슴없이 내뱉었지만 불행인지 다행인지 그의 뒤통수를 갈겨줄 친구는 이곳에 없었다. 쥬스피앙의 목소리가 비틀렸다.

"이놈 말하는 것 좀 봐라. 그놈의 인형사가 오면 네가 직접 상대할 작정인가 보군그래? 자, 어떻게 할 건데? 어떻게 네 인형, 그리고 너 자신을 보호할 생각이냐?"

"난 인형사에게 나와 그의 얼굴을 함께 보여줄 겁니다. 자신이 무슨 짓을 저질렀는지 직접 보게 할 겁니다. 난 오래전에 그를 만나본 일이 있습니다. 그가 어쩌다가 이런 일을 했고 지금 어떤 기분일지, 조금쯤은 알 것 같습니다."

"호오, 그래서 사과를 받으시겠다? 아예 친구가 되자고 하지그래?"

두 남자가 서로를 노려보는 가운데 티치엘이 다가와 쥬스피앙의 팔을 살그머니 잡았다.

"아빠……."

잠시 후 쥬스피앙이 한숨을 내쉬면서 팽팽해졌던 공기가 다소 누그러졌다. 쥬스피앙은 다시 천구의를 살폈다. 그는 데모닉이 아니었지만 흐름을 이해하고 있었기에 변화를 쉽사리 알아보았다.

"네놈의 미친 소리에 같이 화를 내다니 한심한 노릇이다. 요점만 말해주마. 인형을 쇠사슬로 묶어두기라도 할 작정이 아니라면 그런 상상은 접어라. 마법으로 부자간의 정, 모녀간의 정을 끊을 수 있다고 생각하나? 그런 것처럼 인형사와 인형의 관계도 못 끊는다. 내가 안고나나의 커튼을 추천하는 것은 다 그럴 만하기 때문이야. 잊지 마라. 인형을 만드는 것은 가나폴리의 기술이다. 가나폴리의 마법을 이 시대의 힘으로 막지는 못한다."

티치엘이 조그맣게 말했다.

"조슈아, 넌 아직 그 애한테 물어보지 않았잖아."

이윽고 조슈아의 고개가 끄덕여졌다. 그는 몸을 돌려 문고리를 잡으며 부녀를 돌아보았다.

"설득하도록 노력해보죠."

노크를 하려던 손이 멈추었다. 답할 사람이 없음을 아는 까닭이었다. 문을 당기자 달칵, 하는 소리가 차가웠다.

"오랜만이야."

푸른 양탄자는 밟는 사람이 없어도 서서히 빛이 바랬다. 아침저녁으로 다녀가는 볕이 어김없이 자국을 남기고 갔다. 둥그스름하게 굽은 의자 다리 중 둘은 그림자를 밟았고, 나머지는 빛에 잠겨 있었다.

소년은 의자를 손으로 쓸어보았다. 벨벳 솜털이 무늬를 그리며 이리저리 누웠다. 몇 번째인가 소용돌이를 긋던 손가락 끝이 멎었다. 의자에는 무엇을 그리려 했는지 모를 크고 작은 동그라미들만 남았다.

이 방은 보존된 것이 아닐지도 모른다. 이브노아가 쓰던 당시와는 많이 다르니까. 그때는 이처럼 깨끗하지도, 우아하지도 않았다. 의자와 책상 사이에는 떨어져 밟힌 케이크와 먹다 만 과일 조각들이 굴러다녔다. 날마다 구두를 신고 내달리니 마루는 성할 날이 없었다. 잘 보이는 곳에 놓인 커다란 상자에는 너덜거리는 인형이 한 무더기 쌓여 있었다. 어려서부터 물고 찢고 했던 인형들은 흡사 전쟁터에서 살아 온 상이용사들처럼 보였다. 단 하나라도 사라지면 바로 알아차렸기에 아무리 오래되고 낡아도 늘 그곳에 있었다.

그 모든 것은 어디론가 사라졌다. 이 방은 스무 살의 우아한 여주인이 양탄자에 자국 하나 내지 않고 걷던 곳인 체하고 있었다.

"누나, 만일 여기 있다면……."

소년은 말하려다 말고 피식 웃어버렸다. 가슴이 두근거려서 웃지 않고는 견딜 수가 없었다.

"내 얘기 좀 들어봐. 예전에 누나가 보던 그림책에 있었던 이야기인데, 어떤 사람이 사자 두 마리가 지키는 지옥문을 지나 금은보화를 가지러 가는 얘기야. 그 사람이 지옥문을 통과하려고 하니까……."

소년은 고개를 돌려 창 쪽을 보았다.

"사자가 그랬지. 네 그림자를 뒤에 두고 가라고. 그래야만 통과시켜주겠다고. 그 사람은 그림자는 자신의 일부라서 떼어놓을 수가 없다고 했어. 그러자 사자가 말하길 그렇지 않다, 그림자는 네 몸의 일부가 아니며 심지어 너와 떨어지고 싶어 한다. 떨어지고 나면 그림자는 자유롭게 살게 되니까, 라고 했지."

소년은 책상에 몸을 기댔다. 빛이 쏟아지는 의자를 등지고, 의자에 앉아 그의 말을 들을 사람이 있는 것처럼 뇌까렸다.

"난 자유로워진 걸까?"

창밖의 잎사귀가 한들거렸다. 그렇다고도, 아니라고도 하지 않았다.

"아니면, 그림자를 잃은 걸까."

그러자 바람이 멎으며 잎사귀들은 조용해졌다.

"내가 굉장히 오래 잤다고 해. 믿기 힘든 얘기지. 아무것도 먹지 않고 그렇게 오래 살진 못해. 차라리 죽었다가 도로 살아났다고 하는 편이 더 그럴듯하잖아?"

소년은 자기 의견을 긍정하는 것처럼 고개를 끄덕거렸다.

"그래서 난 생각해봤어. 난 죽었던 것일까? 죽은 자들의 세계에 발을 들여놓았을까? 죽은 자들이 맨 먼저 보게 된다는 '그 문'을 보았을까?"

소년은 고개를 흔들었다.

"보지 못했어. 보았더라도 기억이 안 나. 내가 가지 못할 곳이기 때문일까? 내가 죽어서 갈 곳은 죽은 자들의 세계가 아니라, 헝겊 인형을 버리는 쓰레기통이기 때문에?"

감정에 사로잡히지 않으려 했지만 소용없었다. 아랫입술이 바르르 떨렸다.

"누나는 잘 알겠지. 그 문이 어떻게 생겼는지. 문 너머로 떠났더라도. 아직 떠나지 않았더라도……."

소년은 돌아섰다. 빈 벨벳 의자를 똑바로 바라보았다. 그가 그려놓았던 동그라미들이 흐려져 있었다. 숨이 약간 가빠졌다.

"대답해봐. 떠나지 않았다면 대답할 수 있을 거 아냐. 나한테 보여야 하잖아. 적어도 목소리라도 들려야 하잖아. 응? 내말이 들려? 들리지 않아? 내가 잠든 동안 찾아왔었어?"

대답하지 않는 허공에서 먼지가 느리게 떨어져 내렸다.

"나한테는 대답하지 않는 거야? 대답하고 싶지 않은 거야? 켈스처럼? 다른 모두처럼? 난 누나의 동생이 아니라서?"

그때 문 두드리는 소리가 들렸다.

"……."

소년은 아무 대답도 하지 않았다. 떨리는 입술을 억지로 짓씹으며 문을 쏘아볼 따름이었다. 목소리가 들려왔다.

"안에 있어?"

몸이 굳어졌다. 싸늘한 기운이 등줄기를 타고 내려갔다.

소년은 책상을 짚으며 물러났다. 저도 모르게 비틀거렸다. 창을 돌아보았다. 뛰어내리고 싶은 충동이 일었다. 그에게 얼굴을 보이고 싶지 않다. 벗은 몸을 들키는 것처럼 얼굴이 달아오른다. 영원히 숨기고 싶다. 얼굴 도둑인 자신을. 그의 것을 훔쳤다는 사실이 낙인처럼 드러나는 모습을.

"들어가도 될까?"

아무리 창피하더라도 영영 달아나진 못하리라. 한 번은 만나야 하리라. 그게 지금이어야 할까? 자신에게 선택권은 있을까? 언제인지는 중요하지 않은 걸까?

이윽고 수많은 생각을 가로질러 온 대답이 울렸다.

"응."

문이 열렸다.

이 순간을 기다리고 두려워한 지 일 년 하고도 다섯 달 만이었다. 저만치 창을 등진 소년이 보였다. 어깨에 닿도록 자란 머리, 흰 실내복, 파리한 뺨을 하고서 조슈아를 보고 있었다. 아니, 그건 잠시였다. 시선이 아래로 떨어졌다. 가슴이 물결쳤다.

조슈아는 문에 기대어 선 채 애써 평범한 말을 찾아냈다.

"머리가 길구나."

"못 잘랐어."

기이할 정도로 익숙한 어조에 둘 다 말문이 막혔다. 쉽사리 말을 꺼내지 못한 채 몇 초가 흘렀다.

"누가 이 방에 있다고 알려줘서."

고개를 든 소년이 느리게 미소를 짓더니 말했다.

"왜 그러고 있어? 용건만 말하고 가버릴 것처럼."

조슈아는 문에서 등을 뗐지만 여전히 가까이 가지는 않았다.

"그러려고."

"그럴 필요 없어. 이리 와서 앉아."

소년은 조금 전까지 바라보던 의자를 끌어당겼다. 그 위에 남은 불규칙한 무늬를 쓸어 지웠다. 조슈아는 상대의 모습을 물끄러미 바라보았다. 남들의 눈에 비치는 자신을 관찰하는 기분이었다.

조슈아가 머뭇거리자 먼저 앉은 소년의 눈매가 가늘어졌다.

"왜? 가까이 오면 찌르기라도 할까 봐?"

조슈아는 안으로 들어가 맞은편 의자에 앉았다. 두 걸음 이내였다. 시선이 마주치자 조슈아가 쓴웃음을 지었다.

"위험한 건 너도 마찬가지지."

"그렇군. 내가 한 번 찔렀으니까 이번엔 네 차례겠네."

"아니, 한 번씩 돌아갔으니 공평해."

소년은 입을 다물었다. 숨을 삼키고, 손가락으로 머리카락을 쓸어 올렸다. 입술을 오므렸다가 이윽고 무표정해졌다. 불안정한 침묵이 흐르는 동안 조슈아는 무심코 왼쪽 팔걸이에 몸을 기대려다가 상대방이 거울상처럼 똑같은 자세를 하고 있는 것을 깨달았다.

"……."

뺨이 상기됐다. 소년은 그런 조슈아를 가만히 보고 있었다. 불쑥 찾아왔던 호흡곤란이 서서히 가라앉았다.

"그래? 내가 잠든 동안 죽일까 말까 고민 좀 했어?"

"그때가 아냐. 너와 마주치기도 전이었어."

돌이키는 순간 그때의 감정이 검은 잉크처럼 끼얹어졌다. 그날 밤의 어둠이 눈앞을 뒤덮었다. 캄캄했고, 끈적거렸다. 그때 자신은 빈 침대 위로 손을 내밀었다. 소년이 그곳에 잠들어 있었더라면 틀림없이 목을 졸랐을 것이다.

소년이 냉소적인 시선을 보냈다.

"하긴 수도 없이 죽이는 상상을 해봤겠지. 상상만으로도 죄가 된다면 어쩌면 네 쪽이 채무자일지도 모르겠네. 내가 네 존재를 안 순간은 아주 짧았어. 잠든 시간을 뺀다면 더욱 그래. 널 찌른 순간에는 깊이 생각할 겨를도 없었지. 하지만 넌 내 존재를 알고 나서 이 문제를 한시도 잊지 못했을 거 아냐."

소년이 깨어나 자신의 처지를 알게 된 지 고작 며칠일 텐데, 어느새 자신과 상대의 입장을 바꿔놓아보고 그런 채로 자신을 바라본 감상을 말했다. 기묘할 정도로 빠른 객관화에 조슈아는 약간 숨이 막혔다. 상대가 너무나 자신이어서.

그걸 안다면, 이해한다면, 무엇도 숨겨서는 안 되었다. 조슈아는 고개를 끄덕였다.

"그래, 맞아. 밤도 낮도 자유롭지 못했어. 밤에는 네 꿈을 꾸고 낮에는 보이지 않는 네게 말을 건넸어. 이렇게 마주할 날이 올 줄은 몰랐어. 네 말이 맞아. 난 본체를 파괴하려 했어. 내가 상상한 장소에 그것이 있었더라면 너와 마주치기도 전에 모든 것이 끝났을지도 모르지."

소년은 대답하지 않았다. 화를 내거나 비웃는 대신 조슈아를 뚫어져라 보았다. 억지로 가장한 냉소가 깨어졌다. 얼굴이 미묘하게 일그러졌다. 덜걱거렸다. 뺨과 턱과 입술은 억지로 제자리에서 버티려 했다. 그러나 눈만은 아니었다. 부풀어 오르던 눈동자가 끝내 부서졌다.

"왜…… 그렇게 해주지 않았어!"

여주인이 떠난 뒤 죽은 꽃다발처럼 바삭바삭하게 말랐던 방에 물이 흘렀다. 수은도 유황도 아닌 소금기 어린 따뜻한 물이 흘렀다. 모두 숨을 죽이고 있었다. 의자도, 책들도, 긴 휴식에 들어간 인형들도 속삭이지 않았다.

조슈아는 일어섰다. 선뜻 다가가지 못해 멈칫거렸다. 다시 한 걸음 내디뎠다. 양탄자가 모든 소리를 지웠다. 무릎이 바닥에 닿는 소리도 들리지 않았다.

그의 뺨에 처음 손을 댔을 때 떠오른 생각은 '따뜻하다'였다.

팔을 뻗어 그를 끌어안았다. 무릎을 꿇은 채 상체를 앞으로 내밀었다. 잠시 후 몸이 허물어져 왔다. 굽힌 어깨가 뺨에 닿고 눈물 몇 방울이 조슈아의 이마로 흘러내렸다.

이렇게나 믿어지지 않는 존재다. 마치 한몸 같다. 그들이 딛고 선 곳이 대지라면 발밑으로 한 뿌리가 뻗어 있을 것 같다. 한 탯줄에 매달려 있을 것 같다. 머릿속에 사는 수많은 자신들을 처음으로 용서했다. 그들을 낳은 건 나였다. 천재도 악마도 괴물도 바보도 다 나였다. 내 죄, 내 껍질, 내 그림자, 내 배를 가르고 꺼낸 나의 태아.

따로 뛰던 맥박이 서서히 같아지다가 이윽고 일치했다. 그 맥박에 귀를 기울이는 동안 말로 다할 수 없는 감동이 찾아왔다. 조슈아가 속삭였다.

"기억나니. 유리 인형 말이야."

대답은 들리지 않고 고개도 끄덕이지 않았지만 상대가 긍정한 것을 저절로 알았다. 조슈아는 갑자기 풋, 하고 웃었다.

"기억나느냐고 묻다니 나도 참 바보 같네. 다른 사람도 아닌데. 그래, 코츠볼트에서 막군하고 할아버지하고 지낼 때 저 먼 비취반지 성에는 유리 인형이 남아 내가 할 일을 다 해주고 있지 않을까, 그런 생각을 처음 한 때가 막군이 찾아와서 빵을 주고 물고기 잡는 법을 가르쳐줬던 날 밤이었잖아."

'아마도', '그럴 거야' 같은 말은 하지 않아도 되었다. 상대는 잘 알고 있었다. 그때 한 생각마저도. 조슈아는 그날의 생각을 그대로 옮겨 말했다.

"언젠가 성으로 돌아가면 그 아이와 누가 진짜인지 겨뤄야 할까?"

지금이 그 순간이었다. 꼭 팔 년이 지나 그들에게 그날이 왔다.

"꼭 증명할 필요는 없을지도 몰라. 그 아이는 그 아이대로, 나는 나대로 행복해지면 그만 아닐까."

그 생각은 마치 예언 같았다. 조슈아는 미소를 지었다.

"그러다가 성에 돌아왔을 때는 너무나 어색해서 어쩔 줄 몰랐지. 그래서 생각했잖아. 유리 인형은 어디에 숨어 있는 걸까. 왜 얼른 나와서 자기가 할 일을 하지 않는 걸까."

눈물이 그쳤다. 조슈아가 고개를 숙이자 그의 턱이 머리에 닿았다. 그의 손가락이 조슈아의 머리카락 위로 미끄러졌다. 조슈아는 다시 따로 뛰기 시작하는 맥박을 느끼며 말했다.

"내가 유리 인형이 될게."

손이 멈췄다.

"무슨…… 뜻이야?"

조슈아는 고개를 들어 상대의 눈을 보았다. 그의 눈이 다시 떨리는 것을 보며 말했다.

"무슨 뜻인지 알잖아. 네가 모를 리가 없잖아."

"착각하지 마. 인형은······."

"너라고? 아니. 네가 태어나기 훨씬 전부터 나는, 아니 우린 널 알고 있었어. 너를 생각하고, 네가 있었으면 했어. 이렇게 나타나줘서 고마워. 그동안 대신해줘서 고마워. 이제 교대해야지. 이제부터는 내가 유리 인형이 될게."

비취반지 성에 사는 반짝이는 유리 인형은 가문을 지키는 소공작이며, 페리윙클섬 사람들이 사랑하는 축복받은 아르님이었다. 이카본에게 물려받은 맹세로 맺어진 약속의 사람들의 공작이었다. 조슈아가 늘 벗어나고 싶어 했던 모든 것이었기에, 그것의 이름은 데모닉이었다. 이제는 그 이름을 받아들였다. 자신의 것으로 인정했다.

"난······."

"넌 이제 무엇이든 될 수 있어."

조슈아는 갑자기 웃음을 터뜨렸다. 실은 그의 눈에도 눈물이 글썽했다.

"어린시절의 말도 안 되는 꿈을 이렇게 이뤄주는 누군가가 있다니 세상도 의외로 살 만한 곳이잖아? 네가 있기 때문에 난 썩은 목장의 꼬마나 배우 막스 카르디가 되지 못했다고 괴로워할 필요가 없을 거야. 지금 난 마치······."

문득 다시 목이 막혔다. 힘겹게 말을 이었다.

"네가 내 안에서 튀어나가고, 나는 남은 껍질인 것만 같다."

소년의 손이 느리게 움직여 조슈아를 밀어냈다. 그리고 일어섰다. 조슈아는 따라 일어서며 상대의 표정이 결연한 것을 보았다. 불안한 예감이 밀려왔다. 오래 기다릴 필요는 없었다.

"이걸 봐."

소년은 실내복의 긴 소맷자락을 걷어올려 조슈아의 눈앞에 내밀었다. 그건 언뜻 보기에 흰 점토로 장난을 하다가 말라버린 흔적 같았다. 그러나 실상은 처참했다. 하얗게 마른 피부가 들뜨고, 조각나 갈라졌고, 짓무른 피부 내벽이 붉은 금이 되어 드러났다. 점차 가늘어지는 금이 팔꿈치 쪽으로 뻗어나갔다.

"어떻게…… 된 거야?"

"이런 곳이 여기뿐이 아니야. 알겠어? 난 너와 같지 않아."

소년이 쓰게 미소를 지으며 소매를 내렸다. 조슈아는 허공을 보고 있었다. 상처가 눈앞에서 사라진 뒤에도 자신이 본 것을 믿기가 힘들었다.

"차라리 유리였다면 좋았겠지. 이렇게 갈라지지는 않을 테니까."

본체와 너무 오래 떨어져 있었기 때문일 것이다. 그는 정말로 부서지고 있었다. 석고 인형처럼.

"언제부터야? 깨어났을 때부터 이랬어?"

"몰라. 어느 날 보니 이렇게 되어 있었어."

"쥬스피앙 님한테 말했어?"

"아니, 다른 사람한테 말하지 마. 별별 사람들이 몰려와서 신기하게 구경하는 꼴은 싫어. 너도 알잖아. 왜 이렇게 됐는지. 의사 따위가 고쳐줄 수 없다는 것도. 난 이를테면 복잡한 태엽시계와 같아. 시계공이 와야 해. 의사 말고 기술자 말이야. 다른 건 소용없어."

"정말로 그 사람을 기다리는 거야?"

소년은 말없이 조슈아를 보고 있다가 대꾸했다.

"넌 그 사람을 용서하기 힘들겠지. 하지만 난 다르리란 걸 너도 이해하겠지. 비록 그게 어떤 감정인지 분명히 알 날은 오지 않겠지만."

조슈아는 대답하지 못하고 머뭇거렸다. 소년이 말을 이었다.

"난 네가 생각하는 것보다 훨씬 일찍 내가 이상하다는 걸 알고 있었어. 머릿속에서 들려오는 목소리를 처음 들었을 땐 내가 미쳐가는 모양이라고 생각했지. 놀라진 않았어. 너도 알다시피 그건 예정된 미래 같은 것이었으니까. 언제가 될지 몰랐을 뿐이지. 그래서 오히려 담담하게 생각해왔잖아. 세상일쯤 아무래도 좋다고. 내가 돌아버리고 나면 이해하지도 못할 세계 따위. 사랑하고 괴로워해서는 살 수가 없으니까. 안 그래?"

조슈아는 이제 자신은 그렇게 생각하지 않는다는 말을 하지 못했다. 그건 또 다른 자신인 그에게는 주어지지 않았던 기회였다.

"그런데 그게 아니란 걸 알게 됐어. 아주 어려운 문제여서 오래 생각한 끝에야 깨달았지. 처음에 난 그걸 '부서진 곳'이라고 불렀어. 그리로 내가 조금씩 흘러나간다고 생각했어. 이러다가 텅 비면 끝나는 건가 했어. 그런데 그렇게 비어버린 자리에, 언제부터인가 누군가가 있었어. 말없이 지켜보면서, 기다리면서."

"기다린다고?"

소년은 고개를 끄덕이며 미소를 지었지만, 자신이 지은 미소를 느끼는 표정이 아니었다.

"기다려. 내가 자기를 보아줄 때를. 시선을 느꼈지만 난 필사적으로 외면했어. 그가 입을 열면 어떤 일이 벌어질까. 상상하고 싶지 않았어. 그건 광기와도 달라. 광기는 내 안에서 나오는 거지만 그는 내가 아냐. 내가 만든 내가 아냐. 그런데도 내 안에 들어와서 내 일부를 차지하고, 나를 훔쳐보고 있었어."

소년의 손이 소매로 가려진 자신의 상처를 더듬어 눌렀다.

"애니 형의 말로는 그게 바로 본체라더군."

조슈아의 뺨이 해쓱해졌다.

"잠들어 있는 동안 그자의 시선이 사라져서 정말 기뻤어.

오랜만에 자유로웠어. 그자가 다시 돌아오지만 않는다면 이 대로 부서져도 괜찮을 것 같았어. 이렇게 박하사탕처럼 부서 져도…… 그런데 그는 돌아왔어."

소년이 다시 떨기 시작했다. 조슈아는 두 손으로 그의 어깨 를 붙들었다.

"어쩔 수 없어. 난 망가진 인형이야. 언젠가 인형사가 부르 면 가야 해."

"아니야. 쥬스피앙 님이 해준 이야기 들었지?"

"네냐—야플리아 학교에 가라고? 소용없어. 도망쳐도 그 사람은 찾아올 거야."

"네가 원해? 그 사람을 만나고 싶어?"

"……아니."

"그럼 만나지 마."

소년은 고개를 흔들었다.

"그래봤자 이렇게 부서질 뿐이야. 부서지는 동안에도 나를 노려보는 본체의 눈길 때문에 한시도 편할 수가 없어. 난 언 젠가 내 방식대로 삶을 끝장내야 해. 그렇게 내가 사라지고 나면 넌…… 어쩌면 아주 오래 살 거야. 악마가 내 귓가에서 속삭이고 있어. 꿈 없는 잠을 주겠다고. 완전한 망각을 주겠 다고. 고통스러운 삶을 되풀이할 필요가 없도록, 다시 태어나 지 않게 해주겠다고."

소년은 웃었다. 자신의 미소가 저러했던가. 부서질 듯 연약하면서도 빛나는 미소였다.

"마지막이 가장 마음에 들어."

페리윙클에서 웨더렌 할머니가 했던 말이 떠올랐다. 데모닉의 운명을 쥔 다이몬, 또는 악마, 그자가 주었다는 비밀의 말. 그 말을 자신 속에서 찾아내게 될 그는 죽을 것이다……

'사람들은 아이가 비밀의 말을 기억해내는 순간 다이몬의 손에서 놓여나리라 하였어요. 죽지도, 늙지도, 자라지도 않는 몸을 되찾으리라고 하였어요. '질서'가 부여한 인과를 벗어나 자유로워지리라고, 동시에 세상 사람들의 뇌리에서 지워지리라고 하였어요.'

"안 돼. 그래선 안 돼. 아직은 부서지지 않았어."

조슈아는 소년의 손을 끌어당겨 잡았다. 따끈하게 열이 오른 손이었다.

"살아 있으면서 마음이 먼저 죽을 순 없어. 머지않아 넌 자유로워질지도 몰라. 질서의 손에서도, 악마의 손에서도 놓여나 다시는 태어나지 않을지도 몰라. 바로 네가 비밀의 말을 찾는 순간이야. 난 아직 찾지 못했어. 그래서 질서 속에서 살아가는 방법을 배웠어."

똑같은 눈동자가 서로를 응시했다. 눈 속에 든 마음을 읽었다. 수많은 수수께끼가 서로를 설명했다.

"나보다 먼저 비밀을 보게 될 네가 부러워. 하지만 아직은 아니야. 그때가 오기까지는 서로를 배우자. 우린 인형을 원하던 소년이었어. 그래서 이렇게 갖게 됐지. 우린 가지 않은 길을 서로에게서 볼 수 있게 됐어. 마음속 악마를 깨우지 않은 채 살아가는 나를 봐. 난 가르쳐줄 수 있어. 내가 찾은 균형을. 대신 넌 네가 찾아낸 비밀을 알려줘. 네 안에 어떻게 그것이 숨겨져 있었는지 알고 싶어."

감싸쥔 소년의 손이 파고드는 것이 느껴졌다. 둘은 서로의 도망친 그림자였다. 이 순간 그들은 다시 그림자가 되어 있었다. 서로에게 말했다. '단지 검고, 아무 무늬도 없어 보였던 그림자가 이렇게 상처투성이였구나.'

"우린 이 세상에 사는 동안 끝없이 서로를 갈망해야 하는 사이야. 하지만 언젠가 우리도 서로를 기억하지 못한 채 만나게 되겠지."

소년이 대답했다.

"그래, 이 세상은 아니겠지. 우린 무엇도 잊지 못하게 태어났으니."

비밀의 말의 거처

미래에서 온 사자使者

먼 미래에 당신과 나의 자손들이 이 땅을 걸을 때

강물이 적셔주는 밭과 날마다 배 띄울 바다와

사과 거두는 손과 집 지으려고 닦는 터와

커서 무엇이 될까 골똘한 꼬마가 없다면

오늘 우리가 무엇을 했더라도 헛된 겁니다.

∽

비 오는 가을 아침, 손님이 비취반지 성을 찾아왔다.

마차도 없이 두건 달린 망토 한 장으로 비를 가리며 성문을
통과해 가로수 길을 걸어왔다. 부슬거리는 빗속을 얼마나 걸

었는지 현관에 이르자 옷과 머리가 흠뻑 젖어 있었다.

하인이 막아서자 손님은 편지를 내밀었다. 정확히는 젖지 않도록 기름 먹인 가죽 주머니에 넣고 꿰맨 작은 꾸러미였다. 꾸러미를 갖고 들어간 하인은 잠깐 만에 돌아와 그를 성안으로 들어오게 했다.

"젖은 것들은 좀 벗어놓고 이걸로 머리라도 닦도록 하시오. 양탄자가 엉망이 되겠소."

"고맙소."

손님은 하인의 하대에 개의치 않는 기색이었다. 수건을 받아들고 두건을 내리기 전에 그는 일부러 벽 쪽으로 돌아섰다. 하인은 상대의 행색을 보건대 별다른 인물이 아니라고 여긴 까닭에 큰 관심을 보이지 않았다. 안에서 들여보내라고 하니 들여보낼 따름이었다.

직접 물기를 닦아낸 망토를 도로 걸친 손님은 하인을 따라 위층으로 올라갔다. 공작을 찾아온 손님들이 가는 2층, 공작부인을 찾아온 사람들이 머무는 3층을 지나 4층에 이르러 어느 문 앞에 멈추었다. 하인은 문을 두드려 손님이 왔음을 알리고 물러갔다. 손님은 안으로 들어섰다.

히스파니에가 혼자 책을 보고 있다가 일어섰다.

"어서 오시오. 비를 많이 맞으셨구려. 난롯가에 앉으시는 것이 좋겠소."

방에 일을 돕는 시종은 없었다. 히스파니에가 직접 의자를 난롯가로 옮겨놓으며 손님을 향해 내민 손을 펴 보였다. 손님은 말없이 예를 표하고 의자에 앉았다. 난롯가 쪽으로 늘어진 망토 자락에 성에가 하얗게 번졌다가 사라졌다.

히스파니에는 직접 찻주전자에 차를 새로 담고 벽난로에 걸린 주전자를 들어 찻물을 부었다. 손님은 그 모양을 물끄러미 지켜보았다.

"먼길 걸음하느라 수고가 많으셨소이다."

"놀라지 않으신 것 같습니다."

첫마디는 차분했다. 비에 흠뻑 젖었으면서도 긴장도 오한도 느껴지지 않는 목소리였다. 히스파니에는 상대가 여행을 자주 해보았던 사람이라고 판단했다.

"그렇다오. 근일 중 오시지 않을까 예상했소이다."

손님은 고개를 끄덕이며 두건에 손을 댔다.

"익히 들어오던 혜안을 배견하게 되었군요."

두건이 내려졌다. 안면이 있는 얼굴은 아니었다. 그러나 생각보다 나이가 많았다. 마흔은 예전에 넘긴 듯했다. 언뜻 문약한 인상이었으나 차츰 볼수록 눈에 흐르는 빛이 특별한 사람이었다.

"전령은 젊은 사람을 보내는 것이 상례가 아닐까 하였소만 그곳 사람들은 생각이 다른 모양이구려."

손님이 미소를 지었다.

"그렇다면 제 소개를 올리는 것이 예가 되겠군요."

"어렵다면 그리하지 않으셔도 되오. 밝히기 힘든 이유를 충분히 납득하고 있소이다."

"저는 지스카르 드 나탕송이라고 합니다."

웬만한 일로 놀라지 않는 히스파니에가 흠칫하여 눈을 크게 떴다. 지금 눈앞에 앉아 있는 소박한 차림새의 남자가, 수행원은커녕 마차조차 타지 않고 빗길을 걸어온 남자가, 정말로 로사 알브의 대영주 나탕송 백작이란 말인가?

지스카르는 다시 빙그레 웃었다.

"놀라게 해드려 송구합니다."

"이건 정말로 놀랐소. 귀한 분께서 어려운 걸음을 이리도 선뜻 하실 줄이야. 아무것도 준비하지 못한 내 입장이 참으로 민망하게 되었소."

"괘념치 마십시오. 저야말로 미리 전갈하여 내방의 뜻을 알림이 상례였을 터이나, 입장이 곤궁한지라 천지간의 눈을 피하려다 보니 이리 도둑처럼 찾아들 도리뿐이었습니다. 부디 용서하십시오."

나탕송 백작은 오를란느 사교계에 늘 거절 편지를 쓰는데 그 편지글의 아름다움이 종종 화제가 되곤 한다고 했다. 이윽고 히스파니에도 입가에 미소를 올렸다.

"귀히 지내시는 분이 그리 젖은 옷을 입고 계시다가 감기가 들겠소. 새 옷을 내어 오도록 하겠소."

"아닙니다. 젊어서 여행을 많이 다녔기에 이런 정도는 익숙합니다. 어르신께서 그러하셨듯이."

"나에 대해 잘 알고 있소?"

두 사람 사이에 살피는 눈길이 오갔다. 지스카르가 말했다.

"남들이 아는 것보다는 조금 많이 압니다."

히스파니에는 싱긋 웃었다.

"나이트워크가 평범한 조직이 아니란 생각은 익히 했소."

"저 개인적으로도 관심이 많았습니다."

"그거 영광이구려. 허허허……."

히스파니에는 손님의 찻잔에 차를 따라주고는 몸을 일으켜 장작 한 토막을 난로에 넣었다. 불티가 발갛게 일어났다.

"먼 곳까지 몸소 찾아오신 것을 보면 중대한 이야기를 준비해 오셨을 것 같소이다. 그러니 들어봅시다. 로사 알브의 대영주께서 사람의 눈을 피해 이 별 볼 일 없는 늙은이를 찾으신 연유가 무엇인지."

히스파니에는 그간 지스카르 드 나탕송에 대해 어느 정도 알아놓았다. 민중의 벗과 손이 닿는다는 비밀스러운 추측, 그러나 증거가 없다는 점, 대귀족 출신으로는 드물게 학문에 밝으며 온화한 인품으로 정평이 있다는 사실, 은둔자로 알려졌으나 또한 우아한 예절의 소유자인 까닭에 전자의 소문처럼 과격한 집단과의 관련성을 상상하기 어렵다는 것까지도.

"말씀대로 저는 중대한 용건이 있어 먼길을 왔습니다. 물론 이곳까지 오기가 쉽지는 않았습니다. 그러나 오늘의 방문은 망명의회의 요청이 아니며, 저 홀로 결심한 일입니다. 그리고 다른 사람이 아닌 어르신을 뵙고자 한 것도 깊이 생각한 끝에 내린 결론이었습니다."

비록 외국인이라 해도 백작이자 대영주인 지스카르가 공작가에서 내쳐진 입장에 작위도 없는 히스파니에를 '어르신'이라고 칭할 이유는 없었다. 그러나 어느 쪽도 그런 점을 지적하지 않았다.

대신 히스파니에는 이렇게 말했다.

"중한 사람인가 보오."

지스카르는 말을 멈췄다. 불안정한 정적이 흘렀다. 마주한 눈동자에 비친 불빛이 떨리고 있었다. 이윽고 내리깔았다.

"그렇습니다."

목소리에서 처음으로 동요가 느껴졌다. 히스파니에는 짧게 한숨을 내쉬며 고개를 돌렸다.

"소공작 또래의 젊은이라고 들었소."

"용서하기 어려우시리라는 것을 압니다."

히스파니에는 잠시 사이를 두고 대답했다.

"그건 내가 결정할 일이 아니오."

"알고 있습니다. 저 또한 용서를 빌고자 온 것이 아닙니다."

지스카르의 목소리는 어느새 침착을 되찾았다. 히스파니에가 미간을 약간 찌푸렸다.

"그건 무슨 뜻이오?"

"용서를 빌지 않는 것은 어르신과 아르님 가문, 그리고 무엇보다 소공작에게 너무 큰 죄를 지었기에 그런 행동이 의미가 없다는 것을 알고 있기 때문입니다. 그런 일이 누군가가 와서 무릎을 꿇고 빈다 하여 없이 될 리 없습니다. 저 또한 자식을 키우는 사람입니다. 어찌 그런 무례한 청으로 어르신을 뵙겠습니까?"

"……."

히스파니에는 난롯불로 시선을 돌렸다. 머릿속에서 수많은 정보가 순식간에 분류되고 점검을 거치는 중이었다. 예상은 있었다. 그러나 상대가 갖고 있는 지식이 어디까지인지 분명하지 않아 섣불리 확인할 수가 없었다.

이윽고 지스카르가 말을 이었다.

"제가 온 것은 어르신께 회담을 청하고자 해서입니다."

"내가 알기로 회담은 한 나라의 왕이나 영주들이 하는 것이오. 그대는 대영주로서 자격이 있으나 나와 같은 떠돌이 노인을 상대로 어울리는 말은 못 되오."

"아니요. 저는 어르신과 제가 두 나라를 대표하여 만나고 있다고 생각합니다."

"그 말, 진심이오?"

시선이 맞부딪쳤다. 지스카르가 입 밖에 낸 말은 그들이 각각 섬기는 대공과 국왕에 대한 반역에 해당했다. 그가 지칭한 두 나라가 무엇인지를 생각한다면 더욱 대담한 말이었다. 히스파니에가 모를 리 없었다.

지스카르가 대답했다.

"제가 무언가를 숨기고자 했다면 이 자리에 오지도 않았을 겁니다."

이제 히스파니에가 말할 차례였다. 인정하거나, 부인해야 했다. 아직 공작과 몇몇 심복들을 제외하면 누구와도 나누지 않았던 비밀이었다. 그런 비밀을 당장 밝히거나, 용렬하게 발뺌하지 않으면 안 되도록 몇 마디 만에 밀어붙여졌다. 히스파니에는 상대의 숨겨진 명성을 상기했다. 민중의 벗 최고의 협상가이자 교육자, 이론가이며 오랫동안 조직 건설의 전문가였던 사람.

"그대는 나를 너무 믿는 것 같소. 나는 체첼 국왕의 한 팔인 아르님 공작의 숙부이자 또한 아노마라드 사람이오. 왕국8군은 그대와 민중의 벗의 관계를 입증하고 싶어 안달이며, 체첼 국왕 또한 오를란느 대공의 콧대를 누르기 위해 그

대처럼 좋은 희생양을 찾고 있을 것이오."

지스카르가 희미하게 미소를 지었다.

"어르신께서 체첼 국왕의 영광을 탐내시겠습니까? 아니면 현상금을 탐내시겠습니까? 비록 그런 것들을 손에 넣어 나쁠 것이 없다 하더라도, 그것들보다 더욱 가치 있는 것을 저와 함께 만드실 수 있다면 어떻게 하시겠습니까?"

그 말은 히스파니에의 마음에 들었다. 상대를 다루려고 재주를 부리지 않고, 솔직한 태도를 택해야 가능한 대담한 전개였다. 적어도 모략가는 아니다. 물론 모략가가 데모닉을 상대하지는 못한다. 어쩌면 저자도 그 점을 알리라.

그래서 히스파니에는 쉽사리 칭찬하는 대신 등받이에 깊이 기대어 앉으며 말했다.

"내 마음을 꿰뚫고 있는 것처럼 말하는구려. 좋소. 나는 진심으로 이야기하고자 하는 사람에게는 장난을 하지 않는다오. 그 가치 있는 것이 무엇이든, 그대가 내게 그런 것을 줄 수 있다고 칩시다. 그러나 그대가 이곳까지 오게 된 이유는 따로 있지 않았소? 다시 말해 이번 일이 없었다 해도 그대는 내게 그런 가치 있는 것을 주려 했겠소?"

지스카르는 히스파니에를 만나러 오기로 결심했을 때 수많은 전개를 머릿속에 그려보았다. 긴 세월 대륙 곳곳을 돌아다니며 온갖 계층의, 온갖 직업을 가진, 온갖 성격의 인물들을 만나보았다. 유형에 따라 사람의 태도와 대답이 어떻게 달라지는지 충분히 경험하고 대처법도 수없이 연구해온 자신이었다. 그러나 히스파니에와의 만남을 준비하면서 그는 경험으로 만들어온 기준들을 일부러 버렸다. 상대는 그가 경험한 적이 없는 부류였다. 이 세상에 단 두 명만이 존재한다는 자이기 때문이었다.

예측은 만용이었다. 상대는 말을 허비하지 않고 지스카르가 예상한 약한 연결점을 정확히 찾아냈다. 어찌 보면 조금 전 히스파니에가 처한 것과 똑같은 상황이었다. 긍정하기에는 부담스럽고, 부정하자니 비겁해진다.

"사실대로 말씀드려서, 그건 아니었을 것입니다."

뜻밖으로 순순히 인정하는 태도에 히스파니에는 고개를 갸웃했다. 그러나 놀라기에는 일렀다.

"왜냐하면 아르님은 이미 공화국을 한 번 배신한 이름이기 때문입니다. 망명의회가 왜 그런 이름이 됐다고 생각하십니까?"

"……."

두 사람이 눈빛이 팽팽하게 부딪쳤다. 정적이 사방을 짓누르는 가운데 장작 하나가 부러져 떨어지며 소리를 냈다. 대답하는 히스파니에의 낮은 목소리 속에 절제된 분노가 있었다.

"지나치게 대담하오."

"그해 켈티카 공략전에서 저는 일곱 해 동안 의형제로 지 냈던 동생을 잃었습니다."

말을 잇는 지스카르의 목소리는 침착했다.

"점령군의 승리가 확고해져가던 함락 이틀 전, 당시 켈티 카 8지구 위원장이던 동생은 밤을 틈타 도망친 병사들 때문 에 절반으로 줄어든 왕성 수비대에 가담하러 간다고 편지를 썼습니다. 그리하여 결국 옥좌 앞 계단에 아직도 핏자국이 남 아 있다는 백 명 중 하나가 되었지요. '전격의 나흘'은 이름 그대로 번개처럼 빨랐기에 당시 남부에 있던 저는 켈티카까 지 돌아갈 겨를도 없었습니다. 동생이 쓴 최후의 편지는 그가 죽은 후에야 제 손에 닿았습니다."

히스파니에도 알고 있었다. 켈티카가 함락되던 날, 최후의 왕성 수비대는 검을 잡는 법조차 제대로 몰랐다는 평범한 사 람들이 절반 이상이었다. 마지막 순간, 맨몸과 맨손뿐이던 그 들은 말 그대로 도륙을 당했다. 그러고도 시원치 않아 이미 죽은 그들의 목을 잘라 모조리 성벽에 매달았다. 백 명의 목 을 전부 매달 수가 없어 몇 개씩 노끈으로 엮어 늘어뜨렸다고 했다. 간언에 의해 얼마 안 가 치워지긴 했지만 직접 본 사람 은 결코 잊지 못했을 광경이었다. 히스파니에의 머릿속에도 또렷이 남아 있었다.

"저는 그날 왕성으로 가려는 동생을 말리지 못했던, 동시에 단 한 명의 왕성 수비대도 살리지 못했던 저에 대해 오랫동안 되풀이해 생각했습니다. 얼마나 무가치한 자였던가, 얼마나 무의미한 존재였던가. 그날까지 제가 하고 다닌 말과 행동에는 대체 무슨 무게가 있었단 말인가."

신왕정이 들어선 켈티카에서는 몇 달에 걸쳐 살육의 연회가 벌어졌다. 켈티카 밖에서 그 소식을 전해 듣던 공화파들 가운데는 절망과 죄책감을 견디다 못해 자살한 경우가 드물지 않았다.

"저는 단지 '전격의 나흘' 동안 켈티카에 있지 않았기에 살아남았습니다. 우연이라 봐도 좋겠지요. 우연이 선사한 '살아남음'이 제가 해낸 일의 전부라면 그것의 가치는 제가 그걸로 무엇을 하느냐에 달렸다고, 즉 미래만이 정한다고, 그 생각에 이르러서야 저는 간신히 진정하고 다시 삶을 바라볼 수가 있게 되었습니다."

누구에게든 선뜻 밝히지 않았을 고통을 말하는 지스카르의 목소리는 담담했다. 그리고 히스파니에는 지스카르가 무엇을 말하는지 알았다. 생존자는 그런 감정에 사로잡힐 수밖에 없다. 우연이 선사한 생존에 가치가 있음을 믿기 힘들 때.

생존자만이 아는 감각을 공유하는 순간 상대의 감정에 동조하고 싶은 충동을 느꼈으나 바로 누르며 히스파니에는 대답했다.

미래에서 온 사자

"켈티카 공략전의 끝이 비극이었음을 잘 알고 있소. 하지만 당시 아르님 가문은 어느 쪽이 승리하든 갈기갈기 찢긴 전리품이 될 처지였소. 다시 말해 우리는 그 비극의 일부가 될 뻔했소. 우리가 살아남고자 그대들의 비극을 초래했다고 믿는다면 그대들의 복수는 정당해지겠지만, 동시에 공작에게도 정당하게 복수할 권리가 생겨난다는 것을 부인하지 못할 것이오."

말하면서도 히스파니에는 자신이 '전격의 나흘'을 만든 당사자였다면 차마 이런 말을 하지는 못했을 거라고 생각했다. 그는 함락 직후의 켈티카를 직접 본 사람이었다. 지스카르는 그렇게 말하는 히스파니에의 마음속을 들여다보려는 것처럼 조용히 응시하고 있더니, 놀랍게도 고개를 끄덕였다.

"저도 알고 있습니다. 그리고 어르신의 말씀에 동의합니다. 분노와 복수로 셈을 맞추고자 한다면 우리는 언제까지나 서로에게 정당한, 그러나 비극적인 전쟁밖에 할 것이 없습니다. 그러나 어르신, 저는 세상의 비극들이 한두 가지 원인 때문에 일어나지 않는다는 것을 알 정도로는 살았습니다. 아르님 공작의 손이 제 동생을 죽이지는 않았습니다. 그와 마찬가지로 로젠크란츠 군의 손에도 소공작의 가슴을 찌를 칼이 들려 있지는 않았습니다. 공화국의 십 년 속에는 무능한 의회도 있었고 순수한 몽상가도, 완고한 혁명가도, 과격한 폭도도 있었습니다. 그리고 내부의 적과 외부의 적이 있었습니다. 저는 그중 단 하나의 손이 공화국의 심장을 찔렀다고는 생각하지 않습니다."

"그렇소? 그렇다면 이번 망명의회의 행동은 더더욱 유감이오. 그대도 조금 전 말했듯, 이번 일에 소위 '배신자 아르님'에 대한 복수심이 포함되지 않았다고는 보기 어렵소. 배신과 음모를 한 번씩 주고받은 우리에게 그다음이 없다고 어찌 보증하겠소?"

"그렇습니다. 유감스럽지만……."

지스카르는 말을 끌며 천장을 올려다보았다. 마르기 시작한 머리카락이 두건 자락을 빠져나와 목 언저리에서 굽실거렸다.

"저라는 개인의 의견과는 달리, 망명의회에는 아직 한두 사람의 행동이 역사의 흐름을 바꿔놓을 수 있다고 믿는 사람들이 다수인가 봅니다. 저는 그들이 품은 분노를 이해하기도 하고, 동정하기도 하며, 때론 답답하게 여기기도 합니다. 저는 제 동생을 죽인 자를 찾아낼 수 없습니다. 찾게 되길 바라지도 않습니다. 만일 그자와 마주친다면 저 또한 분노와 고통으로 괴로울 것입니다. 그러나 그자는 '역사'가 이 세상을 써나가는 두꺼운 책 속에 든 수억 가지 문장 중 한 단어였을 뿐입니다. 그자는 '죽이다' 대신 '스치다'일 수도, '도망치다'일

수도 있었습니다. 그러나 그렇게 넘긴다 한들 바로 다음 문장에서 결국 '죽이다'가 나오게 될 것은 자명한 일입니다. 누구에게 죄가 있습니까? 수백 페이지에 걸친 이야기 속에서 저의 동생은 차츰 죽어가고 있었습니다. 첫 문장, 또는 백 번째 문장부터 죽기로 되어 있었을지도 모릅니다. 그러다가 그자의 차례가 왔을 뿐입니다. 그자에게 이야기를 바꿀 힘은 없었습니다."

"그런 식이라면 개인이 할 수 있는 일은 대체 뭐요?"

지스카르의 눈이 문득 맑아졌다.

"수백 페이지 뒤에 일어날 일을 위해 새 단어를 씁니다. 오직 그뿐입니다. 제가 쓴 단어가 묻혀버릴지도 모르지만, 거대한 이야기의 시작이기를 바라며 힘껏 쓸 것입니다."

이자는 진실하다.

동시에 놀랍기도 했다. 공화정부의 실패를 목격하고, 무력감에 빠져 죽음을 떠올리고, 마침내 다시 일어나 조직을 재건하기까지 온갖 쓴맛을 다 보았을 사람이 이런 나이까지 이상주의자로 남다니.

무엇보다 지스카르가 하고자 하는 말을 히스파니에도 모르지 않았다. 아니, 말하기 전부터 알고 있었다. 그리고 심지어 공감했다. 대상이 조슈아만 아니었더라면. 히스파니에 자신조차 부수지 못했던 한계에서 구원하고 싶었던, 그래서 가장 높은 곳까지 손잡아 이끌고자 했던 저 불안하고도 빛나는 어린아이가 아니었더라면 히스파니에의 태도도 지금 같지는 않았을 것이다.

"좋소. 그러나 상대가 아르님 공작이 아니라 그의 아들이었다는 사실을 잊지 마시오. 그 아이는 가문의 미래이자 나의 미래이기도 했소. 물론 그대들에게 모든 죄를 덮어씌울 생각은 없소. 첫 계획이 태어난 곳은 결국 우리 가문의 일원의 머릿속이었으니까. 그러나 우리는 그 아이의 누이를 이미 잃었었소. 그후로 나와 공작은 소공작에게 바늘 끝 하나라도 대는 자는 용서하지 않겠다고 결심했소."

"그렇다면 이제부터 더더욱 그렇게 하셔야 할 것입니다. 로젠크란츠 군의 죄를 용서하지 못해 죽이신다 해도 민중의 벗에는 아직도 수만 명의 칼 쥔 자가 남아 있습니다."

히스파니에의 눈썹이 치켜 올라갔다.

"나를 협박하겠다는 거요?"

"그렇지 않습니다."

"아니면 그게 충고라도 된단 말이오?"

"말씀드렸다시피 저는 망명의회의 명으로 온 것이 아닙니다. 의회 내에서도 소수파에 불과합니다. 그렇기에 제 힘으로 통제하지 못하는 부분을 말씀드릴 수밖에 없습니다."

"망명의회였다면 이런 대화를 시도하지도 않았을 거라고

말하고 싶소? 공화국을 배신한 자와 새삼 대화하러 이곳까지 와준 것은 단지 당신이 관대하기 때문이오? 아니면 당신에게 중한 한 사람을 구하기 위해 수치와 분노를 무릅쓰는 거요?"

지스카르는 상대의 분노에 휩쓸리지 않았다.

"아니요. 대화가 가능하리라고 생각했기 때문입니다."

"그럼 말하시오. 소공작은 죽을 뻔했소. 아니, 사실상 죽었을 몸이 기적으로 되살아난 것이오. 그리고 이 세상 사람이 감히 겪어서는 안 될 피해를 입었소. 당신들은 그자의 뒤에 서서 칼을 넘겨준 자였소. 자, 보시오. 용서였든 협상이었든 당신이 납득시켜야 할 상대는 내가 아니오. 소공작에게 원죄가 있소?"

"어르신."

온화하던 눈동자에 순간 차가움이 서렸다.

"공화국에게 사망을 선고한 '전격의 나흘'이 누구의 머릿속에서 나왔는지, 세상 사람 모두가 모르지는 않습니다."

히스파니에의 표정에는 변화가 없었다. 가까스로 평정을 유지해냈다.

"멋대로 넘겨짚지 마시오."

"그때 아르님 공작의 계획은 정보를 수집하고 추리하는 것만으로는 절대로 확신할 수 없는 위험한 가정들을 다수 포함시킨 것이었습니다. 그중 단 하나도 빗나가지 않았습니다. 행운이 한 사람에게 그렇게 자주 미소를 짓기란 참으로 힘듭니다. 저는 인간의 궤를 벗어난 듯했던 그 통찰력이 아르님 공작의 것이었다면, 어째서 그후의 행보는 그만 못했는지 의아하게 여기곤 했습니다. 이른바 '데모닉'이 무엇인지 몰랐을 때의 일이지요."

"당신은 아홉 살짜리 어린아이의 머리에서 공화국을 무너뜨릴 계책이 나왔다고 말하고 싶은 거요?"

지스카르가 웃었다.

"그걸 저에게 물으시면 어찌합니까? 그럴 수 있다는 걸 누구보다도 잘 알고 계실 어르신께서."

또 한 번 그렇다고도, 아니라고도 대답할 수 없었다. 히스파니에 본인이 데모닉인 까닭이다.

과연 민중의 벗 최고의 협상가였다. 강한 논리를 내밀어 상대가 반론하게 하고, 몇 마디 안에 반드시 미리 준비해둔 갈림길에 밀어넣는다. 말이 길어지면 사냥감이 빠져나갈 길이 많아진다. 서너 걸음으로 사냥을 끝내는 자가 진정한 실력자다. 평범한 상대라면 두어 번 말려드는 동안 최초의 논리조차 잊어버리기 쉬울 것이다.

그러나 히스파니에는 열 수 앞의 '체크메이트'도 볼 수 있는 데모닉이었다. 그랬기에 자신이 반복해서 딜레마에 처할 수밖에 없는 이유도 알고 있었다. 근본적으로 상대의 대의를 인정하고 있는 것이다. 심지어 상대를 만나기도 전부터.

그러나 또한 그는 최초의 결심을 저버릴 수도 없었다. 조슈아를 건드린 자를 용서하지 않겠다는 것.

그건 상대적으로 좁은 동인動因이었다. 이를 따라가려면 논리 대신 원초적 감정과 분노를 내세울 수밖에 없었다. 그러나 히스파니에 자신이 누구보다도 그런 태도를 경멸했다. 이것이 온갖 궤변을 펼칠 능력이 있는 그가 담백한 논변에 머물고 있는 진짜 이유였다.

"나탕송 백작, 당신은 보기 드문 능변가요. 수십 해 동안 보아온 언변 중 가히 최고라 할 만하오. 그러나 능변만으로 나를 설득할 수는 없소. 왜인지 아시오?"

"말재주는 도구일 뿐 사람의 마음을 진정으로 사지는 못하지요."

"그걸 잘 아는 당신이니 한번 말해보구려. 나는 공화주의자가 아니지만 당신들의 대의가 훌륭하다는 것을 알고 있소. 공화국이 무너지는 것을 보았고, 그후로 민중의 벗이 생존하기 위해 택한 방식도 안다오. 그 과정에서 아마 방법론적 변질이 있었을 것이오. 때로는 당신 같은 사람이 받아들이기 힘든 계략이 입안되고, 지금처럼 실천되는 일도 있었을 거요. 다시 말하지만 나는 공화주의자가 아니오. 그러나 그런 방식은 당신들의 사상과 대의에도 어긋난다고 생각하오."

지스카르는 일어나더니 물기가 거의 마른 망토를 벗어 의자 팔걸이에 걸어놓았다. 그리고 고개를 숙여 보였다.

"그 판단에 경의를 표하며 또한 개인 자격으로 사죄를 드립니다. 그 방법론은 어르신의 고견대로, 그리고 제 눈에도 옳지 않았으나 결국 막아내지는 못했습니다. 판정은 역사가 내려줄 것입니다만 저는 앞으로도 그런 흐름을 막기 위해 노력할 것입니다."

히스파니에도 고개를 숙여 그 인사를 받았다.

"그대의 진심을 받아들이오. 그대가 그런 마음인 것을 처음부터 알고 있었으면서도 나는 고개를 돌렸소. 이렇게 만난 그대와 나 두 사람은 서로 이해할지 몰라도 이 자리에 없는 두 젊은이는 그럴 수 없다는 것을 알기 때문이었소. 그리고 그런 마음인 로젠크란츠 군을 용서하기에는 내가 소공작을 아끼는 마음이 너무도 크다오."

"저 또한 로젠크란츠 군을 아끼는 마음이 앞서서 어르신과 논전을 벌이고 만 것을 인정합니다. 그러나 화술로 어르신의 눈앞을 가려보고자 한 것은 아니었습니다. 그런 것이 무용함을 잘 압니다. 소공작을 아끼시는 어르신의 마음이란 논파할 수 있는 장벽이 아니지요. 허나 비논리적이라 해도 그런 감정이 비난받아서는 안 됩니다. 공화국의 근본이 되어야 할 인간애의 가장 밑바닥을 떠받치는 것이 그런 감정이기 때문입니다. 따라서 저는 결국 어르신을 화술로도, 논리로도 움직일 수 없습니다. 그래서 협상을 하고자 할 수밖에 없었습니다. 조건부 타협 말입니다."

히스파니에는 고개를 끄덕였다.

"그렇소. 그대는 이 자리에 없는 자의 결백함을 결국 증명할 수 없을 거요. 내가 그대가 아닌 로젠크란츠 군을 위해 마음을 움직이도록 해보시오."

지스카르는 자리에 앉으며 시선을 내리깔았다. 양탄자에 점점이 떨어진 빗물 자국이 말라가고 있었다. 젖어 흉하게 쓸린 양탄자의 털이 불쑥 그의 마음을 어지럽혔다. 이제부터 말하고자 하는 그 소년의 총명함, 고결함, 이타심 같은 것들이 아직 남아 있을까. 잔인한 칼끝 아래 내맡겨진 그의 정신은 갈가리 찢겼을까.

"공화국 수반이었던 당스부르크를 기억하시겠지요. 그분의 건강이 악화되는 것과 함께 공화국도 저물어간 것을 아실 겁니다."

"그분을 직접 알 기회는 없었소. 허나 지난 공화국의 탄생 자체가 그분의 대의와 정치력에 크게 기대어 있었다는 것은 아오."

지스카르는 고개를 끄덕였다.

"돌이켜보건대 바람직한 방향은 아니었습니다. 그러나 때

이르게 피었던 공화국이 위대한 개인에게 기댈 수밖에 없었던 것은 어쩔 수 없는 태생적 한계였을지도 모릅니다. 당스부르크는 스스로 자라난 거목이었습니다. 그 나무를 덜 준비된 토양에 옮겨 심자 그는 시들었습니다. 이제 다음 공화국을 위해 우리는 긴 준비 기간을 택했습니다. 튼튼하게 기반을 닦고 좋은 흙을 준비하여 꽃을 피울 것입니다."

히스파니에는 표정을 부드럽게 했다.

"그대와 같은 사람이 준비하는 공화국의 모습이라면 한번 기대해보고 싶소이다."

"고마운 말씀이십니다. 그런데 좋은 흙만큼이나 중대한 요소는 씨앗입니다. 흙의 조건을 이해하고, 모든 자양분을 흡수하며, 마침내 자신을 희생시켜 싹을 틔울 어린 씨앗이 반드시 필요합니다."

"그대는 그런 씨앗들을 키우고 있었을 것이오. 그대의 집에서."

지스카르는 미소를 지었다. 아니, 지으려 했다. 말을 잇는 그의 목소리가 약간 쉬어 있었다.

"예, 그랬습니다. 로젠크란츠 군은 제가 다음 공화국의 수반首班감으로 여기며 살펴온 귀한 씨앗이었습니다."

히스파니에가 눈을 크게 뜨며 의혹을 나타냈다.

"아직 소년이 아니오? 그 소년에게 어떤 특별한 점이 있기에 일찌감치 그런 마음을 먹었단 말이오?"

"저는 공화국이 실패하는 모습을 낱낱이 보았던 사람입니다. 공화정부에 당스부르크와 같은 사람만 있었다면 얼마나 좋았겠습니까? 그러나 그곳에는 모든 개혁이 단숨에 일어나야 한다고 생각하는 성급한 사람들, 눈에 띄는 문제부터 뒤따라가는 즉흥적인 사람들, 잠시 얻게 된 특권을 어떻게든 써보고 싶었던 사리사욕에 흔들린 사람들, 개인적인 복수심에 사로잡혀 누군가를 짓밟는 것에만 몰두한 사람들, 세상 사람들을 계몽해야 할 우매한 대중으로만 보는 우월감에 도취된 사람들, 모두가 뒤엉켜 있었습니다. 그런 자들이 어린아이에 불과한 공화정부를 물고 뜯으며 자기가 원하는 것을 내놓으라고 다투던 혼란상은 공화국 건국 후 약 삼 년을 넘긴 시점부터 표면화되어 이후 공화국이 무너지던 날까지 계속되었습니다. 그들에게 무엇이 부족했을까요? 저는 그게 토양이 될 교육의 부족이라고 보았습니다. 그래서 일찌감치 공화정부를 떠나 전 대륙을 돌아다니며 젊은이들을 만났습니다."

"그대가 키운 젊은이들이 망명의회에서 중요한 역할을 하고 있다고 들었소. 로젠크란츠 군도 그런 인재 중 하나가 아니겠소."

"예, 로젠크란츠 군은 총명하고 심지가 굳은 젊은이입니다. 공화국을 이룩하려는 의지가 강하고 자신이 공부한 것을 현실에 적용하는 응용력도 뛰어납니다. 사람을 끄는 매력이 있고, 냉철한 판단력도 갖췄습니다. 아직껏 그 나이에 그만한 인물을 달리 만나지 못했습니다. 그러나 그런 이유만이라면 저도 섣불리 그런 중대한 기대를 걸지 않았을 겁니다. 저는 그를 가르치는 과정에서 정부를 이끌어갈 자로서 빠져들기 쉬운 악덕이 거의 완전하게 배제된 형태의 인성을 발견했습니다."

"그 말은 일견 비현실적으로 들리는구려."

"그러리라 생각합니다."

지스카르의 시선이 난로 쪽을 향했다.

"로젠크란츠 군은 여느 소년답게 자라지 못했습니다. 아이가 겪어서는 안 될 일을 너무 많이 겪었습니다. 저와 만났을 때 그는 이미 삶 속에서 스스로의 행복을 거의 배제하고 있었습니다. 제가 오히려 그런 것들의 가치를 일깨워주어야 했을 정도였습니다. 자연의 아름다움, 소박한 생활의 기쁨, 예술의 가치, 자기 자신을 위한 평화와 휴식."

지스카르는 쓴웃음을 지었다.

"그러나 거의 실패했습니다."

"그렇다면 그 젊은이는 그런 것들을 생각하지 않고 산다는 말이오?"

"로젠크란츠 군이 염두에 두는 것은 공화국과 인류애, 동료애, 그리고 동생밖에 없습니다. 그는 장미꽃의 아름다움도, 좋은 술의 향기도, 맛있는 음식이 주는 즐거움도 모릅니다. 저는 그의 그런 점이 말할 수 없이 안타깝습니다."

히스파니에는 고개를 기울인 채 생각하다가 물었다.

"그런 것을 느껴볼 기회가 없었던 것이 아니오?"

"아니요. 그가 제게조차 말하지 않는 과거 속에서 그는 그런 것들을 충분히 누려본 것 같습니다. 다만 그것들을 즐기지 못할 정도로 괴로운 무언가가 함께했던 모양입니다. 그 결과 그는 온갖 종류의 향락에 가치를 두지 않으며, 자신의 신체조차 필요하기만 하면 쉽사리 망가뜨릴 수 있는 도구로 여깁니다."

히스파니에는 잠시 사이를 두고 말했다.

"그 말이 사실이라면 큰 비극이오. 그런 안타까운 인간성의 손상 때문에 그대가 그 소년에게 가치를 두게 되었다면 더더욱 그렇소."

지스카르는 세차게 고개를 저었다.

"그렇지 않습니다. 아니, 손상이라는 판단은 사실일 겁니다. 저는 로젠크란츠 군이 과거의 잔상에서 벗어나 세상의 아름다움을 느끼도록 앞으로도 애쓸 생각입니다. 하지만 제가 그의 미래에 확신을 갖게 된 이유는, 그리 살아온 자들 중 수만 명이 타락이나 파멸의 길로 빠져드는 동안 기적적인 확률로 싹튼 그의 고결함 때문입니다."

히스파니에가 미간을 찌푸리며 되물었다.

"고결함?"

소년에게 어울릴 법한 단어는 아니었다. 그러나 지스카르의 태도는 자못 진지했다.

"로젠크란츠 군은 아홉 살부터 누이와 단둘이 거리를 헤매어야 했습니다. 그의 누이동생은 어린시절 큰 충격으로 말문을 닫은 아이입니다. 말은커녕 몸조차 제대로 가누지 못해 식사도 떠먹여주어야 할 정도였지요. 그때부터 그는 자신을 버리고 누이를 위해 살기 시작했습니다. 그렇게 시작된 이타심이 자라 수많은 사람을 위한 공화국으로 연결되었습니다. 제가 조직 안에서는 쉽게 꺼낼 수 없는 솔직한 말씀을 하나 드리자면, 많은 사람들이 개인적 복수심 때문에 민중의 벗에 투신하곤 합니다. 아무리 이론을 공부해도 그런 마음을 희석시키지 못하는 경우를 많이 보았습니다. 그러나 로젠크란츠 군의 경우는 달랐습니다. 사람이 불합리한 고난을 겪으면 바깥 세계로 분노를 돌리는 것이 당연한 반응인데, 그는 분노를 내면으로 돌려 자신을 엄격하게 깎아내었습니다. 이것은 비극입니다만, 동시에 기적이기도 합니다."

히스파니에는 고개를 비스듬히 기울인 채 생각에 잠겼다. 비극이자 기적, 아직 소년이기 때문에 더더욱 그러하리라. 소년의 모습은 영원하지 않다. 하지만 한순간일 뿐일지라도 무의미하지는 않다.

"인간적 즐거움을 용납하지 않는 그의 그런 기준은 오직 자신에게만 적용됩니다. 자신 외에는 어떤 어리석은 동료도, 그들의 욕심과 이기심과 실수도, 가능한 한 감싸주고 모자란 셈은 자신으로 치르려 합니다. 저도 처음에는 그런 모습이 부자연스러운 가식이 아닐까 했습니다. 하지만 아직껏 한 번의 예외도 보지 못했습니다. 그리고 이번 경우야말로 그간의 행동이 가식이 아니었음을 증명한 셈이기도 했습니다. 그는 이번에 동료와 누이의 목숨을 제 목숨과 맞바꾸었습니다. 그리고 그 선택은 예고된 일이기도 했습니다. 그가 소공작을 죽일지도 모를 계획에 가담하라는 지령을 망명의회로부터 받았을 때, 조직의 간부로서 그것을 받아들이며 동료에게 한 말을 전해 들었습니다. 아무 죄 없는 소공작을 희생시키려 하는 자신을 용서해선 안 되며 그러므로 한시도 쉴 수 없다고, 도망칠 수도 없다고. 남의 생명을 받으려는 자신의 생애도 똑같이 저당잡히겠다고."

이번 일이 벌어지고 나서 이엔이 보내온 편지 속의 내용이었다. 그 말고도 수많은 말이 적혀 있었다.

"저는 그 말이 진심이었음을 압니다. 어쩌면 그래서 지금도…… 그가 소공작을 생각하며 자신이 겪는 고통을 셈을 맞춘 결과로 여기고, 당연한 듯 삶을 포기했을지도 모른다는 생각을 멈출 수가 없습니다."

지스카르의 목소리가 순간적으로 잦아들었다. 그도 이제는 브리앙과 애나가 저지른 일을 알고 있었다. 그렇게 생각하면 모든 일의 시작은 첩자를 걸러내지 못했던 지스카르 자신이었다. 자신조차도, 어쩌면 이 소년의 희생에 구원받았다. 그런 생각을 할 때면 도저히 참기가 힘들었다. 사람들을 구하겠다고 생겨난 그들의 조직에, 이 세상에, 존재하는 이 불합리를, 불공평함을. 고결한 자를 먼저 제물로 바쳐야 하는 괴물의 아가리와도 같은 세계의 모습을.

눈을 꽉 감았다가 뜬 지스카르는 목소리를 가다듬어 말했다. "그는 자신을 엄격한 평형 저울에 올려놓고 지냅니다. 저울이 기운다면 저울에 매달린 타인을 탓하기 전에 자신의 팔을 잘라 내려놓을 겁니다. 전 그 아이의 그런 점을 자주 질책해왔지만…… 그럼에도 불구하고 경탄할 수밖에 없는 태도입니다."

히스파니에는 란지에 로젠크란츠가 체포된 과정을 알고 있었다. 그래서 지스카르가 무슨 뜻에서 저런 말을 하는지도 어느 정도는 알았다. 히스파니에는 이상주의자가 아니었기에 자신에게 가치를 두지 않으면서 타인의 행복을 존중하는 것이 정말로 가능하다고는 믿지 않았다. 그러나 이 소년이 막상 선택의 순간이 닥쳐오자 자신과 타인의 목숨을 맞바꾼 것만은 사실이었다. 수만 번의 말보다 행동이 중하다면, 그것으로 충분하지는 않을까?

또는, 그 정도로 타협 불가능한 정의를 가진 자가 소공작을 해치려 했다는 사실이 더더욱 위험하지는 않은가?

반대로, 지스카르의 판단을 믿는다고 가정한다면 그 빚을 결코 잊지 않으리라는 점 때문에 오히려 특별한 가치가 있지는 않을까?

정답이 없는 생각이 교차했다. 호의나 자비심의 문제가 아니었기에, 이 결정에 조슈아의 안전이 걸려 있기에 쉽지 않은 판단이었다. 히스파니에는 결국 이마를 매만지며 고개를 저었다.

"그대가 내게 거짓말을 하리라고는 여기지 않소. 허나 그대가 그리 말하는 상대가 소년이라는 점을 선뜻 받아들이기 힘드오. 당스부르크가 그런 사람이라 해도 쉽게 믿지는 못했을 거요."

"저 또한 그 아이처럼 살아오지는 않았으니 어찌 다 안다 하겠습니까? 아홉 살 아이가 자신과 몸이 아픈 누이를 살리기 위해 어떤 일을 해야 했을지 저는 다 모릅니다. 앞으로도 묻지 않을 겁니다. 그때의 일을 끄집어내는 것이 그의 마음을 얼마나 후벼팔지 상상만으로도 괴롭기 때문입니다. 그렇기에 그가 이 고결함을 언제까지나 간직하지는 못하더라도, 혼자 힘으로 과거를 극복하고 지금 같은 모습이 된 것이 얼마나 기적 같은 일인지요."

지스카르의 말이 맺어지고 나서 두 사람은 한동안 입을 열지 않았다. 이윽고 히스파니에는 새 장작을 난로에 집어넣었다. 처음에 넣었던 장작은 어느새 재가 되어 있었다.

이제 정답을 찾자면 상대와 생각을 공유하는 수밖에 없었다. 그럴 만한 상대라는 판단이 섰다. 히스파니에는 단도직입적으로 물었다.

"그대의 말대로 로젠크란츠 군이 공화국을 훌륭히 이끌 재목이라면, 그의 존재가 내 목표에 도움이 되리라 보오?"

지스카르가 머리카락을 쓸어 넘기며 답했다.

"그 대답은 추측을 필요로 하는군요. 아직 어르신의 목표가 무엇인지 밝히지 않으셨으니 말입니다."

히스파니에가 웃었다.

"끝내 내 입에서 대답을 듣고 싶소?"

"제가 모든 것을 솔직히 말했다고 믿으신다면, 그래주십시오."

히스파니에는 이미 식은 차에 시선을 보냈다. 그러나 오래 고민하지는 않았다.

"아노마라드의 리샤르 1세, 그리고 이카본 폰 아르님 공작이 맺었던 협정은 엘반트 3세의 죽음으로 생명력이 다했소.

머지않아 새로운 것이 탄생해야 할 것이오."

"그런 일이 역대 두 번째 데모닉 공작의 손에서 이루어진다면 더할 나위 없겠지요."

히스파니에가 빙그레 웃었다.

"내 머릿속을 들여다본 것처럼 말하는구려. 좋소. 나는 그 것을 원하오. 다음 세상을 데모닉 조슈아의 시대로 만들고 싶소. 그걸 위해 오랫동안 차근차근 준비해왔소. 그런데 그대는 내게 새 공화국의 수반이 될 자를 구해달라고 말하니 두 가지가 양립하리라 보오?"

"그렇게 생각하지 않았다면 이곳에 오지도 않았을 겁니다. 다음 세상에 군벌이 만든 신왕국 아노마라드는 없을 것입니다. 그 자리에는 공화국과, 아르님 공작의 나라가 설 것입니다. 우리 젊은이들의 시대가 오면."

히스파니에는 일부러 삐딱한 미소를 지었다.

"그대는 가능하다면 공화국만이 존재하기를 원할 것 아니오?"

지스카르도 웃었다.

"거짓말은 하지 않겠습니다. 물론 그렇습니다. 그 점에서는 어르신도 같지요. 그러나 잊지 말아야 할 것은 둘의 적이 같다는 사실입니다. 그리고 그 적이 각자 상대하기에는 매우 강하다는 점도 간과해선 안 됩니다. 만일 상대할 힘을 키웠다고 해도 우리가 양립을 택하지 않는다면 차례로 쓰러지는 모습이 되기가 쉽겠지요."

"아르님이 아노마라드를 무너뜨린 여파로 흔들릴 때 공화국이 파고들 것이고, 그렇게 공화국이 세워진다 해도 무너진 왕당파들이 또한 가만히 있지 않을 것이다, 그런 말을 하고 싶은 것 같소. 그 말은 옳소. 셋이 서로 물고 뜯는 형태를 취한다면 둘 모두의 대적에게 기회를 줄 뿐이오. 그러나 한쪽이 협력을 결심한다 해도, 다른 하나가 내심 그리 생각하지 않는다면 오히려 뒤를 내주는 꼴일 뿐이오. 내가 그쪽의 신의를 무엇으로 확인하면 좋겠소?"

"저 또한 어르신의 신의를 확인할 방법은 없습니다. 다만 두 젊은이가 모두 스스로의 양심을 속이지 않을 정도로 올곧다고 할 때, 이 점만은 분명히 할 수 있을 것입니다."

"무엇이오?"

"소공작은 '전격의 나흘'을 구상한 당사자로서 공화주의자들의 적의를 받을 수밖에 없는 인물입니다. 그리고 로젠크란츠 군은 소공작이 살해될 뻔했던 사건을 만든 주요 인물로서 소공작에게 쉽게 용서받기 힘들겠지요. 심지어 두 사람은 상대에게 용서를 빌 마음조차 없을 것입니다. 다시 말해, 둘은 빚을 주고받아 청산할 것이 없는 상태입니다."

히스파니에는 지스카르를 빤히 보고 있다가 갑자기 웃음을 터뜨렸다.

　"허, 허허…… 그대는 궤변에조차 능하구려. 아니, 궤변이라고는 하지 않겠소. 그러나 이쪽에서 염두에 두지 않았을 사실을 잘도 가져와 상황을 원점으로 보내려 하는 것만은 틀림없구려."

　지스카르는 짧게 미소 지었다.

　"어르신, 공화국이 약하다면 신왕국 아노마라드를 공략하기 힘들 것이고, 그럴 수 있다 해도 지난 공화국과 마찬가지로 곧 쓰러지고 말 것입니다. 세 축 중 하나가 쓰러진다면 남은 것은 둘의 전면전뿐이며 그렇게 되면 약한 쪽이 치명상을 입습니다. 지금으로서는 나라의 기틀이 잡힌 아노마라드가 강자일 수밖에 없습니다."

　현실적인 말임을 알고 있었기에 히스파니에는 반박하지 않았다. 그 대신 물었다.

　"그대는 로젠크란츠 군의 존재가 공화국을 튼튼하게 하는데 결정적이라고 보는 거요?"

　"그렇습니다. 제가 오랫동안 해온 구상은 그를 잃고 나면 무가치한 것이 되고 맙니다."

　히스파니에는 잠시 생각하면서 식은 차를 훌쩍 마셨다. 그리고 물었다.

　"그대가 지금 내게 말한 구상 말인데, 망명의회에서도 같은 생각을 갖고 있소?"

지스카르가 희미하게 웃었다.

"말씀드렸다시피, 저는 이곳에 오기 위해 망명의회의 의견을 묻지도 않았습니다."

히스파니에는 팔짱을 끼며 고개를 기울였다.

"그렇다면 그대는 무엇을 대표하고 있소? 공화국이 아니라면, 누구의 이름으로 나와 회담을 한 것이오?"

"어차피 우리는 세상에 아직 없는 나라의 대표들입니다. 그게 어떤 나라가 될지는 아직 알 수 없지요. 이제부터 만들어나갈 뿐."

"그 말, 멋진 말이오."

히스파니에는 자리에서 일어나면서 상대에게 손을 내밀었다.

"솔직히 난 그대가 오기 전부터 오늘 나눈 문제를 여러 번 생각했다오. 하지만 그대의 훌륭한 설득이 없었더라면 결국 생각으로 그치고 말았을지도 모르겠소."

"그렇지 않습니다. 전 많은 말을 했지만 이 모든 것이 실은 어르신이 예상한 범위가 아니었나 하는 두려운 궁금증도 듭니다. 어쨌든 어르신은 제가 아직껏 한 번도 만나본 일이 없는 무한한 지식의 소유자이시니 말입니다."

히스파니에는 그만 웃어버렸다. 그러더니 말했다.

"그렇게 생각한다면, 앞으로도 그래주길 바라오. 나는 사람들의 예상보다 훨씬 많은 걸 헤아린다오."

그 말이 농담이 아님을 알기에 지스카르는 고개를 끄덕였다.

"그러겠습니다. 다만 제 궁금증은 그대로 간직해야 하는 것입니까?"

히스파니에는 고개를 흔들었다.

"그대를 만난 것을 기쁘게 생각하오."

"그 말씀을 협상의 성립으로 받아들여도 되겠습니까?"

대답 대신 히스파니에는 내민 손을 내려다보았다. 지스카르가 일어나 그 손을 잡았다. 히스파니에가 말했다.

"이건 아주 작은 전진이오. 망명의회가 아닌 그대와 한 약속이며 따라서 민중의 벗을 돕겠다는 의미는 아니오."

"알고 있습니다. 언젠가 밝힐 수 있는 날이 오기까지, 오늘 일은 어르신과 저만의 비밀로 해두겠습니다."

"사흘 뒤에 그대에게 기별하겠소. 그동안 로젠크란츠 군이 너무 크게 다치지 않았길 바라오."

지스카르는 안타까운 미소로 대답을 대신했다.

다시 망토를 걸치고 두건을 내려쓴 지스카르를 히스파니에는 문 앞까지 배웅했다. 비는 아직도 내리고 있었다. 마차를 내어주고 싶었지만 그럴 순 없는 일이었다. 이런 날씨를 무릅쓰고 걸어온 것은 지스카르에게 마차가 없어서가 아니었다.

현관 앞에서 하인을 물러가게 한 히스파니에가 말했다.

"오늘 우리는 그대의 나라와 내 나라의 첫 번째 사절이 되어 공존을 논했소. 그러나 우리는 알 수 없소. 두 나라의 공존이 언제까지 계속될는지를."

지스카르가 빗속으로 걸어나가면서 대답했다.

"그때는 우리의 시대가 아닐 것입니다. 대답은 그 시대의 주역들에게 맡기도록 합시다."

나무의 자장가

언덕 위에 큰 나무가 한 그루 있는데
가지 속에 수백 마리 새가 살고 있어
아침에 나가고 저녁에 돌아오는 모습이
나무가 죽고 되살아나는 듯 보인다.

밤에 내려온 별이 가지에 매달려 익으면
새벽에는 떨어진 것을 주우러 가는데
동그랗게 익은 별은 알밤 맛이 나고
뾰족하게 익은 별은 무화과 맛이 난다.

겨울이 와서 잎이 떨어져버리고 나면

나무는 잠들어 꿈을 꾼다, 여름의 꿈을

겨울새들이 꿈 한 조각씩 물고 날아가

둥지에 넣어두고 겨우내 떨지 않는다.

❧

켈티카의 아침은 안개가 잦았다. 새벽 5시경, 골목 곳곳은
푸르스름한 회색에 잠겨 있었다.

포장을 씌운 마차 한 대가 정적을 깨며 골목을 지나갔다.
마차가 지나기에는 폭이 다소 좁은 길이었다. 양쪽 집에서 꺼
내놓은 잡동사니며 빨랫줄 등을 가까스로 스치며 빠져나가
조그마한 삼거리에서 멈춰 서자 한 사람이 내렸다. 마차는 곧
안개 속으로 사라졌다. 그러고도 한참 동안 바퀴 소리가 들려
왔다.

소리가 지워지고 나자 남자는 다른 골목으로 접어들었다가
곧바로 큰길로 나왔다. 사람들이 일명 '로캉 남작 거리'라고
부르는 맞은편 길 끝에 빛바랜 첨탑 세 개를 가진 구식 성이
서 있었다. 남작 일가가 떠난 뒤 나라에서 인수해 지금은 취
조실 겸 감옥으로 쓰이는 로캉 성이었다.

남자는 낮에도 행인이 드문 그 거리로 접어들어 로캉 성 앞
까지 갔다. 밤낮으로 굳게 닫혀 있는 정문 대신 왼편으로 돌

아가 쪽문 앞으로 갔다. 위병 두 사람이 서 있었다.

"저기, 오늘 나오는 사람을 데리러 왔는데요."

남자가 증명서를 내밀었다. 위병은 남자의 몸을 점검했지만 별다른 것은 나오지 않았다. 모자를 눈언저리까지 푹 눌러 쓰고 깃을 높이 세운 남자의 얼굴을 대강 훑어보고 위병 하나가 안쪽에 기별하자 잠시 후 안개 너머에서 삐걱대며 문이 열리는 소리가 들렸다. 위병이 등을 떠밀었다.

"들어가."

성 앞뜰로 들어가 몇 걸음 걷던 도중, 안개를 뚫고 수레가 불쑥 나타났다. 수레를 끌고 오던 병사들이 걸음을 멈췄다. 따라온 위병이 몇 마디 하자 그들이 남자를 향해 손짓했다. 남자는 수레로 다가갔다. 수레 위에 더러운 담요로 둘둘 말아 놓은 사람이 누워 있었다. 깨어 있는 것 같지는 않았다.

남자는 몸을 굽혀 담요째로 사람의 몸을 일으켜 둘러업었다. 남자는 건장했지만 상대가 놀랄 만큼 가벼워서 힘을 쓸 필요도 없었다.

"그럼 수고하십쇼."

남자가 쪽문을 빠져나가고 나서 잠시 후, 무슨 기별이 간 것인지 병사 몇 명이 급하게 쪽문에서 뛰어나와 남자를 뒤쫓았다. 남자는 병사들의 발소리를 듣자마자 뛰기 시작했다. 바로 큰길을 가로질러 먼저 있던 골목으로 들어갔다. 병사들의 발소리도 빨라졌다. 안개 때문에 소리를 듣고 쫓는 수밖에 없었다.

남자의 걸음이 멈추고 나서 잠시 후 마차 소리가 들렸다. 병사들은 즉시 판단을 내려 마차를 뒤쫓았다. 골목길이라 마차가 속력을 내지는 못했지만 사람의 걸음으로 뒤쫓기는 쉽지 않았다. 마차는 잡힐 듯 잡힐 듯하며 병사들을 이끌고 멀어져갔다.

마차에 매단 쇠종 소리가 들리지 않게 되자 남자가 처음에 마차에서 내렸던 삼거리 모퉁이의 집에서 나왔다. 그곳에는 맨 처음의 마차가 와 있었다. 남자가 둘러업은 사람을 먼저 태우고 이어 올라타자 마차는 먼저 간 마차와 반대 방향으로 사라졌다.

아침 안개가 막 걷힐 시각이었다.

담요를 젖히던 지스카르의 손이 멈칫하다가 떨렸다. 저도 모르게 눈을 감았다가 떴다. 다가앉은 의사도 고개를 내두르며 한숨을 내쉬었다.

"그 참, 사람이 당할 짓이 아니라더니……."

숨이 붙어 있다는 것이 기적 같은 몰골이었다. 먼저 생겼을 상처들은 방치된 채 아물어 흉터로 변했고 그 위를 다시 시커먼 자국들이 뒤덮었다. 피부 곳곳이 푸르스름하게 죽거나 짓물렀다. 담요에 묻은 것은 대부분 말라붙은 피였다.

란지에의 시체처럼 창백한 얼굴에는 핏기 한 점 없었다. 얼굴을 비롯하여 온몸이 무섭게 말랐다. 뼈마디 모양이 다 드러날 정도였다. 담요를 벗겨내자 왼팔이 가장 처참했다. 의사가 아닌 지스카르의 눈에도 팔뚝과 손목, 손가락이 대부분 부러진 것이 보였다.

호흡과 맥박이 몹시 불규칙했다. 잠시 상태를 살펴본 의사는 의료 기구를 꺼내는 대신 눈을 감고 복잡한 수인을 그렸다. 치료 마법을 쓰는 의사인 그는 지스카르가 일부러 영지에서 데려온 사람이었다.

지스카르는 침대맡에서 물러나 이마를 짚으며 눈을 감았다. 수많은 비극을 보고 겪으며 개인적인 분노나 복수심에 사로잡히지 않으려 애써왔으나 이런 순간만은 어쩔 수가 없었다. 꽉 감긴 눈꺼풀, 그리고 악문 어금니가 부르르 떨렸다. 얼마나 잔인하게 다뤘을 것인가. 일말의 자비심조차 없이 영혼과 육체를 파괴하는 고문이란 말할 나위 없이 지옥의 기술이다. 어떤 상황에서도, 단 한순간도 있어서는 안 될 유황불 속의 재주다. 어찌 견뎌냈을까. 그의 몸과 마음이 되살아날 수 있을까.

"나탕송 님."

고개를 들자 란지에를 로캉 성에서 업고 온 남자가 서 있었다. 생각에 잠겨 문이 열리는 소리도 듣지 못했던 모양이었다.

"무슨 일인가."

"망명의회에서 의사를 보내왔습니다. 밖에서 기다리고 계십니다."

"잠시 기다려달라고 하게. 여기 치료가 마무리될 때까지."

"그러겠습니다. 그런데 안색이 많이 안 좋으십니다."

"좋을 수가 있겠나."

남자는 침대 쪽을 바라보더니 곧 고개를 돌렸다.

"짐승 같은 놈들······."

첫 주문이 끝났는지 의사가 눈을 뜨고 다시 환자의 상태를 살피고 있었다. 지스카르가 다가갔을 때 의사는 부러진 왼손의 모양을 바로잡아보려 한 모양이었다. 그런데 의사의 손끝이 닿는 순간 란지에의 몸이 격렬한 경련을 일으켰다. 의식이 없는데도.

의사는 서둘러 다시 수인을 맺으며 진정 효과의 주문을 외웠다. 그러고도 한참이 흘러서야 잠잠해졌다. 의사는 지스카르를 돌아보며 고개를 설레설레 저었다. 쉽지 않겠다는 의미였다.

지켜보던 남자가 중얼거렸다.

"저 왼손이 마디마디 다 부러졌군요. 저러시는 것도 무리가 아니죠. 후······. 대체 어떻게 견디셨을지 상상이 안 되는

군요."

지스카르는 고개를 내저을 뿐이었다. 남자는 전갈을 하기 위해 아래로 내려갔다. 그런데 얼마의 시간이 흘러 의사가 벌떡 일어나더니 지스카르에게 급히 손짓했다.

"어서!"

지스카르가 다가가 보니 란지에가 눈을 뜨고 있었다. 이렇게 빨리 의식이 돌아올 줄은 상상도 하지 못했다. 시체가 눈을 뜬 것처럼 무표정하던 얼굴이 지스카르를 보는 순간 변화를 일으켰다.

"……."

잠시 눈을 감았다가 뜨더니 숨이 가빠졌다. 가슴이 격하게 오르내렸다. 무어라 말하려 하는데 목소리가 나오지 않았다. 입술만 달싹일 뿐이었다. 내려다보는 지스카르도 목이 메어 말을 잘 할 수가 없었다.

"괜찮아, 이젠…… 아무 일도 없을 테니까……."

숨소리가 점차 고르게 가라앉았다. 의사가 물수건으로 마른 입술을 적셔주었다. 쇳소리에 가까운 목소리가 희미하게 흘러나왔다.

"란……즈미는?"

지스카르는 눈을 감았다. 고문실에서 란지에가 끊임없이 했을 생각 가운데 첫 번이었을 물음이리라. 의식을 되찾는 것과 동시에 떠오를 정도로 수천수만 번 생각했을 그 이름에 이제 대답을 줄 수가 있다. 얼마나 회한 어린 일인가.

"란즈미는 안전해. 걱정하지 말게."

란지에가 눈을 감았다. 그와 동시에 눈물이 관자놀이를 타고 흘러내렸다. 몇 년이나 함께하고도 처음 보는 그의 눈물이었다. 지스카르도 손을 펴 자신의 눈가를 짚었다. 그러나 손가락 사이로 흘러내리는 눈물을 막지는 못했다.

란지에를 데려온 집은 켈티카 외곽의 한 농가였다. 화강암으로 벽을 세우고 점판암을 얇게 잘라 비스듬히 겹쳐 올린 지붕 모양은 북부로 갈수록 흔한 형태였다. 주인은 일찌감치 떠났고, 일대의 땅은 멀리 사는 친척이 관리했다. 두 사람 다 민중의 벗 사람들이었다.

밤이 되자 아늑한 어둠이 내려왔다. 도시보다 선명한 별이 작은 창으로도 잘 보였다. 석조 농가는 대부분 창이 작았다. 초를 여러 개 밝히자 침실이 부드러운 빛으로 가득찼다. 난롯불도 발그레한 빛을 냈다. 석벽의 냉기를 내보내기 위해 종일 난로를 때다시피 했기 때문에 방은 몹시 훈훈했다.

"창을 닫는 편이 낫지 않겠나?"

"아뇨."

란지에의 의식은 놀랄 만큼 빠르게 또렷해졌다. 몸을 움직이지 못해도 정신만은 맑았다. 그러나 말은 거의 없었다. 란즈미와 이엔의 안부 말고는 다른 것을 묻지도 않았다. 의사가 잠을 자두는 편이 좋다고 했지만 그는 줄곧 깨어 있었다. 말없이 방 한구석을 바라보며 무슨 생각을 하는지 몰랐다.

저녁 식사 뒤에 지스카르가 침대에 다가와 앉자 란지에가 오랜만에 입을 열었다. 목이 쉬어서 다소 허스키해진 목소리였다.

"켈티카에 너무 오래 계시면 위험할 텐데요."

"내 걱정을 할 때가 아냐."

지스카르는 이불이 걷혀 있는 왼손 쪽을 흘끗 보았다. 이불 자락이 닿는 것조차 견딜 수 없는 모양이었다. 뭔가가 닿기만 해도 숨이 넘어갈 지경이어서 의사들도 손대는 것을 단념했다. 몸이 충격을 극복할 때까지 기다리는 수밖에 없었다.

"골절에 특별히 효과가 좋은 마법이 있다더군. 수소문해두었네."

란지에는 왼손을 내려다보더니 미소 비슷한 것을 지었다.

"오른손이 아니라서 살 만할 것 같습니다."

지스카르는 엄격한 표정을 했다.

"그런 말 말고 마음 굳게 먹게. 그래야 좋아질 것 아닌가."

"좋아져야지요. 할 일도 많은데."

지스카르는 란지에의 담담한 얼굴을 보며 안도해야 할지

안타까워해야 할지 혼란스러웠다. 평소의 모습을 빨리 되찾은 듯 보이는 것은 천만다행한 일이었다. 그러나 이런 지경에서도 의무를 먼저 떠올리는 모습은 못내 애처롭기까지 했다.

물론 그렇기 때문에 이렇게 회복이 빠른지도 모른다. 그러나 아직은 일렀다. 왼손뿐이 아니었다. 란지에는 누군가가 몸에 손을 대는 자체를 견디기 힘들어했다. 의사가 치료를 위해 손을 댈 때도 억지로 입술을 깨물며 참는 것이 눈에 보일 정도였다. 정신만 앞서가고 있을 뿐이었다. 그의 몸은 아직 충격에서 전혀 회복되지 못했다.

고문실에서 무슨 일을 당했는지는 결국 물어보지 못할 것이다. 전에도 그랬듯 그가 스스로 입을 여는 일 또한 없을 것이다. 지스카르뿐 아니라 다른 누구에게도. 그렇듯 혼자서 견뎌내는 그의 마음속은 괜찮을까. 육체적 고문은 끝났지만 그의 마음속에서는 계속되고 있는 것이 아닐까.

지스카르가 불쑥 대꾸했다.

"그런 걱정 말게나. 자네한테 할 일 따위 주지 않을 걸세."

란지에는 눈을 내리깔았다.

"한 번 실패했을 뿐인데 너무하시는 것 아닙니까."

"그 실패가 좀 컸어야 말이지. 내 자네를 구해 오기가 얼마나 힘들었는지 아는가? 앞으로도 다른 사람은 구하고 자기 자신은 그렇게 제멋대로 내팽개칠 거라면 다시는 일 같은 것

하지 말게나."

"다른 선택이 없었습니다. 저도 이런 일 별로 당하고 싶진 않았어요."

목소리 끝이 불편해지는 것을 눈치챈 지스카르는 일부러 목소리를 높였다.

"그러니 그런 상황까지 가지 않도록 해야 할 것 아닌가? 자넨 적어도 몇 년은 쉬어야겠네."

"몇 년이라고요?"

당황하는 란지에의 표정이 마음에 들었다.

"그래, 그 몇 년 동안 자네 인생 계획은 내가 세워주겠네. 이제 망명의회에서도 자네 나이를 웬만큼 알게 됐으니 위원장이 되기엔 어리다고 하는 사람이 많을 게야. 자넨 참 애늙은이지만 그렇다고 남들보다 빨리 나이를 먹을 순 없는 게지. 어차피 왕국 8군에도 알려질 만큼 알려졌으니 표면적인 활동에서는 손을 뗄 수밖에 없을 것이고."

"……."

란지에의 표정은 실망한 것 같기도 하고 초조한 것 같기도 했다. 생각의 갈피를 잡기 힘들어 보였다. 지스카르가 물었다.

"어떤가? 일에서 해방된 기분이?"

"홀가분하진 않군요."

"일중독이라서 그래. 빨리 금단증상에서 벗어나게나."

잠시 후 란지에가 피식 웃었다.

"금단증상 때문에 이렇게 손이 떨리는 거군요."

지스카르는 멈칫했지만, 결국 웃지 않을 수 없었다. 농담치고 잔인했지만 지금 그들에게 그보다 평화로운 농담은 허락되지 않았다.

"그럼 저를 구해내느라 어떻게 고생하셨는지 들어봐야겠습니다. 그래야 제가 받은 처분이 합당한지 판단을 해보지요. 대체 어디에 줄을 대셨기에 저 같은 악당을 이리 잘도 빼오셨습니까?"

"아르님 공작이라면 어떤가?"

란지에의 눈에 놀란 기색이 스쳤다.

"뜻밖이군요. 모로 씨가 죽은 지금 저에 대한 정보가 상당히 들어갔을 텐데요."

"정보란 목표를 위해 복무해야지, 책꽂이나 장식하자는 용도는 아닌 게지. 물론 아르님 가문에서 자네에 대한 인상이야 더 나빠질 수가 없을 정도지. 하지만 미래의 대업과 당장의 기분을 맞바꿀 정도로 정치적 감각이 형편없는 집안은 아니라네. 아르님 공작의 숙부, 세칭 '데모닉 히스파니에'를 만났네."

지스카르의 뜻을 받아들인 히스파니에가 아르님 공작을 움직였고, 공작이 직접 왕국 8군에게 가문과 관련된 일이니 수인의 신병을 넘겨달라고 요청했다고 했다. 그때까지 왕국 8군은 란지에가 민중의 벗이라는 사실 외에 다른 혐의점을 밝혀 내지 못한 상태였다. 체포된 과정이 전혀 달랐던 까닭이었다. 란지에와 테오가 한 협상, 그리고 아르님 가문에 대한 음모와 연결되는 지점을 찾아낸 사람은 오히려 히스파니에였다.

아르님 소공작이 죽을 뻔했던 일은 널리 알려진 큰 사건이었다. 다른 혐의점이 불분명한 자를 피해를 입은 당사자인 공작이 넘겨달라는데 제아무리 왕국 8군이라 해도 거절할 명분은 부족했다. 더구나 상대는 개국공신이자 국왕의 한 팔로 알려진 위세 높은 공작이었다.

"실비엣은 어찌됐습니까?"

그 이름을 말하는 란지에의 눈가가 미세하게 경련했다. 어쨌든 실비엣은 란즈미의 일을 입 밖에 내지 못했다. 란지에도 실비엣과 어떤 관계냐고 묻는 신문에 끝내 대답하지 않았다.

"자네와 함께 아르님 공작이 명령서를 써주었네. 참고인이었기 때문에 조사가 끝나면 풀려나는 정도로. 그 일로 공작이 아르장송 자작가를 손에 넣었지."

은혜의 대가로 아르장송 자작은 아르님 공작에게 충성을 바치기로 맹세했다고 했다. 그때까지 실비엣은 고문을 당하지 않았지만, 만일 계속 구금되어 있다가 결국 고문실까지 넘어가 민중의 벗이라고 거짓 자백을 하기라도 했다가는 가문이 망할 수도 있는 일이었다. 그러니 그만한 대가쯤은 기꺼이

치를 만했다.

"어쨌든 혐의를 깨끗이 벗은 건 아니군요."

"그렇다고 봐야겠지. 하지만 자네가 입을 열지 않았으니 결국 근거도 없는 셈이지. 민중의 벗 간부에게 아무것도 모르고 매달렸던 어리석은 아가씨 정도일까? 그 정도로도 명예는 땅에 떨어진 것이겠지만."

"……."

란지에는 무슨 생각엔가 잠겨 대답하지 않았다. 지스카르는 상념을 깰 겸 목소리를 바꾸어 말했다.

"자, 어쨌든 그렇게 히스파니에 어르신에게서 공작의 명령서를 넘겨받아 왕국8군에 제출하고 자네를 데려온 게지. 일부러 단순 위병만 지키고 있을 새벽을 택했는데도 추적이 벌어졌네만, 레어릭 군이 잘 따돌렸네."

"레어릭 씨가 여기 와 있습니까?"

"못 봤나? 아침에 자네가 깨어날 때도 곁에 있었는데."

"제가 못 봤군요."

란지에는 이윽고 덧붙였다.

"그가 줄곧 보내준 소공작 일행의 정보가 큰 도움이 되었습니다. 인사라도 하고 싶군요."

"내일쯤 기회가 있을 걸세. 심지어 레어릭 군은 이번에 자네를 돕고 싶다며 일부러 찾아왔다네. 얼굴이 노출될 위험이 있는데도 직접 로캉 성에 가서 자네를 업고 왔고 말이야."

"레어릭 씨도 나이트워커로만 있기는 아깝습니다만, 워낙 자기 일을 좋아하는 사람이라 직책을 주기가 어렵더군요."

"천생 항해사지. 하지만 그런 재능이 언젠가 도움이 될 걸세."

지스카르는 고개를 기울이며 미소를 짓더니 말을 이었다.

"그건 그렇고, 자네를 위해 일하고 싶다고 찾아온 사람이 하나 더 있었다네. 일은 실패하면서 사람만 모아들이다니 주객전도로군그래."

"누구 말씀이십니까?"

"본 적이 있을 걸세. 테오스티드 다 모로를 만났을 때, 그를 수행했던 비서."

란지에는 의아한 표정이 되었다.

"칸카, 라는 이름이었던가요? 그자가 그럴 이유가 없을 것 같은데."

"나도 그자가 무작정 찾아왔더라면 믿지 않았을 걸세. 그런데 그자가 이번에 자네를 구해내려고 히스파니에 어르신을 찾아갔더군. 그 어르신에게 자네 이야기를 자세히 해준 사람이 그자야. 모로에 대한 정보와 이번 일에 자네가 연관된 정황을 알려주는 대신 자네를 구해내고 싶다고 했다더군."

란지에는 웃었다.

"연결된 정황을 알려주면 아르님 가문 사람이 좋아할 리가 없잖습니까? 오히려 보복하고 싶다고 생각하기가 쉬울 텐데요."

"자넨 어차피 잡혀간 상태였으니 그냥 둬도 결과가 같지 않나? 그러니 도박을 건 게지."

"그런 도박을 걸 줄 안다면 그자도 평범한 비서는 아니군요."

지스카르도 고개를 끄덕였다.

"그렇다네. 내가 왜 자네를 구하려 했느냐고 물었더니 그자가 뭐라고 했는지 짐작 가는가? 그는 자기 주인은 반드시 성공해야 한다고 생각한다네. 그렇게 될 주인을 찾아내어 보필하는 것이 자신의 숙명이라는 거야. 그자는 레코르다블 사람이네. 그곳 사람들의 사고방식은 우리와 좀 다른 점이 있지. 그 묘한 심리를 다 알기는 힘들지만, 어쨌든 모로와 함께 자네를 만나본 뒤 일이 흘러가는 것을 보고 자네를 높이 평가하게 된 것 같네."

"지스카르는 실패했다고 야단치는 일을 봤으면서 말이죠."

"듣고 보니 그렇군. 지적해줄 필요가 있겠는데."

란지에는 잠시 생각에 잠겼다가 말을 이었다.

"그 사람과 동료가 되려면 일단 그 '주인'이라는 말부터 바로잡아야겠군요."

"자네가 지적한다면 말은 쉽게 바꾸겠네만, 마음을 쉽게 바꿀 것 같지는 않더군. 그보다는 '반드시 성공하는 주인'이라는 개념을 수정해줘야 할 것 같지는 않은가?"

"그렇군요. 제가 붙잡히게 된 과정을 설명해주지 그러셨습니까."

냉담해진 목소리에 든 자조적인 기색을 눈치채지 못할 지스카르가 아니었다.

"아마란스 양이 그 그림 일로 얼마나 자책하는지 자넨 모를 걸세. 그림을 그렸던 친구도 마찬가지고. 자네도 자책할 생각이라면 그만둬. 어서 나아서 란즈미를 볼 일이나 생각하게. 그 애한테 건강한 모습을 보여줘야지."

란지에는 고개를 끄덕이더니 지스카르를 올려다보았다.

"지스카르."

"말하게."

"제가 에이젠엘모 씨를 보호했던 건 잘한 일이었을까요?"

지스카르는 잠시 사이를 두고 대답했다.

"자네의 그 결정이 결과적으로 오늘의 일을 낳았을지도 모르지만, 난 그 일로 자네가 반성하는 것은 반대하고 싶네. 만일 자네한테 더 큰 일이 생겼더라면 나 역시 애나를 원망하고 싶겠지만……. 이렇듯 살아 돌아온 결과를 하나의 축복으로 여긴다면, 자네의 동정심이었을지 동료애였을지 모를 그 감정 또한 먼 미래를 위한 자네의 변화로서 칭찬하고 싶네. 이건 진심이야. 자네가 애나를 조사 분과에 보내지 않은 그 마음이 언젠가 더 긍정적인 결과를 가져오리라 믿네."

란지에는 쓴웃음을 지었다.

"어쨌든 이번엔 제가 조사 분과에 출두해야겠군요."

조직원이 체포되었다가 요행히 살아 돌아오면 정보가 얼마나 새어 나갔는지 파악하기 위해 조사를 받는 것이 상례였다. 란지에가 체포된 후 망명의회에서는 위원장급의 입에서 나올 수 있는 정보의 어마어마함을 알다 보니 각오를 단단히 하고 있었던 모양이었다. 그러나 예상했던 대대적인 검거는 벌어지지 않았다. 지금쯤 조사 분과에서는 란지에가 받은 신문과 조사의 내용, 그리고 누구를 만나고 어떤 고문을 당했는지까지 속속들이 조사할 작정으로 기다리고 있을 것이 뻔했다. 살아 돌아왔으니만큼 어쩌면 거래나 배신이 있었는지까지도.

지스카르가 정색을 했다.

"그런 일 없을 걸세. 그런 몸으로 어딜 가겠다는 건가? 아니, 다 낫더라도 보내줄 생각 없네. 몸이 나으면 자넨 로사 알브로 갈 걸세. 내년 봄까지 푹 요양하도록 하게나. 란즈미도 데려올 테니 걱정하지 말고."

란지에가 눈을 약간 크게 뜨더니 말했다.

"대단한 계획이군요."

"잘 아는군. 망명의회는 한동안 잊어버리는 편이 좋을 걸세. 말했듯이 적어도 몇 년은 내가 자네의 후견인이 되어 어린아이 키우듯 모든 일에 참견하고 할 일을 정해줄 테니까. 알아서 잘하리라고 믿었는데 이런 모습이나 보이고 있으니 내가 어찌 자네를 믿겠나? 얌전한 학생으로 돌아갈 준비나 하게나."

란지에는 지스카르를 물끄러미 보다가 빙그레 웃었다.

"졸업이 취소된 거군요. 다시 지스카르의 학생으로 돌아가는 것인가요?"

"일단은 그런 셈이지. 내년 봄쯤 회복세가 괜찮으면 새 학교를 물색해주겠네. 그로메에서 졸업을 못 하지 않았나? 이번에는 다른 궁리 하지 말고 공부에 매진해서 졸업장을 받아오도록 하게나. 왕국8군의 눈이 늘 자네 뒤를 따라다닐 테니 공부에 집중하기에도 최적이겠군."

란지에는 조금 웃더니 창 쪽으로 고개를 돌렸다. 지스카르는 란지에의 해쓱한 옆얼굴을 지켜보았다. 조금 더 자라야 했다. 피기도 전에 져서는 안 되었다. 아직은 때가 아니었다. 때가 오기까지 지켜야 할 귀중한 씨앗이었다. 공화국으로 가는 길은 어차피 피투성이다.

"지스카르."

란지에가 어느새 그를 보고 있었다.

"언제쯤이었는지 기억은 안 납니다. 하도 정신을 자주 잃어서……. 문득 정신이 들고 보니 어디선가 달빛이 들어오더군요. 제가 있는 감옥에는 창이 없었는데."

지스카르의 낯빛이 어두워졌다. 그때의 일을 상기시키고 싶지 않아 아무것도 묻지 않았는데, 란지에가 먼저 입을 열 줄은 생각지 못했다.

"억지로 몸을 뒤채서 달빛을 보려고 했지요. 오랫동안 취조실의 붉은 램프 말고는 아무것도 못 봐서. 그랬더니 거기에 누군가가 있더군요. 중년 남자처럼 보이는 사람이. 그가 제게 손을 내밀더군요. 그 순간 너무 마음이 약해져서 지스카르의 이름을 부를 뻔했습니다."

"……."

"마음을 다잡고 고개를 돌렸다가 다시 보니 아무것도 없더군요. 달빛도, 그림자도."

제나스는 브리앙의 제보를 얻은 만큼 란지에와 지스카르의 관련성을 증명하는 데 신문의 초점을 맞추었을 것이다. 얼마나 시달렸기에 란지에처럼 마음이 굳은 사람의 눈에 환각이 보였을까.

"그때부터 이대로라면 제가 스스로 깨닫지 못하는 사이에 자백을 해버릴지도 모른다는 두려움이 들었습니다. 빨리 죽는 쪽을 택하려고 그들에게 덤벼들면서, 살고 싶다는 희망을 끊기 위해 제가 좋아하던 모든 것들을 무가치하게 느끼려 했습니다. 사람들, 작은 기쁨들, 세상의 아름다움, 모든 좋은 추억을 회색으로 바꾸려 했습니다."

그렇게 말하는 어조는 슬플 정도로 담담했다. 지스카르는 무어라 말하려 하다가 침묵을 지켰다. 란지에는 이윽고 눈을 내리깔았다.

"쉬운 일이 아니었죠. 저도 처음이었다면 해내지 못했을 겁니다."

지스카르는 저도 모르게 반문했다.

"처음이 아니라고?"

란지에의 시선이 허공을 더듬다가 멈췄다. 그러나 지스카르를 보고 있지는 않았다.

"오래전에…… 지스카르를 만나기도 전의 일이었지요. 이번보다 훨씬 장기간이었기 때문에 몇 번이나 실패하고 다시 시도하고…… 결국은 해낼 수 있었습니다. 지스카르는 제가 세상의 아름다움이나 예술, 생활 속의 행복에 관심을 두지 않는 것을 안타까워하셨죠. 지스카르의 가르침이 옳다는 걸 저도 압니다. 하지만 그때 제 마음을 너무 심하게 도려내었던 것 같습니다."

란지에가 입술을 얇게 깨무는 것이 보였다.

"결국 그 경험이 있어서 제가 이 고문을 견뎌내고 끝내 중요한 정보들을 지켜낼 수 있었다는 사실을 어떻게 받아들이면 좋을지 모르겠군요."

무어라 말하기 힘든 답답함이 가슴을 짓눌러왔다. 란지에의 유년기에는 너무나 많은 일이 일어났고 지금도 일어나고 있다. 언제 끝이 날 것인가.

"전 제가 회복될 수 있을지 잘 모르겠습니다. 몸은 어떻게 치유된다 해도 지스카르가 가르쳤던 인간적인 공화주의자가 될 자신이 없습니다. 제 영혼은 증오가 남긴 상처들, 그걸 견디기 위해 제가 그어버린 자해 자국으로 만신창이입니다. 다시 한번 목숨을 끊을 마음을 먹으면서 지난 상처들까지 생생하게 되살아나버린 지금 전 잠을 청하는 것도 무섭습니다. 그 악몽들을 못 견딜 것만 같습니다. 잠깐 약해져서 이런 걸까요? 곧 극복하게 될까요? 하지만 이러다가 아무것도 느끼지 못하게 될까 두렵고, 아무도 사랑하지 못할까 두렵습니다. 정말로……."

"란지에."

지스카르가 그를 이름으로 부르는 것은 오랜만이었다.

"생각을 멈추게. 시간이 멈춘 것처럼."

란지에가 지스카르의 눈을 바라보았다. 앓고 깨어난 아이처럼 무방비한 얼굴, 지스카르가 한 번도 보지 못했던 얼굴이었다.

"시간이 멈추면 세상이 멈추고, 더이상 아무 일도 일어나지 않아. 지금까지 한 일의 결과는 오지 않을 걸세. 앞으로 해

나갈 일은 없을 걸세. 이제부터 시간은 흐르지 않네. 자네는 아주 오랫동안 쉴 걸세. 충분하고도 남을 만큼, 원한다면 영원히 쉬고 나서 시간을 다시 흐르게 하세."

지스카르는 손을 펴 내밀어 란지에의 얼굴 앞의 허공을 쓰다듬어 내렸다. 란지에가 잠시 후 눈을 감았다. 아무런 소리도 없었다. 창밖의 별도 기척을 내지 않았다. 난롯불만이 너울거리며 탔다.

"사람은 몇십 년밖에 살지 못하지만 어떤 나무는 수백 년을, 산과 숲은 수천 년을, 별과 바위와 물은 영원히 사네. 사람의 영혼은 그중 어느 것과 같을까? 아무도 모를 일이지. 어떤 사람은, 사람도 죽은 뒤 나무나 별로 태어날 수 있다고 말하더군. 나는 그의 말을 듣고 웃었지만 동시에 시적이구나 싶었네. 예술도 오래 사는 것들 중 하나지."

지스카르는 창밖을 바라보았다. 바람이 소리 없이 별을 흔들고 갔다.

"내가 자네의 시간을 멈췄으니 자네는 산이나 별처럼 살 걸세. 아주 오래 살게나. 유년기가 먼 추억이 되어 굳이 되짚어 생각해내려 해도 잘 떠오르지 않을 때까지 살게나."

꼭 다물렸던 란지에의 입술이 서서히 풀렸다. 찢어지고 터진 입술처럼, 너덜너덜해진 그의 영혼에도 짧은 안식이 찾아왔다.

"기다리게. 천천히 오게. 잊지 말게. 자네가 사람을 사랑하기 어렵다 해도 사람들은 자네를 사랑하네. 자네가 나를 믿고 그런 말을 꺼내준 것이 처음이라 너무나 고맙네. 그것도 하나의 변화라면 자네는 좋아질 걸세. 느리게, 조바심 없이 오게. 이제 막 걸음마를 뗀 아이처럼."

지스카르는 일어나 촛불들을 하나씩 껐다. 다시 침대 머리맡으로 돌아와 란지에의 얼굴을 지켜보며 앉아 있었다. 쪽창 너머로 떠오른 별자리들이 서녘으로 달려가고 또 달려가 천구가 사계절을 다 보이도록. 그가 지키는 상처투성이 어린아이가 악몽으로 깨어나지 않도록 밤새 지키고 있었다.

(9권에 계속)

룬의 아이들 − 데모닉 8

1판 1쇄 2020년 6월 12일
1판 5쇄 2024년 7월 10일

지은이 전민희

책임편집 임지호 ǀ **편집** 지혜림 이송 ǀ **일러스트** UK Nakagawa
표지디자인 이혜경디자인 ǀ **본문디자인** 이원경
저작권 박지영 형소진 최은진 서연주 오서영
마케팅 정민호 서지화 한민아 이민경 안남영 왕지경 정경주 김수인 김혜원 김하연 김예진
브랜딩 함유지 함근아 고보미 박민재 김희숙 박다솔 조다현 정승민 배진성
제작 강신은 김동욱 이순호 ǀ **제작처** 상지사

펴낸곳 (주)문학동네 ǀ **펴낸이** 김소영
출판등록 1993년 10월 22일 제2003−000045호

주소 10881 경기도 파주시 회동길 210
문의 031−955−8892(편집) 031−955−2696(마케팅) 031−955−8855(팩스)
전자우편 elixir@munhak.com ǀ **홈페이지** www.elmys.co.kr
인스타그램 @elixir_mystery ǀ **X(트위터)** @elixir_mystery

ISBN 978-89-546-7196-5 04810
       978-89-546-7187-3 (세트)